그린비, 영화 그 뒤를 걷다

그린비, 영화 그 뒤를 걷다

초판 1쇄 인쇄_ 2019년 02월 15일 | **초판 1쇄 발행_** 2019년 02월 20일
지은이_그린비 | **엮은이_**성진희 | **펴낸이_**진성옥·오광수 | **펴내곳_**꿈과희망
디자인·편집_김창숙·윤영화 | **마케팅_**김진용
주소_서울시 용산구 백범로 90길 74, 103동 오피스텔 1005호(문배동 대우 이안)
전화_02)2681-2832 | **팩스_**02)943-0935 | **출판등록_**제2016-000036호
E-mail_jinsungok@empal.com
ISBN_979-11-6186-043-5 43810

그린비 지음
성진희 엮음

그린비, 영화 그 뒤를 걷다

꿈과희망

독일 문학자 한스 카로사는 '인생은 너와 나의 만남이다'고 말했다. 인생에서 제일 중요한 것은 만남인데, 부모와의 만남, 친구와의 만남, 스승과의 만남, 좋은 책과의 만남. 구원자이신 창조주와의 만남이 있다.

오늘 중요한 만남의 하나인 〈그린비, 영화 그 뒤를 걷다〉라는 책과의 만남에 대해 이야기하고 싶다.

올해 그린비 학생들은 책쓰기 소재를 일찍부터 확정지었다. 동아리 시간 회의 때, 학생들은 아주 들떠 있었다. 작년부터 생각해 쓰고 싶었던 것이라고 학생들은 단호하게 의견을 드러내었다.

무엇을 어떻게 쓰고 싶냐고 물었더니, 자신들이 감명 깊게 본 영화의 원작을 변용 창작하여 상상의 나래를 마음껏 펼치고 싶단다. 바로 작품의 시즌2를 창작해 보겠다는 것이다. 지도교사로서 자신의 주장을 뚜렷하게 펼치는 학생들을 볼 때, 내심 기뻤다. 학생들의 의견을 존중하여, 책쓰기 소재를 작품 시즌2와 자유소설로 확정지었다.

해마다 겪는 일이지만, 인문계 고등학교 학생들은 책을 만들 시간이 사실상 얼마 없다. 학과 공부로 매일 10시~11시까지 자율학습을 하는 학생들인데… 언제 글을 쓸 시간이 있을까?

글쓰는 일이 즐겁지 않으면 정말 하기 힘든 작업이다. 그렇지만 '열심히 하는 자' 위에 '즐기는 자'가 있다.

우리 그린비 학생들은 자투리 시간을 내어 매일 남아서 밤마다 글을 쓰고 다듬고 한 지가 오래되었다. 학생들에게 좀 미안하다는 생각을 했다. 공부하기에도 빠듯한 시간인데, 쓴 글을 수정, 다시 작성하게 하고, 애를 조금 먹였다. 그래도 자신의 성숙된 내면의 영혼이 담긴 책이 출판되면, 그간의 고생은 사라진다고 격려했다. 또한 책을 보면 기분이 좋아지고, 자신감이 생기고 뿌듯해진다고 설득까지 하면서 글쓰기를 독려했다.

학생들 나름대로 생각의 깊이와 폭이 제법 있었다. 한 작품을 택하더라도 깊이 있게 작품을 분석하였을 것이고, 그에 따른 시즌2를 창작한다고, 제법 인고의 세월을 보냈을 것이다.

인물에 대한 묘사, 상황 설정, 상상력을 동원하여 읽어 보니 그럴듯하게 보였다. 우리학생들에게 이런 글재주가 있다니… 감탄을 금하지 못했다. 번뜩이는 재치와 기발한 발상, 거기에다 용서의 미덕까지 품은 이야기들…

"글은 이렇게 용서하는 힘이 있구나."라는 생각이 든다. 자기에게 누명을 씌워 종신형을 받게 한 자를 끝내 용서하는 결말을 보면서, 글의 위대성을 발견할 수 있다. 마음을 움직이는 감동적인 이야기 말이다.

어떤 학생의 글은 은근히 미소가 저절로 난다.

'소설을 쓴다는 것은 대부분 어렵다고도 생각하고 특정 소수만 쓰는 것이라고들 말한다. 하지만 나는 이렇게 생각한다. 그냥 자기가 아무 이유 없이 생각한 일들을 소재로 글을 써내려 간다면 그것이 소설이 될 수 있는 것이라고.'

얼마나 글쓰기를 즐기고, 자신만만한 말인가?

시간과 환경의 제약, 이 모든 난관을 다 넘어서서 드디어 〈그린비, 영화 그 뒤를 걷다〉를 만나게 되었다. 책쓰기를 통하여 학생들은 내면이 많이 영글어졌을 것이다. 앞으로도 열일곱, 열여덟의 남학생들이 책쓰기로 진정한 자아를 만나고, 내면의 영혼이 더욱 성숙하기를 기대한다. 또한 이 책과의 만남이 독자들의 인생에 아주 소중한 인연이 되기를 바란다.

이 만남이 있기까지 물심양면으로 도와 주신 국어과 동료교사와 글쓰기 작업을 마무리할 수 있도록 컴퓨터실 사용을 허락하신 강영균 부장님께 감사의 말을 전하고 싶다.

지도교사 성진희

2016 일본 종합 베스트셀러 1위
일본 서점 대상 2위

너의 췌장을 먹고 싶어

君の膵臓をたべたい

MARVEL STUDIOS

어벤져우
인피니

4월 IMAX 대개봉

1980년 5월, 광주로

택시운

2017.08.

그린비,
시즌 2를 쓰다

제1부

강민성

쇼생크 탈출

〈줄거리〉

촉망받던 은행 간부 앤디 듀프레인은 아내와 그녀가 바람피는 남자를 살해했다는 누명을 쓰게 되고 살해 현장의 그럴듯한 증거들로 인해 그는 종신형을 선고받고 악질범들만 수용한다는 지옥 같은 교도소, 쇼생크로 향한다.

악질 높은 사람들만 모인 그곳에서 그는 수많은 억압과 짐승보다 못한 취급을 받았고 간수 눈에 잘못 보였다가는 죽음을 당하는 것도 어려운 일이 아니었다. 심지어 그는 악질 동료 죄수들에게 강간까지 당하게 된다. 그러던 어느 날 간수의 세금을 면제받게 해주는 덕분에 그는 일약 교도소의 비공식 회계사로 일하게 된다. 해마다 간수들과 소장의 세금을 면제받게 해주고 재정 상담까지 해준다. 또 주정부에서 교도소 도서관 자금을 지원받기 위해 한 주도 빠짐없이 편지를 쓰고 마침내 상당한 지원을 받아내면서 최신식 도서관을 꾸민다. 그 와중에 교도소 소장은 죄수들을 이리저리 부리면서 검은 돈을 모으고 앤디는 이 돈을 세탁하여 불려주면서 그의 돈을 관리하며 교도소 생활을 지내게 된다.

어느 날 교도소에 토미라는 신참이 들어오고 앤디는 그를 새 사람으로 만들기 위해 최선의 노력을 아끼지 않는다. 레드에게 앤디가 아내와 아내의 바람피는 남자를 살해했다고 들은 토미는 뭔가 집히는 게 있었고 앤디와 레드가 있는 곳에서 토미는 진짜 살인범에 대해 증언했다. 사건의 진실을 알게 된 앤디는 이 얘기를 소장에게 하면서 결백을 주장하지만 소장은 이를 묵살한다. 그리고 앤디의 결백이 알려지면 자신의 처지가 곤란해질 것을 직감한 소장은 토미를 무참히 죽여 버린다. 토미가 죽은 후 독방에서 토미의 죽음을 전해들은 앤디는 절망에 몸부림치고 드디어 탈옥을 결심한다. 마지막으로 친구 레드에게 희미한 암시를 남긴 채. 그는 20여 년간 차근차근 준비해 온 탈옥을 감행하고 끝내 탈출에 성공한다.

탈출에 성공하고 그는 소장의 돈을 관리하면서 만든 가명계좌에서 소장의 모든 돈을 찾고, 교도소의 비리를 낱낱이 폭로한 서류를 신문사에 보낸다. 더이상 그를 붙잡을 사람은 없었고 그는 이제 자유의 몸이 되어 태평양으로 향한다. 이제 40년의 복역을 마치고 가석방되는 레드, 사회에서 느끼는 무력감에 못 이겨 죽음을 택하려 하나 앤디와의 약속을 지키기 위해 둘만의 약속장소를 찾아본다. 그곳에서 발견한 앤디가 쓴 '희망의 메시지'. 그는 친구를 만날 수 있다는 희망을 안은 채 태평양으로 향하고, 드디어 극적인 재회를 한다.

쇼생크 탈출 시즌2

2학년 강민성

멕시코 지후아타네호에서

저 멀리서 흰 셔츠와 까만 정장바지를 입은 한 흑인남성이 내 쪽으로 걸어온다. 불어오는 바람에 그의 모자는 그의 머리에서 떨어져 나가버렸는데도 그는 줍지 않고 내게 계속 걸어온다. 그는 나의 오랜 친구 레드였다. 나는 낡은 작은 배에서 내려와 그에게 달려가서 가벼운 포옹을 했다. 그는 내가 했던 이야기를 기억하고 먼 길을 날아서 날 찾아온 것이다.

"앤디, 꿈을 이루고 있구만. 배는 구했고 네가 말한 호텔은 어디야? 쉬지 않고 찾아왔더니 쉬고 싶어."

레드가 말했다.

"저기 바로 앞에 있는 건물이에요. 들어가서 커피나 한 잔 하죠."

나는 작은 배를 닦다 말고 레드를 데리고 나만의 조그만 한 호텔로 들어갔다.

호텔에 들어서자마자 레드는 내게 정말 불가능한 일을 이루었다고 크게 웃으며 말했다. 그는 내게 정말 해낼지 몰랐다고 말했다. 하지만 나의 탈옥은 끔찍했던 수감생활에 비하면 아무것도 아니었기에 나는 얼굴에 작은 미소만 띄고 있었다. 레드가 방에 들어가고 난 커피를 태워 레드의 손에 건네주고는 수감생활의 이야기와 탈옥에 대한 이야기를 밤새도록 했다. 그 커피 한 잔이 몇 시간짜리 커피라고 누가 생각이나 했겠는가.

다음날이 지나고 우리는 멕시코의 눈부신 햇빛 아래서 눈을 떴다. 그리고 레드와 함께 지후아타네호의 해변을 걸으며 앞으로의 계획을 말했다.

"전에 말했던 것처럼 난 사업파트너가 필요해요. 이 배를 고쳐서 태평양에서 손님들과 바다낚시를 즐기며 보내고 싶어요."

"그러려고 이곳에 온 것 아니겠나. 이 늙은이를 사업파트너로 맞아준다면 나야말로 고맙지. 그래서 지금 할 일은 뭔가?"

레드가 거리낌 없이 말해 주었다.

우리는 낡은 배를 깨끗하게 닦고 페인트칠도 새로 했으며 창문도 새 것으로 바꿨다. 불과 얼마 전까지 아무도 쓰지 않을 것 같던 낡은 배가 새로 나온 배처럼 다시 태어난 것이다. 배가 다시 제 빛을 찾고 난 후 우리는 배 옆에 앉아서 바다를 보며 말했다.

"이제 낡은 배는 다 고쳤군. 배에는 이름이 있어야 하지 않겠나! 따로 생각해둔 이름이 없다면 하고 싶은 이름이 있긴 한데 말이야."

레드가 신이 난 얼굴로 말했다.

"뭔데요?"

나는 그의 대답을 몹시 기대했다.

"라켈 월치호."

라켈 월치는 우리가 수감 중일 때 보던 영화의 여주인공이었다.

나 역시 그 이름이 마음에 들어 그의 의견대로 했다. 레드다운 생각이었다. 우리는 다 고친 배를 타고 멕시코 지후아타네호의 바다를 가로질러 보았다. 잔잔한 물이었지만 라켈 월치호의 소란에 물도 함께 거칠어졌다. 레드는 물 위를 빠르게 가르고 있는 이 상황이 그저 신이 났는지 입에서 감탄사가 절로 나온다.

그렇게 배를 하루 종일 타고 나서 저녁이 되고 난 후에야 우리는 다시 모래사장을 밟았다. 그는 내게 배가 고프다고 했다. 그래서 난 그에게 이 근처에 끝내주는 타코 집이 있다고 말했고 그는 내게 당장 가자고 했다. 그리고 우리가 타코를 먹고 있을 때 레드가 물었다.

"앤디 어떻게 이런 호텔과 작은 배를 구할 수 있었나? 우리에겐 돈이 없었잖아."

"오 이런, 못 들으셨군요. 쇼생크에서 나올 때 소장의 검은 돈을 모두 가지고 나왔어요. 무려 37만 달러죠."

"37만 달러? 오 앤디 넌 정말 엄청난 녀석이야. 네가 나가고 네가 드디어 큰일을 냈다고 쇼생크가 떠들썩했지. 아마 지금도 네 이야기가 나오고 있을 거야."

"지금의 쇼생크는 어떤가요?"

내가 몹시 궁금해 하며 물었다.

나의 질문에 레드는 이젠 지옥의 교도소가 아니라 딱 반성하기 좋을 만큼의 교도소라고 내게 말해 주었다. 간수들도 모두 좋은 사람들로 바뀌고 소장도 정직하고 책임감 높은 사람이라고 말했다. 그 말을 듣고 나는 약간의 뿌듯함을 느꼈다.

교도소의 잘못된 것을 바로 잡았다는 생각과 남은 친구들이 조금 더 좋은 사람들과 지낸다는 생각이 나의 뿌듯함을 자아낸 것 같다. 우리가 호텔에 돌아오고 또다시 많은 이야기들을 하며 체스를 두었다. 우리의 이야기는 날이 지나도 끊어질 기미가 보이지 않았다. 우리가 호텔에 있을 때는 둘 다 호텔의 총지배인을 맡았다.

"오늘은 손님들을 데리고 낚시나 가는 게 어떻겠나."

레드가 손에 낚싯대 4자루를 들고 내게 말했다. 이미 답은 정해져 있었다.

"기다려요. 손님들을 데리고 올게요."

나는 위층으로 올라가서 손님들을 데리고 나왔다. 중년의 한 부부였다. 그들은 낚시하러 가자는 나의 말에 흔쾌히 동의했다.

손님을 데리고 나가니 레드가 이미 배 준비를 다 해놓은 상태였다. 우리는 즐거워하며 태평양 바다 위에서 고요히 낚시를 즐겼다. 잡은 물고기가 꽤나 많았다. 우리는 중년 부부와 함께 다시 호텔로 돌아오고 부부와 오늘 하루 낚시하느라 지친 우리를 위해 바비큐와 생선 구이를 준비했다. 부부가 방으로 들어가서 옷을 갈아입는 사이 레드가 내게 따뜻한 미소를 지으며 말했다.

"앤디, 자네는 정말 내게 말한 모든 꿈을 이뤘군. 네가 억울하게 감옥에 오지 않았다면 아마 더 큰 꿈을 이루었을 테지."

"천만에요. 쇼생크는 정말 힘든 곳이었지만 쇼생크가 없었다면 나는 꽤나 높은 자리에서 나의 삶에 만족하지 못하고 욕심에 가득 차 더 큰 무언가를 계속 갈구했을 테죠. 난 지금 이런 소박한 꿈을 이루고 살아가는 나의 삶이 좋아요. 소박한 꿈을 이뤄서 얻는 행복이 가장 큰 행복이라 믿으니까요."

"그렇지. 만족이 가장 큰 행복이지."

레드가 내 말에 동의한다는 듯이 말했다.

그렇게 우리는 매일매일 소박한 꿈을 이뤄나가며 몇 개월을 보냈다. 손님은 끊이지 않을 만큼만 왔으며 우리는 돈을 따로 받지 않았다. 그저 손님들이 만족한 만큼, 내고 싶은 만큼 돈을 내도록 할 뿐이었다.

우리 호텔은 몇몇 사이트에서 이름이 나오기도 하였다. 인터넷이라는 큰 전단지에 호텔의 이름이 많이 나올수록 손님은 더욱 많아져서 예약을 하는 손님들도 생기기 시작했다.

그렇게 즐겁고도 바쁜 하루가 지나가고 다음날 새 손님이 왔다. 손님은 키가 크고 덩치도 큰 백인 남자였고 한 명은 키는 작지만 덩치가 몹시 큰 남자였다. 우리는 그에게 인사했지만 그는 무리에게 몹시 무례하게 대했다. 그래도 내 호텔에 머무르려고 온 사람이었기에 그를 정중히 대했다. 그리고 그에게 열쇠를 건네주기 전 이름을 물었다.

"엘모 브래치."

그가 자신의 이름을 말하자 나와 레드의 눈이 서로 마주쳤다.

엘모 브래치. 나의 아내를 죽이고 내게 누명을 씌워 종신형을 선고받게 만든 사람이다. 이름을 듣자마자 나의 손은 부들부들 떨리다 주먹을 꽉 쥐었다. 그리고 나의 표정이 일그러질 때 레드가 나의 손을 살며시 잡았다. 참으라고 하는 것 같았다. 나는 표정을 관리하며 브래치에게 방 열쇠를 주었다. 브래치가 계단으로 올라간 후 나는 넘치는 분노를 참을 수 없어 밖으로 나왔다.

"그놈이에요."

나는 씩씩거리며 말했다.

"나도 알아. 여기서 그에게 복수할 텐가?"

레드가 내게 진지한 눈빛으로 물었다.

"제 아내를 죽인 녀석이에요. 지금 여기서 참아버리면 저와 제 아내는 뭐가 돼 버리죠?"

나의 눈시울이 붉어졌다.

"하지만 지금 네가 저 녀석을 복수한다고 해서 자네에게 돌아오는 것이 뭔가? 오히려 더 잃을 뿐이야. 지금의 소박한 꿈과 행복이 다 사라지는 거지."

레드의 말에 마음이 몹시 흔들렸다. 마음 같아선 고민하지 않고 그에게 복수하고 싶지만 난 더이상 내가 원하는 것을 잃기 싫었다. 나는 그에게 복수하지 않는 것을 결심했다.

"만약, 정말로 만약 내가 참지 못하면 어떡하죠?"

"그가 떠날 때까지 내가 계속 옆에 있어 주겠네. 늙은이가 해줄 수 있는 일이 이거 말고 더 있겠나."

레드의 말은 나의 흥분을 조금씩 가라앉혀주는 것 같았다.

난 평소에 다른 손님을 대하듯 브래치에게도 우리 호텔만의 서비스와 친절을 베풀었다. 마음은 너무나 불편하고 힘들었지만 애써 웃었다. 그리고 내가 브래치에게 친절을 베풀고 올 때마다 레드는 잘했다며 나를 격려해 줬다. 해가 지고 밤이 되었다. 나와 레드는 용서에 대해 진지하게 이야기했다.

"브래치를 용서해 주게."

레드가 차분하게 말했다.

"그냥 이제 잊어버리기로 했어요."

내가 체념한 듯 말했다.

"아니, 잊어버리지 말고 용서하게. 용서하지 않고 그저 잊어버리기만 한다는 것은 자네의 아픈 일들을 계속 품고 살아가는 것과 다름이 없네. 저기 지난 일들을 모두 잊어버리고 다니고 있는 브래치를 위해서 용서하라는 게 아니야, 앤디. 너 스스로를 위해서 용서해."

레드가 내 어깨를 붙잡고 말했다.

나는 그 순간 울어버렸다.

"그래 용서란 어려운 거지. 아마 죽은 아내를 잊는 것만큼 어려울 거야. 하지만 언제까지나 그에 대한 원망을 품을 수는 없어. 이제 마음에서 브래치를 놓아 주게."

레드도 나와 함께 눈물을 흘리며 말했다.

나는 고개를 두 번 끄덕였다.

"잘했어. 이제 된 거야."

레드가 내 어깨를 두드리면서 말했다.

"덜커덕 쿵"

그때 옆에서 문이 열리며 바닥이 울렸다. 바로 브래치였다.

브래치가 무슨 이유로 지금 우리 앞에서 무릎을 꿇고 있는 것일까. 우리에게 사죄하려는 것일까? 하지만 자신이 저지른 끔찍한 일들을 쉽게 말하고 다니는 자가 과연 그러겠는가. 마음이 복잡했다.

"정말 죄송합니다. 방금 이야기 문 밖에서 다 들었습니다. 저 같은 용서 못 할 놈, 용서해 주셔서 정말 감사합니다. 앞으로라도 그런 짓 절대로 하지 않고 살겠습니다."

브래치가 진심으로 눈물을 흘리며 말했다.

나는 어떻게 반응해야 할지 몰랐고 무릎 꿇고 있는 브래치 뒤의 일행도 어리둥절한 표정이었다. 그저 용서라는 것을 했을 뿐인데 사람이 달라지다니 믿을 수 없었다. 이게 용서의 힘일까?

"어서 대답을 해줘."

레드가 나에게 속삭이듯 말했다.

"이제… 당신을 용서해요. 제 마음이 당신에게 잘 전달된 것 같아서 다행이네요. 솔직히 그동안 많이 괴로웠어요. 하지만 오늘이 되어서야 괴로움이 사라지는 것 같아요. 브래치…."

갑자기 울음이 터져 나와서 말을 이어가지 못했다.

"브래치, 지금이라도 사과해 줘서 고마워요."

나의 말이 끝나자 레드는 나를 토닥여줬다.

그렇게 브래치는 다음날 아침 호텔을 떠났다. 그리고 그가 떠난 자리에는 노란 종이 한 장의 편지와 1000달러가 남아 있었다. 편지 마지막에는 이 1000달러는 떼 타지 않은 돈이라는 내용도 적혀 있었다. 그가 진짜로 마음을 돌린 모양이다.

"오 앤디, 자네가 한 사람을 바꾼 거야. 넌 훌륭한 일을 해낸 거라고."

레드였다.

"수십 년 동안 용서라는 것을 해왔지만 오늘이 되어서야 진짜 용서란 걸 배웠네요. 고마워요, 레드."

"아니야, 앤디. 내가 더 고맙지. 넌 나에게 꿈과 희망과 삶의 재미를 주지 않았나. 내가 알려준 것은 네가 나에게 베푼 것들에 비하면 아무것도 아니야."

레드의 눈웃음이 돋보였다.

"이제 브래치도 갔고 다시 우리의 행복을 찾아야지."

레드가 덧붙였다.

"호텔로 돌아가요. 다음 손님 받아야죠."

나는 이날 나의 친구와 평생을 함께하겠다고 다짐했다. 나이가 얼마가 차이 나든 우리의 마음이 중요한 것 아니겠는가. 우린 오늘도, 앞으로도 소박한 꿈으로 행복을 이룰 것이다.

열린 하늘 아래서

2학년 강민성

1. 재수 없는 날

"학교 갔다 올게!"

나는 엄마한테 짧게 말하고는 집밖으로 뛰쳐나왔다.

집 밖에는 언제나 그렇듯 익준이가 기다리고 있었고 나는 익준이를 크게 부르며 익준이에게로 뛰어갔다.

"어이! 장익준!!"

내가 부르는 소리에 익준이는 나를 홱 돌아보았다.

"왜 이렇게 늦게 오는데. 지각이다 뛰어라!"

익준이가 핸드폰 잠금 화면을 내게 보여주며 말했고 나는 태연하게 익준이를 따라 뛰었다.

익준이는 내가 초등학교 2학년 때 만난 친구인데 축구하다가 넘어진 날 일으켜줘서 친해지게 되었다. 그 이후로 우리는 아침마다 등교도 같이하고 학교가 끝나면 같이 피시방에서 게임을 켰다. 익준이는 공부를 빼곤 뭐든지 잘하는 재밌는 친구였기에 같이 다니는 것만으로도 즐거웠다.

점심시간 밥을 다 먹고 휴대폰으로 게임을 하는 애들이 있는 반면 밖에서 열심히 축구와 야구를 하다 땀범벅으로 교실에 들어오는 무리가 있다. 물론 늘 그랬듯이 나와 익준이는 축구를 하러 제일 먼저 나갔다. 밥이 코로 들어가는지 입으로 들어가는지 모르게 급식을 다 먹고 나서 말이다.

"야! 패스! 패스!"

내가 저 멀리서 공을 몰고 오는 창훈이에게 소리질렀다.

창훈이의 공은 골대 쪽으로 가는가 싶더니 나에게로 왔다. 나는 주저하지 않고 나의 발 앞에 떨어지는 공을 힘껏 찼다. 하지만 공은 위로 솟아오르고 결국 학교 담을 넘어버렸다.

"아니 김재현 뭐하는데 감 잃었네. 주워 와라!"

익준이가 주워 오라고 나에게 손짓했다.

"아니이, 이거 손창훈 패스가 구려서 그럼 이해 좀"

나를 바라보고 서 있는 애들에게 머리를 긁적이고는 싱글벙글 웃으며 말했다.

공이 날아간 방향으로 가보니 공은 이미 횡단보도를 건너 맞은편에 있었다. 나는 차가 적을 때를 기다려 무단횡단을 할지 말지 고민하다 결국 때를 놓쳐버렸다. 그러자 뒤에서 큰 소리가 들렸다.

"공 빨리 주워 온나! 김재현!!"

뒤에서 창훈이 목소리가 들렸다.

나는 주위를 빠르게 둘러보고는 재빠르게 뛰어서 공을 잡았다. 공을 잡고 뒤로 돌아보니 익준이가 맞은편에 와 있었다. 익준이는 자기한테 공을 던지라는 듯이 박수 두 번을 쳤고 나는 익준이에게 축구공을 던져 주었다. 익준이는 축구장 안으로 공을 던져 주고는 나를 기다려 주었다. 주위엔 대충 둘러봤을 때 차는 없었고 나는 다시 뛰어서 횡단보도를 가로지르는 도중 익준이가 눈에 보였다.

"야!!! 차!!!!"

익준이가 휘둥그레진 눈으로 급하게 소리쳤다.

내가 익준이의 소리를 듣고 왼쪽으로 고개를 돌렸을 땐 파란 거대한 것이 눈앞에 있었다.

"끼이이이익"

파란 버스의 브레이크 소리는 나의 머릿속을 하얗게 만들었다. 그냥 몸이 얼어붙어버리게 만드는 소리였다.

"쾅"

커다란 소리와 함께 나의 몸은 붕 떠 있었다. 아니 날아가고 있었다.

나의 몸은 바닥에 순식간에 떨어졌고 머리가 깨질 듯이 아프지만 나는 나의 손가락조차도 움직일 수 없었다. 익준이와 애들이 나에게로 뛰어왔고 익준이는 나의 앞에서 애들에게 외쳤다.

"야, 쌤 불러 빨리!!"

익준이의 표정이 정말 다급해 보였고 한편으론 겁이 나는 것처럼 보였다. 나는 벌떡 일어나서 몸을 털고 괜찮다고 말하고 싶었지만 눈앞은 점점 어두워졌다.

익준의 시점

"야, 쌤 불러 빨리!!"

나는 무릎을 꿇은 채로 피범벅이 되어버린 재현이를 보았다. 내가 재촉하지만 않았으면 재현이는 지금 같이 축구하고 있을 텐데 전부 나 때문이다. 재현이의 옷은 나도 모르게 흘러나와 버린 눈물과 피가 적시고 있었다.

내가 재현이 앞에서 펑펑 울고 있을 때 길을 지나가던 아주머니가 구급차를 불러주셨고 창훈이는 우리 담임 선생님인 이혜정 선생님을 불러왔다. 선생님에게 눈물범벅이 된 채로 내가 천천히 뒤를 돌아보자 선생님은 넋을 잃은 표정과 겁이 난 표정으로 나를 제일 먼저 안아 주셨다.

선생님도 같이 울었다. 얼마 후 구급대원들이 왔고 몇몇 구급대원들은 재훈이에게, 한 구급대원은 우리에게 와서 말했다.

"이 학생 담임 선생님이십니까?"

구급대원이 나와 선생님을 번갈아 보았다.

"네, 제가 담임입니다."

선생님이 코를 한 번 훌쩍이며 말했다.

"일단 같이 엠뷸런스에 타고 갑시다."

구급대원이 따라오라고 손짓했다.

선생님은 재훈이와 먼저 가셨고 곧 경찰차 한 대가 왔다. 경찰아저씨는 내게 와서 쪼그려 앉아 말했다.

"여기서 봤던 일을 아저씨한테 자세하게 말해 줄래?"

아저씨의 말투는 상냥했다.

나는 고개를 끄덕이고 아저씨한테 축구한 일부터 끝까지 길게 설명했다. 나의 설명을 다 들은 아저씨는 내 머리를 쓸어내리듯 만져 주고는 자리에서 일어났다. 아저씨의 뒷모습을 끝까지 지켜보다가 경찰차 문이 닫히는 순간 나는 버스정류장으로 달려갔다. 손에 땀을 쥔 채로 버스가 오기를 기다렸다. 곧 기다리던 버스가 오고 나는 버스를 재빠르게 올라탔다.

"푸른하늘 병원 가나요?"

주머니에서 구겨진 천 원짜리 한 장을 집어넣고 기사아저씨께 말했다.

"도착하면 말해 줄 테니까 빨리 앉아라."

기사아저씨가 귀찮다는 듯 말했다.

기분이 너무나 복잡했지만 나의 머릿속엔 '그럴 리 없겠지만 지금쯤은 깨어났으면 좋겠다'라는 생각 말고는 어떤 생각도 들지 않았다. 버스는 계속 달리고 졸음은 몰려오고 있을 때 누군가 나를 불렀다.

"얘야! 어이! 네가 말한 곳 다 왔다."

기사아저씨였다.

그 순간 나는 눈을 휘둥그레 뜨고 아저씨께 성의 없는 배꼽인사를 하고는 뛰어서 병원에 들어갔다. 병원에 들어간 순간 나는 탁 트이고 넓은 건물 분위기에 눌려 아무것도 못하고 서 있었다.

"누구 찾는 사람 있니?"

연보라 빛의 옷을 입은 간호사 누나가 내게 물었다.

"제 친구 재현이 보러 왔는데요… 김 재현이요."

나는 재현이의 이름을 또박또박 말했다.

이름 세 글자를 듣고는 간호사 누나는 나를 수술실 앞으로 바로 데려다 주었다. 수술실 앞에는 내게 잊힐 수 없는 장면이 펼쳐져 있었다.

우리 엄마와 하루 종일 깔깔 웃으며 수다 떨던 재현이의 어머니는 얼굴을 손에 파묻은 채로 울고 계셨고 학부모 참관수업 때 뒤에서 멋지게 양복을 입고 서 계셨던 재현이의 아버지는 땀범벅 눈물범벅이 된 얼굴로 아내를 달래고 있었다.

내가 쉽게 재현이 부모님께 다가가지 못한 그때 수술실 문이 열렸다. 재현이의 부모님은 문이 열림과 동시에 자리에서 일어나 의사 선생님께 물었다.

"우리 재현이 괜찮은 건가요? 별일 없는 거죠?"

"두 분께는 유감이지만 김재현 환자는 뇌사상태입니다. 기대는 하지 않으시는 게 좋을 겁니다."

의사 선생님이 고개를 푹 숙이고 말하자 동시에 재현이 어머니는 남편의 품에 기대 쓰러지셨다.

2. 거울이 없어도 나를 보다

재현의 시점

"…뇌사상태입니다. 퇴원은 힘들 겁니다."

낮은 중저음의 목소리가 들렸고 나는 고개를 돌렸다.

머리가 깨질 듯이 아팠다. 눈앞은 흐려서 잘 보이지 않고 훌쩍이는 소리만 작게 들려왔다. 곧 눈앞의 안개와 같던 흐릿함은 개어지고 의사의 그다지 넓지 않은 등이 시야를 가렸다. 조금 옆으로 걸어 나오자 우리 아빠가 엄마를 안아 주면서 울고 있었다. 그리고 우는 엄마 뒤에는 익준이가 굳은 채로 가만히 서서 지켜보고 있었다.

울고 있는 엄마한테 걸어가려던 참에 뒤에서 바퀴소리가 나며 간호사가 문을 열고 나왔다. 간호사 뒤에는 누워 있는 내가 함께 나오고 있었다. 나와 같은 모습의 등장에 나는 쌀쌀함과 무서움이 동시에 밀려왔다.

"아, 뇌사… 나 죽은 거구나…."

이 생각이 드는 순간 허무함도 느껴졌다.

간호사가 내 몸을 중환자실로 데려가고 우리 엄마와 아빠 그리고 익준이도 그 뒤를 따라갔다. 간호사는 모두가 지켜보는 가운데 내 몸에 바늘들을 무지 많이 꽂고는 인사하고 가버렸다. 간호사가 병실 밖으로 나가자마자 엄마와 아빠는 내 위에서 슬프게 우셨다. 정말 슬프게. 익준이도 흘러나오는 눈물을 양 팔로 계속 닦아내었다.

"어쩌다 이렇게 됐어… 엄마가 매일 찾아올 테니까 심심해 하지 말고… 듣고 있지 재현아?"

"엄마!! 아빠!! 익준아!! 나 여기 있어. 옆에 있다니까!! 가지마. 엄마, 아빠! 가지 마!!"

병실 밖으로 나가는 엄마와 아빠의 뒷모습을 보고 소리쳤다.

"야, 장익준 나 보이지 안 보이는 척하지 마! 다 들리잖아!!"

내 몸을 뚫어지게 쳐다보고 있던 익준이에게 소리쳤다. 하지만 익준이도 엄마와 아빠를 따라가 버렸다.

"익준아, 지금은 집에 가고 나중에 다시 오자. 집까지 데려다 줄게."

아빠가 병실에 남아 있던 익준이에게 울적한 목소리로 말했다.

나는 3명을 계속 따라갔다. 그런데 갑자기 엄마가 뒤로 아빠를 쳐다보며 말했다.

"여보, 우리 재현이 수혈 받았잖아요."

"그렇지."

"헌혈해 준 사람을 누군지 알아볼 수 없을까요? 꼭 고맙다고 말하고 싶어요."

"그럼 아까 수술했을 때 있던 간호사한테 물어보자. 찾을 수 있을 거야."

아빠는 말한 일은 꼭 실천하는 성격이었기에 엄마와 익준이를 데리고 바로 아까 나의 몸에 바늘을 꽂던 간호사를 찾아가서 내 몸속에 들어간 피가 누구의 것인지 물었다. 간호사가 곤란해 하며 쉽게 알려주지 않자. 엄마는 정말 고맙다는 말만 전하고 싶다고 간호사에게 빌듯이 말했다.

간호사는 엄마를 보고 마음이 변했는지 어딘가로 가더니 3분 정도가 지나서야 나타났다. 그리고 엄마한테 이름과 나이 연락처 등을 알려주는 것 같았다. 어느 정도 떨어져서 봤지만 간호사의 입모양은 확실히 '윤수빈'이었다.

나도 살짝 궁금했었는데 이름 밖에 모르는 사람이었지만 진심으로 고마웠다. 원하는 것을 들은 엄마와 두 사람은 병원 밖으로 걸어 나갔다. 나도 같이 걸어 나가려 했지만 병원 문에 보이지 않는 벽이라도 있는 것처럼 나는 밖으로 나가지 못했다. 그저 떠나가는 뒷모습을 바라만 볼 뿐이었다.

시야에서 사라질 때까지 바라본 후 나는 엘리베이터를 타고 올라오려 했으나 엘리베이터 버튼을 누르는 데에 실패하여 계단으로 올라왔다. 문도 어떻게 열지 한참을 고민하다 그냥 벽을 통과하면 된다는 사실을 깨닫게 되었다.

밖의 상황은 모르나 이 병원 안에는 나처럼 돌아다니는 영혼이 많이 보였다. 나는 복잡한 생각을 가득 품고 눈을 뜨지 못하는 내 몸을 바라보며 잠자리에 들었다.

3. 실마리 & 마주치다

다음 날

눈을 떴다. 평소와 달리 몸이 무겁거나 피곤한 느낌은 전혀 없었다. 이렇게 뇌사상태로 하루를 보낸 것이다. 오전 10시, 지금쯤이면 학교에 있을 텐데 내 시끌벅적했던 아침은 고요함으로 덮였다. 그냥 블라인드 틈사이로 보이는 창밖을 보고 있기에는 너무 심심해서 병원 안을 돌아보기로 결심했다.

병실 밖으로 나가기 전에 살아 있는지 죽은 건지 모르겠는 온 몸이 상처로 덮인, 드라마에서만 볼 수 있던 상태의 내 몸을 복잡한 생각이 담긴 표정으로 짧게 바라보았다. 병실 밖도 좁은 것은 다름없었지만 병실에 있는 것보단 기분이 나아졌다.

병원에는 보통사람들도 많이 보였고 죽어서 영혼이 된 사람들도 많이 보였다. 내가 생각하던 귀신의 모습이랑은 정말 많이 달랐다. 하늘을 날아다니지도 않았고 발이 없지도 않았다. 옷도 입고 있었고 쉽게 알아들을 순 없었지만 대화도 했다.

나는 '저 사람들 중에 나와 같이 뇌사인 사람도 있을까?'라는 생각을 수없이 반복했다. 그런데 이상한 모습들이 눈에 띄었다. 영혼들이 사람들을 피해 다니는 것이다. 왜 저런 행동을 할까 궁금하던 찰나 1층 의자에 혼자 앉아서 발을 동동거리던 내 또래처럼 보이는 남자애가 있었다. 나는 곧장 아래로 뛰어 내려갔다. 궁금함을 잘 못 참는 성격이기도 했지만 어쩌면 친구가 생길 수도 있다는 기대감 때문이었다. 나는 곧장 그 애 앞으로 가서 말했다.

"안녕? 옆에 앉아도 돼?"

"응."

"영혼들이 왜 사람들을 피해 다니는 거야?"

"사람들이 우리랑 닿으면 등골이 서늘하대. 그래서 다 피해 다니느라 바쁘지. 있잖아 너 꼭 살아 있는 사람 같아."

남자애가 인상을 살짝 찌푸리고 말했다.

"그런 게 느껴져? 어떤 느낌인데?"

나는 어쩌면 더 중요한 것을 알 수도 있겠다는 생각에 그 아이의 말에 귀기울였다.

"음. 그냥 우리랑 다르게 따뜻한 느낌이 들어. 그냥 사람 같아."

"사실 난 뇌사상태거든… 언제 죽을지도 모르고 어떻게 해야 할지 모르겠어."

"아 어쩐지. 나 예전에 너랑 비슷한 상태였던 아저씨를 봤어."

남자애가 허공을 바라보며 말했다.

"나 같은 사람이 또 있었어? 지금은 어디 있는데? 아직 살아 있어?"

내가 다급히 물었다.

"지금은 깨어나서 밖에서 살고 있어. 뭐 바깥은 나도 못 나가봐서 모르겠고."

허공을 바라보던 고개를 나의 얼굴 쪽으로 돌리며 말했다.

나는 믿을 수가 없었다. 뇌사상태에서 깨어난 사람이 있다니. 당장이라도 그 사람을 만나보고 싶었다. 내가 어떻게 해야 깨어날 수 있는지 묻자 그 남자아이는 모른다고 짧게 말했다. 몹시 실망했다. 결국 아무것도 변한 게 없었으니 말이다.

"그런데 그 아저씨 깨어날 때 심정지 상태였어."

"뭐?"

"그 아저씨 심정지가 일어나고 10초? 그 뒤에 바로 눈을 떴어. 정말 기적 같은 일이지.”

“심정지라….”

나는 머릿속이 몹시 복잡했다. 심정지가 유일한 방법인 것인지, 어떻게 하면 심정지를 일으킬 수 있는지. 나는 아무것도 몰랐다.

“어, 엄마 왔다. 가볼게. 아, 너 이름이 뭐야?”

문밖으로 보이는 엄마를 보면서 내가 말했다.

“김태진.”

엄마가 들어온 뒤 아빠가 한 한손에 음료수를 들고 따라 들어왔다. 엄마와 아빠는 엘리베이터를 탔고 나는 태진이를 살짝 돌아보고는 엄마를 따라 엘리베이터를 탔다. 곧 문이 닫히고 엄마가 아빠에게 말을 걸었다.

“오늘 온다고 했죠?”

“응. 오늘 5시까지 온대.”

누가 오는지는 모르겠지만 누군가 날 찾아온다는 것이 기뻤다. 엄마 아빠가 내 옆에 앉아서 온갖 이야기를 하고 있을 때 누군가가 병실 문을 노크했다. 곧 병실 문이 열리고 갈색 머리를 한 내 또래의 한 여자아이가 들어왔다.

“어머 네가 수빈이니?”

엄마가 친절하게 말했다.

“네, 안녕하세요….”

여자아이는 낯선 상황에 소심하게 대답했다.

엄마는 어디학교에 다니는지 나이가 어떻게 되는지 간단하게 물었다. 놀랍게도 여자아이는 내가 알고 있는 가까운 중학교에 다니고 있었다. 나이도 나와 같았다. 엄마와 아빠가 계속 여자아이에게 고맙다는 말을 전하는 사이사이 여자아이는 내가 있는 곳을 힐끗 쳐다봤다. 나는 의아했다.

분명 나는 눈에 보이지 않을 것이기 때문이다. 혹시나 다른 것을 보는 것인가 궁금해서 다른 벽면 쪽으로 걸어서 쪼그려 앉았다. 그러자 여자아이의 시선이 나에게로 또 따라왔다. 나는 확신했다. 나를 볼 수 있는 사람이 있다는 것을.

"뒤에 뭐가 있니?"

"아니에요. 저 오늘은 이만 가볼게요. 학원 갈 시간이거든요."

"아, 그렇구나. 고맙다 수빈아. 조심히 가~"

수빈이라는 아이가 나가고 나는 그녀의 뒤를 따라 나갔다. 뒤를 따라 걷다가 한마디를 조심스럽게 내뱉었다.

"저기…."

그녀는 아무 반응도 하지 않고 그냥 걸어가고 있었다. 나는 내가 착각을 한 것인지 싶어 그녀를 여러 번 더 불러 보았다. 하지만 아무 반응이 없었다. 아무리 불러도 대답이 없기에 나도 모르게 그녀의 어깨에 손을 얹었다. 하지만 내 손은 그대로 어깨를 통과해 버렸다. 그 순간 그녀는 몸을 움찔거리더니 뒤로 돌아보았다.

"왜 뭐가 문젠데! 왜 자꾸 귀찮게 하는 건데!"

살짝 짜증이 섞인 목소리로 말했다.

"나 보여요? 아까 나랑 눈 마주쳤잖아요."

"네, 보여요. 도대체 뭐예요? 귀신? 투명인간?"

"음. 귀신에 가까운데 저는 저기 병실에 누워 있던 환자예요."

"네? 그럼 유체이탈 한 거예요? 왜 내 눈에만 보여요?"

"아마… 제가 그쪽 피를 수혈 받아서 아닐까요?"

당황한 나머지 나도 모르게 되지도 않는 말을 해 버렸다.

"어쩌면 그럴지도 모르겠다. 너도 15살이지? 또 볼일은 없겠지만 말 놓을게. 너도 편하게 불러. 가볼게."

"잠깐만! 괜찮으면 다음에도 또 와줄래?"

"내가 왜?"

"그냥 사람이랑 대화할 수 있다는 게 좋아서."

내가 수줍게 말했다.

"그래 가끔씩 올게."

나를 보러 와 줄 사람이 늘어서 좋았다. 나를 보러 와 줄 사람이 내 또래라서 더 좋았다. 그리고 어느새 하늘이 어두워지고 엄마와 아빠도 내게 작별 인사를 하고 나가버렸다. 나는 아빠차가 사라질 때까지 창밖을 내다보았다.

너무 금방 사라져버려서 조금 아쉬웠지만 어두워진 병실에서 창문 밖을 계속 내다볼 수는 없는 일이었다. 나는 이제는 자연스럽게 문을 통과하고 나와 태진이가 있던 자리를 내려다보았다. 하지만 태진이는 자리에 없었다. 많은 이야기를 나누고 싶었는데 아쉬웠다.

나는 병원 복도를 걸으며 주변을 둘러보았다. 그때 1층에서 다급한 소리가 들려왔다. 응급 환자가 온 모양이다. 꽤나 심각해 보여서 나도 모르게 몰입해서 계속 쳐다보았다.

4. 열린 하늘아래서 한 걸음 더

"자주 있는 일이야."

태진이가 조용히 내 옆에서 난간에 턱을 괴고 말했다.

"언제 왔어? 온지도 몰랐어."

"방금. 그냥 네가 밑을 뚫어지게 보고 있어서 같이 보고 있었어."

"나 아까 하던 이야기 계속 하고 싶어."

"그래. 올라가서 이야기하자."

태진이가 내 손목을 잡고 계단으로 향했다.

나는 조용히 태진이를 따라갔다. 태진이는 뭔가 내게 보여주고 싶은 게 있는 것 같았다. 계단을 한 6층 올라가고 태진이가 멈춰 섰다. 그리고 나를 한 번 보고는 따라오라는 듯 큰 자물쇠가 잠겨 있는 철문으로 뛰어들었다.

나도 겁이 났지만 태진이가 한 것처럼 눈을 꼭 감고 뛰어들었다. 눈을 천천히 떠보니 병원 옥상이었다. 작은 정원과 산책로가 있었고 난간 너머에는 알록달록 아름답게 펼쳐진 내가 살던 도시의 야경과 내 머리 위에는 태어나서 처음 보는 까만 배경에 수없이 많은 노랗고 하얀 점들이 빼곡하게 박혀 있었다.

"와, 진짜 예쁘다! 이렇게 많은 별은 처음 봐."

내가 바보처럼 말했다.

"그렇지? 우리가 사는 세상은 늘 하늘이 열려 있어. 네가 보는 것처럼. 우리 저기 앉아서 이야기하자."

태진이가 작은 벤치를 가리키면서 말했다.

나와 태진이는 천천히 걸어서 벤치로 다가갔다. 하지만 벤치에는 한 아저씨가 누워서 자고 계셨다.

"여긴 힘들겠다. 우리 저기서 걸으면서 말하자."

내가 산책로로 방향을 바꾸면서 말했다.

"너 장기기증한대?"

태진이가 진지한 표정으로 물었다.

"장기기증? 아직 그런 말 못 들었는데?"

"곧 있으면 의사가 네 부모님께 동의서에 사인 받으러 갈 거야."

"우리 부모님이 사인하실까?"

태진이는 아무 말도 하지 않았다. 그냥 그저 곰곰이 무언가를 생각하는 것 같았다. 그러다 태진이가 작은 목소리로 내게 말했다.

"네 몸 상태가 어때? 뇌사면 큰 사고였을 텐데…."

"숨 쉬는 것도 힘들어 보여."

"그럼 의사가 더 재촉하겠다. 시간이 얼마 없을지도 몰라. 장기이식 수술에 들어가면 진짜 아무것도 못하게 돼."

태진이가 살짝 당황한 듯이 말했다.

태진이의 말은 엄마 아빠가 사인을 하면 내가 정말 다시는 못 돌아간다는 무서움을 주는 동시에 그냥 성큼 다가오는 죽음이라는 것에 날 떨게 만들었다. 내가 겁에 질려 아무 말 못하고 땅을 내려다보고 있을 때 태진이가 어깨에 손을 올리고 침착하게 말했다.

"아직 부모님이 사인하신 거 아니니까 방법을 찾아보자."

"그 아저씨는 어땠어? 부모님이 사인했었어?"

"아니 그 아저씨는 사인을 해줄 보호자가 없었어. 배우자도 없었고. 부모님은 어릴 때 돌아가시고 아내랑 여행을 가다 사고가 나서 병원에 혼자 실려 왔었어. 뇌사가 된 채로 말이야."

태진이가 기억을 회상하듯 하늘을 올려다보며 말했다.

"그때 그 아저씨 별 소란을 다 피웠었지. 문에 박고 소리지르고 맨날 울고. 자살도 무지 많이 하고 싶어 했어. 하지만 몸도 없는 영혼의 상태로 어떻게 죽을 수 있겠어?"

"그런데 어떻게 깨어나게 된 거야? 죽고 싶어 했다며."

"아내가 찾아왔었어. 물론 영혼이 된 채로 말이야. 아내가 병원에 왔을 땐 여기 있던 모두가 놀랐지. 그 소란을 피우던 아저씨가 굳어버렸으니까."

"어떻게 그럴 수가 있어? 여기는 나갈 수도 없고 들어올 수도 없는 거 아니었어?"

"그야 우리는 모두 병원에서 죽은 사람들이니까."

"그렇구나. 그래서 그 아내가 뭐라고 말했는데?"

"자기한테는 아저씨가 다시 원래 살듯이 잘 살아가는 게 제일 행복하댔어. 아 맞다! 그 아줌마! 그러니까 아내 말이야. 지금 이 병원에 있어! 남편이야기는 아내한테 직접 듣는 게 제일 좋겠다. 바로 가자. 네가 깨어나는데 도움이 될지도 몰라."

그 아내 분께 듣고 싶은 이야기가 너무나 많았다. 내게 도움이 되는 이야기가 있을 것이란 태진이의 말도 무지 설레고 깨어날 수 있다는 기대감이 나를 흥분되게 했다. 계단을 내려가고 또 내려가 2층에 도착했다.

태진이가 203호 앞에서 내게 들어오라고 손짓했고 나는 시키는 대로 따라 들어갔다. 방안은 가로등 불빛이 약하게 들어와서 어두워도 안은 다 보였다. 그때 벽 한 구석에 앉아 있는 한 여자가 보였다.

"어 저…."

태진이가 손으로 입을 막아서 말을 할 수 없었다.

"쉿! 조용해. 천천히 깨워야 해."

태진이가 아주 작은 목소리로 겨우 들리게 말했다.

"지금 자고 있는 거야?"

"자는 건 맞는데 지금 동면중이야. 자기가 가장 행복했던 기억들을 계속해서 반복해서 꿈을 꾸는 거지. 자기가 일어나고 싶을 때까지 말이야. 그래서 조심히 깨워야 해. 잘못하면 아줌마의 행복한 기억들이 잊힐 수 있거든."

나는 조용히 고개를 끄덕였다. 태진이는 조심스럽게 다가가서 아줌마를 천천히 깨웠고 아줌마는 조금 뒤에 눈을 떴다. 아줌마는 눈을 뜨고 아무런 말도 하지 않았다. 그저 같은 자세로 앉아 있을 뿐이었다. 그러다 고개를 돌려 태진이 쪽을 바라보았다.

"태진이구나. 오랜만에 보네. 어쩐 일이니?"

"여기 새로 사귄 제 친구가 아저씨랑 비슷한 상황이라서요. 도움이 될까 싶어서 왔어요."

"서 있지 말고 여기 앉으렴."

병실의 침대 위를 손으로 토닥이며 아줌마가 말했다.

"저, 더 살고 싶어요."

내가 입을 무겁게 열었다.

"혹시 몸을 빠져나올 때 무슨 느낌 없었니?"

"잘 모르겠어요. 누가 저를 부른 것 같기도 하고… 기억이 잘 안 나요."

"맞아 분명 너의 목소리를 들었을 거야. 온통 주변이 하얀 복도 같은 곳을 지나오기도 했을 거고."

아주머니께서 진지한 표정을 지으며 내게 말했다.

"그이는 몸에서 빠져나올 때 자신의 목소리가 길을 인도했다고 해. 하얀 미로에서."

나는 곰곰이 침묵을 유지하며 기억을 떠올려 보았다. 흰 방 같은 곳이 있었던 것 같다.

흰 방이 있었다는 것뿐만이 아니라 그때 내가 무슨 말을 들었는지도 생각이 날 듯 말 듯했다.

"오른쪽."

나도 모르게 입에서 툭 튀어나왔다.

"갑자기 뭐라는 거야."

태진이가 이상하게 쳐다보며 말했다.

"하얀 미로에서 들었어. 분명 오른쪽이라고 했어!"

"기억이 나는가 보구나. 또 다른 방향은 말해 주지 않았니?"

아주머니가 물었다.

"잘 모르겠어요. 더이상 기억이 안 나요."

내가 답답한 표정을 지으며 말했다.

"나중에 잘 기억해 봐. 남아도는 게 시간이니까. 분명 떠오를 거야. 생각나면 바로바로 지도로 만들어."

아줌마가 충고하듯이 말했다.

더이상 아주머니의 시간을 방해하고 싶지 않아서 그만 인사드리고 나오려 했다. 내가 뒤를 돌아 나가려는 순간 태진이가 아줌마에게 망설이다 물었다.

"아줌마는 왜 아저씨가 떠났는데도 여기 있어요?"

"그이가 기억상실에 걸리고 나는 그이를 따라다니면서 잘 살아가는지 계속 지켜봤어. 나중에 결국 한 여자를 만났고 재혼을 하더라고. 기억도 돌아왔고. 그리고 또 그이가 기억을 되찾고 슬퍼하는 모습을 봤어. 그이의 마음 한편에 내가 있다는 것만으로도 충분해. 그것만으로도…. 나는 이제 그이가 남아 있던 자리에서 가장 행복한 추억들을 떠올리고 싶어."

아주머니가 눈가에 맺힌 눈물을 닦아내며 말했다.

"아… 아줌마 아저씨도 아줌마를 잊지 않을 거예요. 저희 가볼게요."

"그래 도움이 필요하면 또 찾아오렴."

우리는 아주머니께 인사하고 문밖으로 나왔다. 기억상실이라는 아줌마의 말이 자꾸 신경쓰였다.

"기억상실이라니. 그게 무슨 소리야?"

"아저씨는 깨어나고 나서 기억상실에 걸렸어. 얼마나 오래 갔는지는 모르겠지만 몇 달은 기억을 못 찾았을 거야."

태진이가 손으로 얼굴을 쓸어내리며 말했다.

"그걸 왜 이제 말해 줘? 중요한 일이잖아!"

"너한테 일어날지 안 일어날지 모르잖아."

태진이가 냉정하게 말했다.

"그래도 그렇지."

더 따지고 싶었는데 마땅히 떠오르는 말이 없었다.

"오늘은 들어가서 자자. 늦었어."

내 방으로 들어오고 기억을 되살리려고 계속 노력했지만 조금도 진전이 없었다. 계속 생각을 하다 나도 모르게 잠에 빠졌다. 꿈에서라도 기억을 찾을 수 있길."

5. 카운트다운 시작

수빈의 시점

내가 병실에서 재현이를 보고 온 지 2일이 되었다. 오늘 마침 학원도 없는데다 일정도 없어서

재현이가 있는 병실에 한번 가봐야겠다는 생각이 들었다. 내가 유령을 보다니! 그냥 남들과 다른 경험을 한다는 것에 난 그저 신이 났다. 신이 난 마음속에 조금은 두려운 마음도 있었다.

하지만 이 두려움은 재현이랑 보면 볼수록 줄어들 것이라고 생각한다. 학교를 마치고 전에 그랬던 것처럼 푸른하늘병원으로 향했다. 병원은 여전히 컸다. 안으로 들어가자마자 모든 층을 올려다볼 수 있는 로비에서 재현이가 있는 방을 바라보았다.

잘 보이진 않았지만 재현이가 있는 702호가 보였다. 엘리베이터를 타고 올라가 병실 앞에 섰다. 어릴 때부터 남과 다른 능력을 가지고 싶다고 생각했다. 손에서 얼음을 만들 수 있다거나 순간이동 같은 능력 말이다. 물론 내가 기대했던 모습과는 많이 다르지만 이것도 너무나 신기하고 날 특별한 사람처럼 느끼게 해주는 일이라 기분이 좋았다. 노크를 하고 문을 열었다.

문을 열자마자 눈에 들어온 방 안은 내 밝은 얼굴을 굳어버리게 만들었다. 재현이의 어머니는 울고 계셨다. 의사는 서류를 들고 있었고 무언가를 말하고 있다가 내가 들어온 바람에 끊어진 모양이다. 뻘쭘하고 어두운 분위기 속에서 내가 실수를 저지르고 만 것이다. 내가 잠시 나가려 하자 재현이 어머니께서 내게 들어와 있어도 된다고 하시며 나를 병실에 앉혔다.

"다시 말하자면 김재현 환자분께서는 지금 몹시 상태가 좋지 않기 때문에 최대한 빨리 결정을 해주셔야 할 것 같습니다."

의사가 다시 말을 꺼내기 시작했다.

"저희에게 시간을 언제까지 주실 수 있나요."

재현이 아버지가 물었다.

"시간이 많지는 않지만 정말 길면 5일에서 1주일 정도가 최선이라는 생각이 듭니다. 지금 당장도 수술이 가능하고 김재현 환자로 인하여 현재 5명의 생명을 구하실 수 있습니다."

"재현이 심장이 멈추면… 그때 바로 수술을 할 순 없는 건가요?"

재현이 아버지의 눈시울이 붉어지고 누워 있는 재현이와 아내를 보면서 의사에게 힘없이 말했다.

"불가능하진 않습니다. 정 원하신다면 그렇게 하도록 하겠습니다."

"감사합니다. 정말 감사합니다."

재현이의 부모님이 흰 종이에 사인을 하고 고개 숙이며 말했다.

"정말 좋은 선택 하신 겁니다. 그럼 안녕히 계십시오."

의사가 재현이 부모님 손을 잡아드리고는 병실 밖으로 나가버렸다.

의사가 나가자마자 재현이 어머니는 누워 있는 재현이 몸을 쓰다듬었고 재현이 아버지는 아내의 등을 토닥여 주었다. 의사와의 이야기가 다 끝난 지금도 재현이의 영혼은 몸을 빠져나온 채 자신의 몸 옆에서 잠을 자고 있었다.

이 울음소리가 안 들리는 걸까. 내가 모든 상황을 지켜보고 있을 때 재현이 어머니께서 내게 저녁 먹으러 가려 하는데 같이 갈지 물으셨다. 배는 고팠지만 이 상황을 재현이한테 말해 줘야 할 것 같았기에 재현이 부모님이 기분 상하시지 않게 잘 거절했다.

재현이 부모님이 나가시고 나는 재현이에게로 다가가서 재현이를 깨웠다. 마음 같아서는 흔들어 깨우고 싶지만 만져지지 않아서 답답했다.

"일어나! 일어나라고!"

재현의 시점

"일어나!"

누가 자꾸 날 깨운다. 시끄러운 소리에 눈을 떴다.

"왼쪽 앞으로!"

내가 침대에서 벌떡 일어나면서 소리쳤다. 눈앞에 수빈이가 알지 못 할 눈빛으로 날 쳐다봤다.

"언제 왔어??"

"방금. 그게 중요한 게 아니라 네 부모님 있으시다가 잠깐 나가셨어."

"아, 진짜? 조금 있다가 오면 봐야겠다."

엄마, 아빠가 왔다 갔는데 자고 있던 게 아쉬웠다.

"방금 네 장기기증 동의서에 사인하고 가셨어… 너 얼마 못 있는데, 여기."

수빈이의 얼굴이 일그러지더니 눈시울이 붉어졌고 이내 눈물을 흘리며 말했다.

머리가 멍해졌다. 장기이식 같은 걸 하게 될지 몰랐는데 드라마에서만 보던 그 장기이식을 정말 하게 될지 몰랐는데 나한테 일어나다니 그저 드라마로 볼 땐 남 일 같던 그저 슬픈 장면이었는데 막상 내가 한다고 생각하니 온갖 감정들이 북받쳐 올라서 터지기 직전이었다.

누구보다 울고 싶었다. 하지만 눈앞의 수빈이가 울고 있는 것을 보니 막상 울지 못했다. 나는 침대에서 일어나 수빈이에게 침착하게 물었다.

"언제 한대? 장기이식…?"

"그냥 너 심장 멈추게 되면 바로 한다고 했어. 너네 아버지 우시더라."

들던 중 다행이었다. 깨어나기 위해 시도할 기회는 주어진 것이었기 때문이다. 다행히 마음이 좀 풀렸지만 아빠가 울었다는 말에 마음 한편이 먹먹했다. 아빠의 눈물은 한번도 본 적 없기 때문이다.

내가 안도의 한숨과 함께 아빠 생각을 하고 있을 때 수빈이는 이만 가본다고 내게 말했다. 나는 수빈이를 마중해 주었다. 오늘 수빈이가 안 왔더라면 정말 중요한 소식을 놓칠 뻔했다. 나는 1층에서 수빈이에게 손을 흔들어주고는 곧장 203호로 달려갔다.

평소와 같이 동면중이셨던 아주머니를 조심스럽게 깨웠다. 아주머니는 오늘은 무슨 일로 왔냐며 다정하게 물었다.

"저번에 말해 주신 미로 말인데요. 오늘 꿈에서 그곳이 나왔어요."

"응? 뇌사환자라 꿈을 꿀 수는 없을 텐데… 기억에 관한 부분은 살아 있나 보구나. 그래서 꿈이 뭘 알려주었니?"

"제가 하얀 미로 속에 있을 때 제 목소리가 왼쪽으로 가서 앞으로 가라고 했어요. 그리고 가라는 대로 갔더니 두 갈래 길이 또 있었어요."

"꿈에서 제대로 본 것 같구나. 우리 남편도 너와 비슷하게 말을 했었어. 그런 구조였던 것 같아. 확실하진 않지만 방향 두 개는 알게 된 것 같구나. 그이가 내게 알려준 방향은 네 가지였어. 조금만 더 노력해 보자꾸나."

아줌마는 나를 적극적으로 도와 주셨다. 아저씨 생각이 나서일까. 나는 아줌마와 이야기를 하고는 내 병실로 들어와 버렸다. 병실에 들어갔을 땐 엄마와 아빠가 내 침대 옆에 앉아계셨다. 그리고 늦은 밤에도 새벽까지도 내 곁에 있어 주셨다.

날이 밝고 눈이 떠졌다. 분명 새벽까지 깨어 있었는데 어쩌다 잠이 들었나 보다. 이번에는 아무런 미로에 대한 정보를 못 얻었지만 일어났을 때 나와 함께 잠에 들었던 엄마 아빠를 봐서 기분이 좋았다. 오늘도 평소와 다를 것 없는 병원이었다.

엄마 아빠가 하루 종일 병실에 있어 주었다. 나는 엄마 아빠가 하는 이야기를 계속 들었다. 나의 어린 시절부터 내가 사고친 일 등등 엄마 아빠는 시간 가는지 모르고 이야기를 이어나갔다. 태진이도 병실로 찾아와서 나에 대한 이야기를 함께 들었다.

서로 킥킥거리면서 시간을 보내다가 늦은 밤이 되었을 때 태진이는 내게 별을 보러 가자고 말했다. 우리는 계단을 또 6층 올라가서 별을 보았다. 이번에는 벤치에 앉아서 보았다. 앞으로 평생 볼 수도 있지만 앞으로 더이상 못 볼 수도 있는 열린 하늘의 별들이라 더욱 유심히 보고 마음에 새겼다.

6. D-Day

4일 뒤

재현의 시점

병실에 아줌마와 나 태진이가 모여 의논했다. 우리 사이에는 손가락으로 선을 그으면서 진지한 분위기를 이어가게 해주는 보이지 않지만 알아들을 수 있는 지도가 있었고 내가 생각해 낸 방향들을 모아서 어느 방향을 먼저 갈지, 어느 방향 뒤에는 어디로 가야 할지를 대충 맞추어보고 있었다.

그런데 우리가 서로의 생각을 이야기하고 있을 때 검은 옷의 남자가 창 밖에서 모습을 드러내었다. 태진이와 아줌마는 내게 그 사람이 저승사자라고 말해 주었다. 둘의 말에 따르면 저승사자는 우리를 저승으로 데리고 가는 역할이 아니라 그저 내가 저승에 들어왔다는 것을 확인하려고 오는 것이라고 한다.

"저승사자가 왔다는 건….."

태진이가 아줌마에게 조심스럽게 물었다.

"맞아. 이제 재현이에게 30분 남았다는 말이야. 아까 우리가 말했던 거 잘 기억하고 있지? 시간 절대로 넉넉하지 않으니까. 미로에 들어가면 바로 뛰어. 빠져나오면 간 적 없는 방향으로 바로 달려가. 알겠지?"

아줌마가 진지하게 말했다.

나는 고개를 끄덕이고 우리가 말해 온 방향들을 차례대로 정리했다. 내가 생각해낸 방향의 반대로 가면 다시 돌아갈 수 있는 것이었다.

"왼… 왼… 앞… 오…."

나는 계속 같은 말을 반복하며 외워댔다.

나는 방향들을 머릿속에 새기고 아무것도 모르는 것처럼 잠들어 있는 내 몸을 비장하게 쳐다보는 동시에 나를 안타깝고 슬픈 눈빛으로 바라보고 있는 우리 엄마 아빠의 모습도 보았다. 나는 이런 엄마 아빠의 모습을 보고 반드시 내가 살던 세계로 돌아갈 것이라고 다짐하고 또 다짐했다. 그때 누군가가 나의 손목을 잡았다.

"만약 깨어나게 된다면 우리 절대 잊지 마라."

태진이가 낮은 목소리로 말했다.

"당연하지. 안 잊을게. 이곳의 별은 절대 잊지 못할 거야."

내가 걱정 말라는 듯이 말했다.

"이제 시간이 얼마 안 남았어. 준비해."

아줌마가 나를 쳐다보면서 알려주었다.

침대 옆의 심전계의 그래프가 낮아지고 내 심장소리에 따라 뛰는 심전계소리도 약해졌다. 진짜로 때가 온 것이다. 나는 숨을 가다듬고 마지막으로 방향을 외웠다. 그리고 태진이와 아줌마의 눈을 바라보았다. 모두 나를 간절한 눈빛으로 쳐다보았다. 내 마음 역시 그랬다. 그리고 내 몸 쪽으로 고개를 돌리자 바로 심전계소리가 들려왔다.

"삐이이"

소리가 들리자마자 바로 내 몸으로 다가가 몸과 포개지게 누웠다. 그리고 눈을 감고 생각을 비웠다. 주변이 많이 시끄러웠다. 우는소리와 뛰어오는 발소리들 나의 생각을 비우기란 쉽지 않았지만 나는 생각을 비우려 애썼다. 그리고 곧 아무소리도 들리지 않게 되었다.

나는 조심스럽게 눈을 떴고 꿈에서 보았던 미로가 펼쳐져 있는 것을 보고 소름이 돋았다. 나는 정신을 차리고 달리기 시작했다. 달려가다 보니 세 갈래 길이 나왔다.

망설임 없이 왼쪽으로 달렸다. 얼마 지나지 않아서 또 두 갈래 길이 나와서 왼쪽으로 달렸다. 그리고 그 다음은 몇 갈래 길이든 상관하지 않고 앞으로 쭉 달렸다. 달리면서 지금 내가 잘하고 있는지 걱정이 되었지만 나는 계속 달렸다.

그리고 마지막 갈래 길이 나오고 나는 오른쪽으로 달렸다. 이제 됐다는 생각에 마음이 살짝 가벼워졌을 그때 다른 갈래 길이 하나 더 나왔다. 앞으로 가는 길과 오른 쪽으로 가는 길이 있는 두 갈래 길이었다. 나는 그냥 찍어서 앞으로 쭉 달렸다. 그런데 앞으로 가는 길로 발을 들여놓자마자 미로가 거울 깨지듯 깨져 버렸다. 그리고 다시 내 몸 밖으로 툭 튀어나와 버렸다.

"김재현 환자 2018년 8월 25일 11시 31분 사망하셨습니다."

내 병실에 자주 들어오던 간호사의 목소리였다. 실패했다는 생각에 힘이 빠졌다. 그때 익숙한 목소리가 들려왔다.

"뭐야 왜 나왔어? 방향이 아니야? 이러다 수술실 들어가겠어."

태진이가 급하게 말했다.

"몰라! 길이 더 있었어. 어떡하지?"

내가 불안해 하면서 말했다.

"어떡하긴 뭘 어떡해! 빨리 다시 들어가!"

태진이가 큰소리쳤다.

나는 다시 아까처럼 시도했다. 이번에는 바퀴소리가 들렸음에도 불구하고 머릿속을 쉽게 비웠다. 그리고 눈을 뜨니 다시 미로가 나타났다. 아까처럼 달리고 또 달렸다. 그리고 마지막 갈래 길에서 방금과는 다른 선택을 하고 달렸다. 그리고 달리다 보니 눈앞이 하얗게 되었다.

익준이의 시점

오늘은 토요일, 재현이를 보려고 평소와는 다르게 유난히 일찍 일어났다. 평소에도 가려 했으나 너무 자주 가는 것은 민폐일 것 같기도 해서 주말인 오늘 가는 것이다. 나는 오늘은 택시를 타고 재현이가 누워 있는 병원으로 갔다. 병원으로 들어가서 702호까지 계단으로 뛰어 올라갔다.

그리고 문 앞에 다가가자 문이 열리며 간호사와 의사가 나올 준비를 하는 것 같았다. 그리고 울며 소리지르는 재현이 어머니도 보았다. 그제서야 눈치를 챘다. 재현이가 죽었다는 것을. 나는 재현이를 뚫어지게 쳐다보았다. 조금만 더 일찍 올 걸. 너무 후회된다.

그때 나는 심전계의 초록색 실과 같은 선이 미세하게 한 번 움직이는 것을 보았다.

"어! 저거 움직였어요!"

내가 다급하게 말했다.

"급하니까 나와 주세요! 지금 당장 가야 합니다."

의사가 다급함과 짜증이 좀 섞인 말투로 내게 말했다.

그때 짧은 소리가 병실에 가늘게 울렸다.

"삐."

이 짧은 소리는 병실에 있는 모두의 눈과 귀를 한 곳에 집중시켰다.

그리고 몇 초 후 짧고 가늘었던 소리가 계속 울리기 시작했다.

"선생님! 김재현 환자의 심장이 다시 뛰어요!"

간호사가 놀라운 표정으로 말했다.

의사와 재현이 부모님 그리고 간호사와 나, 모두가 놀랐다. 방금 전까지만 해도 멈춰 있던 심장이 다시 뛰기 시작한 것이다. 그리고 재현이가 몸은 그대로 둔 채 눈을 조심스럽게 떴다. 재현이가 눈을 뜨자 의사는 재현이의 상태를 확인했고 재현이의 동공은 정상적으로 잘 반응하였다.

"김재현 환자 사망기록 지워. 아직 살아 있는 사람일세."

의사가 간호사에게 말하고는 병실 밖으로 뛰쳐나갔다.

재현의 시점

뭔가 밝은 빛이 날 비춘다. 이 빛이 나를 너무 어지럽게 만드는 것 같다. 눈이 떠지고 당장이라도 고개를 돌려 주위를 확인하고 싶었지만 몸이 말을 안 들었다.

내가 낑낑대고 있을 때 내가 보고 있는 쪽으로 엄마와 아빠 그리고 익준이가 와 주었다. 너무나 반가웠다. 다행히 기억상실도 오지 않은 것 같아 너무 기뻤다. 이제 정말로 몸만 회복된다면 이 병원을 나가 다시 일상처럼 생활할 수 있는 것이었다.

그리고 깨어 있는 이 순간에도 나는 태진이와 아줌마를 잊지 않으려 노력한다. 자꾸만 희미해지는 것 같았기 때문이다. 시간이 지나 오후 3시쯤 아빠의 연락을 받고 수빈이가 왔다. 수빈이는 눈물을 터뜨렸다. 얼마 만나지도 않았지만 벌써 좋은 친구가 된 것 같았다. 그리고 오늘 하루에만 수많은 기자들과 교수님들이 찾아왔다.

아마 내일도 또 찾아올 것이다. 하지만 난 모두를 그냥 돌려보내고 엄마 아빠와 친구들에게 그동안 있었던 일들을 모두 말했다. 모두들 내 말을 못 믿을 줄 알았지만 내가 일어난 것도 기적이라며 나의 말을 아무런 의심 없이 들어주었다.

그러다 나의 이야기로 시간이 흘러 9시가 되었을 땐 뉴스에서 나의 기적 같은 깨어남을 전국에 알렸다. 그렇게 다시 사람으로서의 삶을 다시 살아가게 된 것이다.

6개월 후

드디어 퇴원 전 날이다. 내 몸은 거의 완전히 회복되어 가고 있었고 이젠 혼자서도 걸어 다닐 수 있다. 나의 방 안에는 나의 아슬아슬했던 그날들을 잊지 않기 위해 그린 그림과 일기들이 쌓여 있었다.

너무나 잊고 싶지 않았기 때문이다. 난 이 그림들과 일기를 뒤로한 채 혼자 걸어서 나왔다. 그리고 나는 간호사 누나에게로 갔다.

"누나, 저 옥상에 가도 돼요?"

"옥상? 옥상은 갑자기 왜?"

간호사 누나가 어리둥절한 표정으로 물었다.

"그냥 오랜만에 별이 보고 싶어서요."

"별… 잘 안 보일 텐데… 그래도 내일 퇴원이니까 올라가 보자."

간호사 누나는 귀찮은 표정 하나 짓지 않으며 내게 말하고 나를 데리고 위로 올라갔다. 누나가 엘리베이터를 타자고 했지만 내가 계단으로 가자고 고집 부려서 올라갔다.

놀랍게도 옥상 문은 잠겨 있지 않았고 내가 못 올라와 본 사이 옥상의 정원은 더욱 아름답게 변해 있었다. 나는 벤치에 앉았고 누나는 뒤에서 나를 지켜보고 있었다.

"오늘은 그때처럼 별이 많다. 너도 보고 있겠지? 나 내일 퇴원한대. 가끔 정말 가끔씩 찾아올게 잘 있어."

나는 별을 가만히 지켜보다 벤치에서 혼자 중얼거렸다.

그리고 벤치에서 일어나 나의 병실로 다시 돌아와서 잠이 들었다. 그리고 다음날 아침 나는 간호사 누나와 의사 선생님, 부모님과 친구들에게 축하를 받으며 퇴원했다. 집으로 돌아와서 오늘도 이렇게 살아갈 수 있음에 감사하다고 생각했다.

2학년 강민성

이번에 내가 쓴 소설 두 편은 주제소설인 영화 '쇼생크 탈출'을 소재로 한 '쇼생크 탈출 후속작'과 자유소설인 '열린 하늘 아래서'이다. 첫 번째 소설인 '쇼생크 탈출 후속작'에서는 남자 주인공과 지독한 악연이 있는 블래치와 탈옥 후 우연히 마주침에서 자신의 정신적 지주인 레드의 조언을 통하여 블래치를 용서하게 되는 과정을 잘 나타내려고 노력했다. 특히 '쇼생크 탈출 후속작'은 짧지만 진정한 용서에 대하여 글을 써내려가는 것에 비중을 크게 둔 것 같다.

두 번째 작품인 '열린 하늘 아래서'는 뇌사로 인한 장기이식환자의 심리와 내가 생각한 영적 세계의 모습을 잘 표현하려고 노력했다. 그리고 이 소설을 쓰기위해 소설 쓰는 시간과 비슷한 시간을 들여 장기이식의 절차와 병원의 모습 그리고 실제 사례 등을 인터넷 검색을 통하여 찾아보았다. 그중 실제 사례는 매우 흥미로웠다.

하버드 대학교의 교수가 실제로 뇌사에서 깨어났는데 그 모든 일들과 또 자신과 비슷한 처지의 사람들의 이야기를 담아서 책으로 냈다. 과연 내가 쓴 소설과 어디가 비슷하고 어디가 다른지 그 책을 꼭 사서 읽어보고 싶다는 생각이 들었다.

작년에도 동아리 '그린비'에서 글을 썼지만 올해도 쓰게 되니 작년보다는 더욱 글다운 글을 쓰고 싶다는 생각을 많이 했다. 내가 사람의 심리에 관심이 많은 만큼 주인공의 심리묘사를 열심히 했고 주인공이 아니더라도 다른 등장인물들의 행동을 묘사하며 간접적으로 등장인물들의 심리를 묘사하기도 했다. 그리고 1년이라는 시간이 더 지난 만큼 맞춤법을 더욱 잘 맞히기 위해 노력했다. 소설이라는 것을 쓰다 보니 맞춤법은 필수였다. 그래서 나는 글을 쓰며 틀린 맞춤법들을 공부했고 현재에는 맞춤법 검사기를 돌리지 않고도 대부분의 내용을 잘 써내려갈 수 있다. 하지만 아직은 맞춤법이 완전하지 않고 또 어떤 부분은 내가 틀렸음에도 틀린지 잘 모르기에 넘어가 버릴 때도 있다. 하지만 이런 점 역시 소설을 써 나가면서 채워 나가야 할 일 중에 하나라고 생각한다.

그리고 나에게 있어서 글을 쓴다는 것은 재미있지 않을 수가 없다. 나는 어릴 적부터 내 생각 말하기를 좋아하고 또 몹시 수다스러웠다. 아마 지금 내가 글을 쓰는 데에는 어릴 적 나의 이런 성격과 쓸데없는 상상을 많이 하는 습관이 영향을 많이 미친 것 같다. 지금도 글을 쓰면서 어릴 적 했던 나의 쓸데없는 상상들로 글 내용을 더욱 풍부하게 만들어 나가는 것을 보면 참 신기하고 재밌다.

마지막으로 내년에 비록 고3이 될지라도 나는 이런 상상과 평소 떠올린 소재들을 바탕으로 글쓰기를 이어 나가고 싶다. 그리고 성인이 되어서도 글쓰기를 취미로 이어 나가고 싶다.

김건주

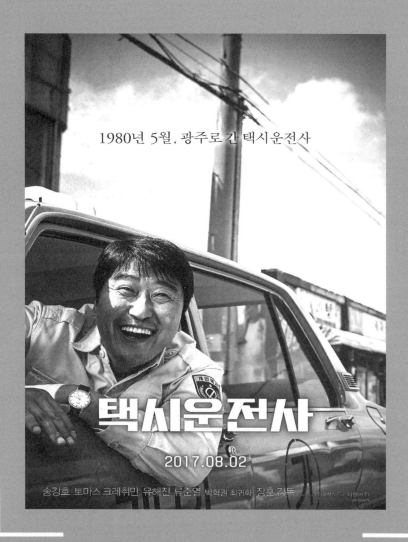

택시운전사

〈줄거리〉

1980년 광주에서는 우리가 잘 알고 있는 5·18 민주화운동이 일어났다. 평범하게 서울에서 택시운전사로 일하고 있던 김사복은 어느 날 기사식당에서 큰 건수가 잡혔다는 다른 택시기사의 말을 듣고 급하게 그 장소로 간다.

그 장소에서는 원래 택시기사의 손님 위르겐 힌츠페터라는 외국 기자가 기다리고 있었다. 영어를 잘 몰랐던 김사복은 위르겐 한츠페터의 말을 잘 알아듣지 못하여, 우리가 흔히 말하는 콩글리시로 대화를 한다.

그후 광주로 가던 중 김사복은 위화감을 느낀다. 광주로 가는 차가 자신의 차밖에 없었던 것. 광주에 들어가는 길목에서 검문을 하고 있자 다른 산길로 돌아서 간다.

도착한 광주에서 볼 수 있었던 것은 무장 중인 시민들과 황량한 분위기의 마을 뿐이었다. 영문을 모르는 둘이 할 수 있었던 것은 시민들을 따라가는 것 뿐. 다행히 그들은 둘에게 호의적이었다.

그들을 따라서 병원에 들어가자 둘은 광주의 참상을 볼 수 있었다.

출혈을 일으키며 쓰러져 있는 사람들이 대부분이었다. 그들을 봐줄 인력은 절대적으로 부족한 상황. 말 그대로 절망적이었다. 하지만 그런 상황에서도 희망을 찾고 있는 사람들이 있었다.

바로 김사복과 같은 택시기사들. 그들은 자신들의 택시를 이용해 시위가 일어난 곳에서 환자를 병원으로 실어왔다. 하지만 김사복은 돈을 받았으니 그만 돌아가려고 한다. 그렇게 집으로 다시 돌아오던 김사복은 양심의 가책을 느껴 광주로 돌아가서 다른 택시기사들을 따라 환자를 병원으로 실어오기 시작한다.

하지만, 이대로 가면 끝이 없는 상황. 그들은 외신기자인 위르겐 한츠페터에게 부탁해 광주의 사실을 외부로 알리려고 한다. 여러 위기가 있었지만, 김사복과 위르겐 힌츠페터는 다른 택시기사의 도움으로 안기부의 추격을 따돌리고 서울로 돌아와 공항에 도착하는 데에 성공한다. 위르겐 한츠페터는 외국으로 다시 떠났고, 김사복은 집으로 돌아와 가족과의 그리운 재회를 하였다. 그렇게 광주에서의 일은 외국으로 퍼져나갔고, 그 외신기자는 후에 시상식에서 김사복을 그리워하는 마음을 표하게 된다.

택시운전사 시즌2

2학년 김건주

"… 김만섭 씨는 제 은인이라고도 볼 수 있습니다."

회장에서 위르겐 힌츠페터가 어느 기자의 질문을 듣고 답했다.

"그가 있었기에 저는 이 사실을 대한민국 바깥에 전달할 수 있었습니다. 이렇게 보면 그와 저는 폭탄병이라고도 할 수 있겠군요. 이런저런 위협에도 불구하고 폭탄을 외국에 안전하게 수송했지 않습니까?"

위르겐 힌츠페터의 대답에 만족한 듯, 기자는 고개를 끄덕였다.

"자, 그럼 다음 질문으로 넘어가죠. 저기 ABC에서 오신 기자 분?"

일명 '푸른 눈의 목격자'라고 불리는 힌츠페터는 질의응답을 이어갔다.

한편, 안기부

"일 제대로 안 하냐!"

"죄송합니다!"

와장창하는 소리와 함께 책상이 날아가고 그 위에 있던 서류는 비상했다.

개중에는 앞에 있는 사람에게 정면으로 날아가는 것도 있었지만 그들은 전혀 신경쓰지 않는 듯했다.

"이거 뒤처리 어떻게 할 거야! 어!"

책상을 날리고 소리를 지르는 사람은 꽤나 직급이 높은 듯했다.

"저희가… 처리하겠습니다."

"후우… 너하고 너하고 너."

그가 손가락으로 사람 셋을 지목하자 지목받은 이들은 뭔가에 찔린 듯 몸을 움찔거렸고, 안색이 창백해졌다.

"야. 네가 처리한다고 했지?"

"네!"

"이 셋이랑 같이 처리해. 실패 시 책임지는 건 너다. 알았어?"

"네! 알겠습니다!"

그는 긴장한 듯 고개를 힘차게 끄덕이며 말했다. 마치 사명이라도 받은 듯 대답하는 그의 눈매는 매우 날카로웠고 눈빛은 마치 사람을 죽일 듯하였다.

"진행 상황은 보고서 작성해서 올리고, 지원 필요하면 문서 작성해서 올려."

"네! 감사합니다!"

두 번째 기회가 주어짐을 깨달은 그는 재빠르게 허리를 숙였다.

뒤의 세 사람은 눈치를 보며 그를 따라서 허리를 숙였다.

"세 번째는 없다. 그만들 나가 봐!"

"네! 알겠습니다!"

무언가에 쫓기는 듯 상당히 급하게 뛰어나간 넷을 보며 그는 한숨을 쉬었다.

"하아, 어떡하지."

아무리 자신이 나선더라고 해도 이 일은 해결하기가 쉽지 않을 것 같았기 때문이다.

그는 그래도 일말의 기대심이라도 품으려고 노력하고 있다. 방금 나간 4명이 저렇게 어리버리해 보이지만 실적을 보면 사실상 이 분야의 에이스라고도 할 수 있었기 때문이다.

"제발 성공해라."

그는 그 말을 한 뒤, 눈을 감고 잠시 생각에 잠겼다. 사상 초유의 사태를 어떻게 막을 것인지,

그들이 우리를 위한 영웅이 되어 주기 위해, 자신은 어떤 지원을 해야 하는지 천천히 생각을 정리하기 시작했다.

하지만 그는 잊고 있었다.

그들에게는 영웅일지 몰라도 다른 이에게는 그저 헛된 이상을 품은 망상가로 보인다는 것을.

다음 날, 서울 어느 골목길.

"히야~ 오늘은 사람이 많네!"

"오늘 뭔 일 있나? 여기에 사람 많은 건 오랜만에 보는 것 같은데."

"그러게. 뭔 행사 같은 거 하나?"

사람이 매우 북적거리는 거리에서 두 택시기사는 의외인 듯 눈을 번쩍 뜨며 이야기를 하고 있었다. 대화를 들어보니 평소에는 이 거리에 사람이 많이 없었던 것 같았다.

"아… 그러고 보니 저번에 광주 갔던 건 어떻게 됐어? 들어보니 뭔 일이 터진 것 같던데? 뭔 사태였나?"

"광주? … 뭐 별일 없었는데?"

신군부와 관변언론들의 발표는 광주에서 소요사태가 일어났다고 발표해 사람들은 '광주사태'로 부르고 있었지만, 진상을 알고 있는 듯 다른 택시기사는 몸을 흠칫 떨며 급하게 말을 얼버무렸다. 그의 낌새가 뭔가 이상한 걸 눈치를 챈 듯 택시기사는 질문을 이어갔다.

"별일 있었던 것 같은데? 내가 비밀로 해줄 테니까 한번 말해 봐."

그는 끈질기게 질문을 했고 비밀로 해준다는 핑계로 상대를 구슬리기 시작했다.

도저히 떨어질 기미가 보이지 않자, 상대는 특단의 조치를 취하기로 결심했다.

"앗! 저기에 형수님이!"

"뭐?! 갑자기 내 아내가 여기에 왜… 없잖아!"

"어서 오세요! 손님! 최고로 빠르게 모시겠습니다!"

"야! 야야! 김만섭! 한 마디만 해 보라고! … 대체 뭔 일이 있었길래 저렇게 숨기는 거야? 쟤는."

상대를 가볍게 낚은 뒤에 택시를 타려 하는 손님을 모시러 급하게 뛰어가는 그의 정체는 바로 힌츠페터의 조력자였던 김만섭이었다.

급하게 운전좌석에 탄 그는 손님이 택시에 안전하게 탄 것을 확인한 뒤 운전을 시작하기 위해 목적지를 물어봤다.

"어디로 모실까요? 손님?"

"한강 공원."

"…네! 알겠습니다. 빠르게 모시겠습니다!"

이런 시기에 갑자기 한강 공원에 간다고는 뭔가 이상하다고는 생각했지만 한강 공원에 가는 사람이 드물 뿐이지 아예 없는 것은 아니었기에 그러려니 하고 그대로 운전을 시작했다.

자신에게 다가오고 있는 죽음의 그림자는 눈치채지 못한 채로.

한강 공원으로 가던 중 검은 모자와 마스크를 쓰고 있는 손님과의 대화는 하나도 없었다.

출발하고 나서 대화를 걸어 보려 했던 만섭이었지만 일말의 답변도 없는 모습에 이내 포기하고 말았다.

운전을 하면서 뭔가 이상한 기분이 들었지만 오늘의 컨디션 탓이라고 여기며 가볍게 넘기기로 했다.

방금 전 골목길과는 달리 매우 한산해진 도로 위에서 달리는 차량은 만섭의 택시밖에 없었다.

한강 공원까지 향하는데 너무 오래 걸렸던 탓일까, 만섭은 문득 택시에 탄 손님이 대체 무엇을 하는 사람인지 궁금해졌다.

'대체 뭐하는 사람이지? 연예인인가? 저렇게 꽁꽁 싸매고 다니다니…'

조용하고, 얼굴이 보이지 않게 꽁꽁 싸매고 있는 모습은 누가 봐도 수상해 보였다.

그래도 만섭은 대낮에 범죄자 같은 사람들이 이렇게 돌아다니지 않을 것이라고 생각하고, 대강 연예인일 것이라고 추리했다.

그렇게 생각하고 있던 만섭은 갑자기 꺼림칙한 기분이 들었다.

이 기분을 무시하려고 했지만, 광주에서 살아남게 해준 감각이 그에게 소리치고 있었다.

위험하다고, 저 사람은 나와 다른 세상에 살고 있는 사람이라고.

그 감각을 무시할 수는 없었던지라 만섭은 조금이라도 빨리 목적지인 한강 공원에 도착해야겠다고 결심했다. 마침 도로에는 차가 없어 빠르게 달릴 수 있었다.

배기음이 크게 나며 속도가 올라가기 시작했다. 만섭의 머릿속에는 한시라도 빨리 이 상황을 벗어나야 한다는 생각뿐이었다. 하지만 기분 탓일까? 뒤에 있는 손님이 마치 웃는 것 같았다.

"광주사태에 대해 어떻게 생각하십니까?"

갑자기 손님이 만섭에게 질문을 걸어왔다.

"광주… 사태요.?"

"네. 광주사태요."

꿀꺽- 거리는 소리와 함께 만섭이 침을 삼켰다.

만섭의 불안감이 극대화되었다. 광주사태라니… 갑자기 그걸 왜 묻는 거지?

"하하… 갑자기 그건 왜 물어보시는 거죠?"

"워낙 요즘에 화제가 되는 일이니 그렇죠. 사람들은 이에 대해 어떤 생각을 하고 있는지 궁금하기도 하고요."

만섭은 갑작스러운 질문에 침음을 흘렸다. 자신이 어떻게 대답해야할지 많은 고민을 했다.

자기가 직접 그곳에 가서 기자를 도와서 외부에 알렸다고 그대로 말할 수도 없지 않은가!

결국 만섭은 자신도 평범한 사람인 것처럼 대답하기로 결심했다.

"음. 저는 시사에 관심이 별로 없어서요. 그 일에 대해서는 별생각은 안 드네요."

"하하… 정말요?"

백미러로 보는 손님의 얼굴은 척 보기에 웃고 있었다.

하지만 그 웃음이 비웃음으로 느껴지는 이유는 뭘까?

"에이. 이렇게까지 유명해진 사건인데 별생각이 안 들 리가 있나요?"

자신은 꼭 당신의 대답을 들어야겠다는 듯 집요하게 물어보는 손님.

이 상황을 대체 어떻게 무마해야 할지. 만섭은 머리가 꽉 차는 기분이 들었다.

"궁금하네요."

"하하."

이대로 잘 넘어가나 싶었던 만섭. 자기도 모르게 마음속으로 안도의 한숨을 내쉬었다.

"이 사건에 별생각이 안 드시는 분이 어째서 '그'를 도왔는지…."

바로 다음에 이어진 손님의 말에 만섭은 머릿속이 마치 하얘지는 것 같은 느낌을 받았다.

"누굴 도왔다니? 당신 대체 무슨 말을 하는 겁니까?"

"모르는 척하지 마. 우리는 다 알고 왔으니까."

"대체 뭘 알고 왔다는 겁니까?!"

"당신이 모르는 척하고 있는 사람… 위르겐 힌츠페터. 아! 이름은 모르려나? 당신이 광주에 갔을 때 도와줬던 외국인 기자 있잖아. 그 형씨가 외국에서 크게 한 건 터뜨렸거든. 그래서 우리가 좀 많이 위험해졌어."

'대체 그걸 어떻게 안 거지? 혹시 그때 마주쳤던 사람이었나?'

그때 만섭이 광주에서 외국인 기자를 도와서 안기부의 사람들에게서 도망쳤을 때.

이전에 만섭이 했었던 다짐은 만섭이 힌츠페터를 끝까지 돕게 만들었고 무사히 그가 광주에서 찍었던 참상을 해외로 가져갈 수 있게 만들었다.

공항에서 헤어진 뒤에 만섭과 힌츠페터는 접점이 하나도 없어 둘은 서로의 소식을 전혀 알 수 없었다.

상대가 말하는 것을 듣고 만섭은 그 영상을 무사히 밖으로 가져갔다는 것을 깨달아 속으로 안도의 한숨을 내쉬었다.

'아니 그것보다는 지금 이 상황을 어떻게 빠져나갈지가 중요한데…'

지금 남을 신경쓸 처지가 아니라는 것을 기억해낸 만섭은 계속 두뇌를 풀가동한다.

'자, 우선 최악의 상황을 상정해 보자. 일단 저 사람이 내 머리에 총을 들이미는 경우'

만섭의 머릿속에서 여러 상황들이 그려지기 시작했다.

가장 최악의 경우부터 가장 원만하게 풀리는 경우까지.

최우선적으로 가장 위험한 상황부터 대비를 해놔야 그나마 더 안전해지므로 어쩔 수 없다.

'음. 일단 총을 겨누면…'

이 생각을 함과 동시에 철커덕 소리와 함께 만섭의 머리에 총구가 들이밀어져 있었다.

"죽고 싶지 않다면 내가 말하는 곳으로 같이 가줘야겠어. 허튼 수작부리면 알지?"

"예! 예! 알겠습니다! 원하는 곳이 어디죠?"

'일단 원하는 대로 움직여 줘야겠군. 설마 여기서 쏘겠어?'

만섭에게 총을 쏘면 자신도 죽는 것은 매한가지라 절대 쏘지 않을 것이라고 확신하는 만섭.

하지만 만섭이 모르는 사실이 하나 있었다.

'저번의 실패로… 나는 벼랑 끝에 내몰렸어. 이번에도 실패하면 아마 나는…'

상대가 이번 임무가 자신의 운명을 결정짓는다는 것을 알고 있었고 이 때문에 이를 아득바득 갈면서 작전을 준비했다는 것을.

'아니, 잠깐만 정말로 쏠 수도 있겠는데?'

하지만 뭔가 이상하다는 것을 깨닫는다.

'군인들을 이용해 시위를 하던 시민들에게 총을 쏜 게 이번 정부… 게다가 그 일은 왜곡되어 지금 사람들은 단순하게 '사태'로 기억하고 있지. 만약 이 사람이 정부 기관 소속이라면…?'

저번에 광주에서의 일을 직접 경험한 만섭은 쉬이 넘길 수 있는 상황이 아니라는 생각이 들었다.

'하아… 대체 어쩌면 좋지…'

만섭은 마치 머릿속이 하얘지는 느낌을 받았다.

그 시각, 어느 식당

드라마에서나 볼 법한 고풍스런 테이블 앞에 두 사람이 나란히 앉아있다.

두 사람은 서로를 마주보며 웃고 있었지만, 문 밖에 서 있는 사람들과 두 사람의 곁에 서 있는 사람들의 표정을 보면 그리 즐거운 분위기는 아니라는 것을 알 수 있었다.

"자. 어서 들지. 이러다 식겠어."

"… 네."

연장자로 보이는 사람이 먼저 수저를 들자 뒤따라 그 앞에 있던 사람도 수저를 들었다.

"요즘 그리 바쁘다지?"

"하하… 저야 뭐 항상 바빴죠. 자리가 자리다 보니…."

연장자 앞에 있던 사람은 상대의 질문에 헛웃음을 흘리며 답을 한다. 하지만 뭔가 석연치 않은 점이 있는 듯, 말끝을 흐리고 표정이 살짝 어두워졌다.

"요즘은 특히 더 바쁜 일이 있는 것 같던데…."

"하…하… 대체 무슨 소리인지 저는 잘…."

영문을 모르겠다는 듯 그는 연장자의 말을 어물쩍 넘기려고 한다.

하지만 그의 얼굴에는 식은땀이 한 방울 흐르고 있었다.

"이 나라에서 터진 건이 외국으로 나간 것 때문에 바쁜 게 아니었나…? 흠… 이거 내가 잘못 알고 있었나 보군."

"…대체 원하는 게 뭡니까?"

그는 연장자가 무심코 흘린 말에 순간적으로 움찔하며 눈빛이 날카로워진다.

그로서는 상당히 숨기고 싶었던 일을 상대는 간단히 알아낸 것 같아 날카로워진 눈빛 속에는 약간의 당황도 들어 있었다.

"자네는 역시 말귀를 잘 알아먹어서 좋아. 허허!"

"그게 대체 무슨 소립니까!"

연장자가 마치 그를 놀리는 듯이 말하자 그는 언성을 높이기 시작하였다.

그러자 그의 뒤에 있던 경호원들은 혹시 모를 사태를 대비해서 몸을 더욱더 긴장시키고 있었다.

하지만 연장자의 뒤에 있던 경호원들은 이런 일이 한두 번이 아닌 듯, 최소한의 긴장만 유지한 채 처음과 같은 상태를 유지하고 있었다. 심지어 몇몇은 이번에는 어떻게 흘러갈지 궁금한 듯 흥미롭게 바라보았다.

"흠흠. 조금만 진정해 보게나. 자고로 사람이라면 이러한 일은 말로 해결해야 하지 않겠나? 이렇게 사소한 일에 계속 열을 내면⋯."

"당신에겐 사소한 일 같지만 내게는 아니라는 것을 당신이 더 잘 알 텐데!"

"그래. 잘 알지. 잘 아니까 이렇게 당신을 부른 거고. 이제 일 이야기를 좀 해볼까? 자네들은 이제 나가봐도 되네."

장난기가 가득했던 그의 눈매와 분위기가 갑자기 급변하며 진중해졌다. 그리고 경호원들은 그의 지시에 따라 빠르게 문 바깥으로 나가서 대기하였다. 덩달아 장소의 분위기도 상당히 무거워졌다.

이들의 대화는 이 둘만이 알지만 이 대화가 일으키는 결과는 모두가 알게 될 것이다.

지금 당장, 어느 예상치 못한 곳에서 이 대화의 여파가 나타날 수도 있다.

이 시각, 어느 한적한 도로 위

만섭과 그의 택시 손님은 여전히 대치중이었다.

"속도 더 안 내냐!"

"네! 더 내겠습니다!"

'후우… 대체 어디까지 가는 거야…'

만섭은 자신이 분명 많이 운행해 보아서 익숙한 길인데도 뭔가 어색한 기분이 들었다.

뒤의 불청객 때문인가. 목적지를 예측할 수 없으니 한 코너를 지나가는 데에도 괜스레 조심스럽게 운전하게 된다.

"그래! 그렇게 계속 쭉 가면… 응?"

"음? 갑자기 왜 그러십니까?"

"넌 잠깐만 기다려 봐!"

만섭을 조용히 시키더니 갑자기 중얼중얼 거리는 그의 인상이 확 찌푸려졌다.

만섭은 뭔가 일이 생겼나 보다 하고 희망을 가졌지만 아직 방심은 금물이라는 듯 후의 상황을 대비했다.

"젠장! 갑자기 왜!"

그는 갑자기 창문을 쾅- 하며 세게 쳤다.

"큭… 너… 운 정말 더럽게 좋군! 여기서 멈춰!"

"예?"

"빨리!"

만섭은 영문 모를 그의 말에 얼빠진 소리를 내었고 다급해 보이는 그는 만섭을 재촉했다.

만섭은 그제야 정신을 차리고 브레이크를 밟아 차를 세웠다.

"칫… 다음에 보자!"

라며 그는 빠르게 문을 열고 뛰어갔다.

"나는 다음에 보기 싫은데. 근데 지금 대체 무슨 일이 일어난 거지?"

'평범해 보이는 손님을 태웠더니 그가 알고 보니 안기부 소속이었고 그는 저번에 기자 양반을 도와준 것에 앙심을 품고 있었다. 그는 만섭을 알지도 못하는 곳에 끌고 가며 만섭을 위협했지만 갑자기 뛰어나갔다…? 대체 뭐야 이게?'

아무리 생각해 보아도 이해되지 않는 이 상황은 만섭은 평생 이해하지 못할 것이다.

그리고 그는 무사히 평소의 생활로 돌아왔다.

이후, 인적이 드문 곳.

"어이… 왜 갑자기 임무가 취소된 건데?"

한 남자가 어이가 없다는 듯이 무전기에 대고 질문을 했다.

그는 방금 만섭을 어이없이 놓아주어서 매우 신경이 날카로워져 있는 상태다.

"어서 말해 보라고!"

– … 상부의 명령이다.

"… 뭐라고?"

남자는 어이가 없는 듯 고개를 뒤로 젖히며 뒷목에 손을 얹는 시늉을 했다.

상대는 그의 상태가 전혀 신경쓰이지 않는 듯 말을 계속 해나갔다.

– 직접 오셔서 말씀하셨다.

"아니! 그래도! 이 일을 완수 못하면 죽여버린대놓고 갑자기 자기가 취소하는 거는 뭐하는 행동이냐고 이게!"

– 그것보다 더 중요한 일이 있으시댔다.

"이것보다 더 중요한 일?! 나는 이게 제일 중요한 일이다! 잘못하면…!"

그는 정말 억울한 듯 소리쳤다. 물론 근처에 지나가는 한두 명의 사람들에게는 들리지 않게끔. 하지만 표정은 말로 표현할 수 없을 정도로 일그러져 있었고 그의 눈에는 절망이 가득했다.

"거의… 거의 다 잡았는데!"

- 이 일은 진행 상황과 관계없이 손 떼기로 했다.

"그럼… 나는! 나는 대체 어쩌라고!"

- 아. 이 말을 안 했군. 저번 일에 대한 실수는 봐주시기로 했다. 이제는 별로 신경 써도 되지 않으시댄다.

"뭐…야… 대체… 그 양반이?"

절망만이 가득했던 그의 눈동자에는 무전기 너머에 있는 자의 말 한 마디 덕분에 희망으로 가득 차게 되었다. 하지만 그는 도무지 이해가 되지 않는다는 듯 재차 물어보았다.

"정말? 정말이냐? 그 양반이 내 실책 용서해 주기로 한 거냐?"

-그래… 맞으니까 빨리 돌아와라. 해야 할 일이 산더미다.

"휴… 하지만 그래도…."

사실을 재차 확인하고 나서야 안도의 한숨을 내쉬는 그. 하지만 그는 방금 놓쳐버렸던 만섭에 대한 아쉬움이 가득한 듯했다.

"그 사람은… 이제 어떻게…."

- 그 사람에게는 적당하게 보상금을 주고 넘기기로 했다. 계약서를 작성해서 이 일에 대해 함구하기로 할 것이고. 그러니 너는 이제 그 사람을 건들지 마라. 그래 봬도 이 계획에서 매우 중요한 인물이다.

"흠…? 계획…? 그게 무슨 소리지?"

- 오면 말해 주겠다. 그러니 말 좀 그만하고 와라. 팔 아프다.

"알겠다. 이만 가지!"

약간의 과거, 어느 한 식당.

"자네… 이번 정부와 긴밀하게 연결되어 있다는 것은 알고 있네."

"예~예~ 당연히 알고 계시겠죠."

"그 선. 당장 끊게."

"그게 대체 무슨 소립니까?"

연장자는 상대에게 자신은 자네의 모든 것을 알고 있다는 듯이 바깥에 퍼지기라도 하면 온 나라가 난리가 나는 정보를 아무렇지도 않게 말했다. 하지만 상대는 그다지 놀라지 않은 듯 대충대충 반응을 하며 넘겼다. 하지만 다음 말에 말문이 막히게 된다.

'위에 대고 있는 연줄을 끊으라니. 이 양반이 그걸 모르지는 않을 테고… 대체 무슨 속셈이지?'

"대체 무슨 속셈이냐며 생각하고 있겠지. 미안하지만 이건 자네를 위한 일이네."

"거짓말 적당히 치시죠. 당신에게 득이 갈 행동이라는 것은 잘 알고 있습니다."

연장자의 말이 믿기지 않는다는 듯 그는 째려보며 말했다.

"그래… 자네만을 위한 일은 아니고 나를 위한 일이기도 하지. 이걸 들어보고나 결정하세."

"네. 들어보기만 하죠."

"지금의 군부정권… 곧 무너질 게야."

"네? 그게 대체 무슨 소립니까?

상대의 어떠한 말에도 포커페이스를 유지하겠다던 다짐이 한 마디만에 무너지는 순간이었다.

하지만 그만큼 충격적이기도 했다. 견고한 성처럼 보이는 정권이 곧 무너진다고?

"이미 해외에 퍼진 사실은 주워 담을 수 없지. 우리나라는 정부와 자네가 언론을 억제하고 있어서 공식적으로는 이 사실이 밝혀지지는 않을 거야. 하지만 해외에서 유입된 사람들의….”

그는 연장자의 말을 듣다가 깨달은 듯 테이블을 살짝 치며 말을 끊었다.

“해외에서 온 사람들의 입… 하지만 그걸 다 막아버리면….”

“그 많은 사람들을 다 막을 수 있다고 생각하나?”

“그건….”

섣불리 대답할 수 없는 질문이었다. 매일 들어오는 사람들의 수는 많았고 동원할 수 있는 인력은 적었기 때문이다.

“처음에는 당연히 사람들은 거짓말이라고 생각할 거야. 헛소문으로 치부하거나. 당연히 그렇겠지. 뉴스가 그런 사실과 다른 기사를 내보낸다고는 생각지도 못할 테니까 말이야.”

“하지만 말하는 사람들이 많아질수록….”

“이럴 때 쓰는 게 삼인성호였던가? 기억이 잘 안 나는구만. 나는 이만 가보겠네. 나머지는 알아서 생각해 보게나.”

자리를 일어나 문 쪽으로 돌아가는 연장자. 그는 가다가 갑자기 뒤를 돌아보며 말한다.

“아! 맞다! 깜박하고 조언을 잊을 뻔했군!”

“뭡니까?”

“외적으로는 견고한 성처럼 보이지만 내부에서는 이미 썩어 문드러지고 있네. 언젠가는 무너질 성이라는 것을 명심하게. 우리는 단지 도화선을 일찍 당기는 것뿐이야.”

“네 그 조언 잘 새겨 듣죠.”

그도 느끼고 있었다. 정부쪽의 분위기가 요즘 들어 뭔가 이상해지고 있다는 것을.

하지만 방금 그가 말했던 조언을 듣고 생각이 바뀌게 되었다.

'… 난 아직 죽고 싶지 않아'

이렇게 생각하자 행동은 빨라졌다.

그가 할 일은 명확했다. 상대가 원하는 것을 이뤄주는 것.

"광주 관련 일… 모두 손 떼."

– … 네 알겠습니다.

이제 그의 일은 끝났다. 나머지는 상대를 믿고 폭탄이 터지기를 기다리는 것뿐이다.

그리고 몇 년 뒤

폭탄은 터졌다.

무섭취시위

2학년 김건주

어느 한 세상.

그 세상의 사람들은 음식을 중요시했다. 그에 따라서 자연스레 그 사람들이 건국한 나라들도 음식을 중요시하기 시작했다.

우리들도 음식을 소중히 여기는 것은 매한가지인데 이걸 왜 특징이라고 적어놨는지 궁금할 수도 있겠지만 이 사람들은 음식을 좀… 많이 중요시한다.

7시 04분

산업단지 앞의 낮은 산 위에 있는 고등학교,

오르막길을 조금 올라와야 통과할 수 있는 정문을 통해 한 명의 학생이 숨을 조금 몰아쉬며 들어오고 있었다.

"이야! 더럽게 머네!"

마치 전학생처럼 교복이 뭔가 어색한 듯 보이지만 그것을 딱히 신경쓰지 않는 듯한 그는 이번에 이 학교에 전학 온 박성훈이다.

"또 저기까지 걸어가야 되네? 대체 어떻게 매일 이렇게 등교해야 하지? … 7시 40분까지라고 했지? 다음부터는 조금 더 늦게 출발해도 될 것 같네."

그는 곧 이 등굣길과 생활에 적응하게 될 것이라고는 상상치도 못한 채

남몰래 자신만의 결심을 하며 성훈은 교실을 찾아가기 시작했다.

　1학년 8반

　"반이 가운데에 있어서 뭔가 오래 걸어 다닌 느낌이네. 2반 정도였으면
안 힘들고 좋았을 텐데."
　불평불만이 끊이질 않는 그의 말을 들어 보면 그는 이 학교에 온 것 자
체가 불만인 듯하다.
　하지만 그의 불만이 사라지기까지는 얼마 걸리지 않았다.
　"오! 전학생이 왔다더니 너구나?"
　"나 맞는데. 왜?"
　'여기 애들은 정말…'
　일부러 그렇게 하는 것인지는 모르겠지만 성훈은 퉁명스럽게 말했다.
　"혹시 탕수육 먹을 때 찍먹 하니?"
　"당연하지!"
　'이 학교는 지식인들이 넘쳐나는 학교군!'
　성훈은 곧장 이 학교에 대한 평가를 상향 조정했다. 친구가 생긴 것은
덤으로.
　"이름은 뭐야? 나는 박건형."
　"나는 박성훈이야. 앞으로 잘 부탁해."

　12시 20분

　"야! 야야! 박성훈!"
　멀리서 부르는 것 같지만 사실은 바로 앞에서 성훈을 부르고 있는 건형.

그는 뭔가 중요한 일이 있는 듯 성훈을 급하게 부른다.

"뭐야? 뭔 일이 있길래, 이렇게 급하게 불러?"

"밥 먹으러 가자!"

"벌써 시간이 그렇게 됐나? 알았어!"

성훈은 급히 자신의 할 일을 끝마치고 건형을 따라 급식소로 향했다.

하지만 급식소 앞의 광경은 처참했다.

많은 학생들이 마치 공격을 받은 듯 쓰러져 있었고 의식이 있는 학생은 극소수에 불과했다.

뭔가 심상치 않음을 느낀 건형은 의식이 남아 있는 학생에게 다가가서 정신을 차릴 수 있게 도우며 물어보았다.

"형! 여기서 왜 이러고 계세요?!"

"으윽… 어서…."

건형은 쓰러져 있는 사람이 아는 사람인 듯 칭호를 부르며 다가간다.

"안 돼…! 더이상 오지 마…."

"대체 왜 그러세요? 형!"

다가오지 말라는 그의 경고가 이해가지 않는다는 듯 잠깐 멈칫하다가 다시 다가가려는 순간 그의 다음 한 마디가 건형의 발목을 붙잡았다.

"우리가… 속았어…! 오늘은 밥도둑이 아니야!"

"네? 밥도둑이 아니라뇨? 오피셜이었던 것으로 아는데…?"

"스파이가 있었어… 젠장… 조금 더 주의했어야 했는데… 어서 세이프 티 존으로 들어가! 코드번호는 0!"

"코드번호 0…?! 성훈아! 어서 따라와!"

지금 이 상황이 도저히 이해가 가지 않는 듯 성훈은 멍을 때리고 있었고 그런 성훈을 건형이 다급하게 끌고 세이프티 존이라는 곳으로 데려간다.

"야! 대체 어디 가는 건데?!"

성훈은 자신을 급하게 끌고 가는 건형이 이해되지 않는다는 듯 물었다.

"방금 너도 들었잖아!"

"그러니까 그 세이프티 존이 어딘데?"

건형은 성훈의 질문에 잠시 망설이다 이내 결심한 듯 말을 꺼냈다.

"이 학교 학생들의 전초기지이자 최후의 보루로 남겨두는 곳."

"최후의 보루?"

"매점"

매점 앞

매점 앞에는 학년 고하를 막론하고 많은 학생들이 모여 있었다.

건형은 우선 매점 안에 들어가 자신과 성훈이 먹을 음식을 사고 그후 사람들에게 큰 소리로 말하기 시작했다.

"소식이 너무 늦어서 죄송합니다! 리미트 부원 박건형입니다!"

건형의 말이 나오자마자 마치 사람들이 약속이라도 한 듯 조용해졌다.

하지만 뭔가 이상함을 느낀 학생들 중 몇몇은 건형에게 직접 질문을 던졌다.

"잠깐! 부장은 어디 갔지?"

"부장은… 리타이어 당하셨습니다."

매우 분한 듯 손을 꽉 쥐며 말하는 건형의 모습과 말에 충격을 받은 그들은 이 상황이 믿겨지지 않는 듯 재차 질문을 던졌다.

"대체 무엇 때문에…? 짬 2년을 무시할 수 있는 음식이 나왔다는 것인가…?"

"부장이 전하라 하셨습니다. 코드 0이 발동되었다고…."

"뭐라고?!"

건형의 말이 신호탄이 되어 매점 앞에 있는 학생들은 마치 공포에 질린 듯 몸을 떨기 시작했다.

"야… 들었어? 코드 0이 발동되었대!"

"젠장… 영양사… 전면 전쟁을 선포하기라도 하는 것인가?!"

매점 앞은 다시 소란스러워졌지만 성훈은 역시 이 상황이 이해가 되지 않는다는 듯 건형에게 질문을 던졌다.

"야. 대체 코드 0이 뭐길래 저렇게 사람들이…."

"코드 0을 알려면… 이 학교의 비밀결사와 역사에 대해 알아야 해."

"아니 급식 때문에 무슨 역사까지"

"때는 약 1년 전… 여느 때와 같이 우리들은 점심시간에 급식소로 가고 있었어."

"말 끊네?!"

성훈이 건형에게 질문을 하자 건형은 설명하기 위해 성훈의 말까지 끊었다.

그에 이어 건형의 분위기는 자연스레 진중해졌다.

"때는 작년이었지…."

2017년 4월 즈음

여느 때와 같이 학생들은 1~4교시를 무탈하게 마쳤다. 4시간 동안 쉴 틈 없이 공부를 했고 개중에는 아침밥을 먹지 않은 학생도 있었기에 종이 치자 마자 많은 학생들이 급식실로 향했다.

여느 때와 같이 평소에 급식이 마음에 들지 않았던 학생들은 매점으로 향했다.

하지만 그날은 급식실 앞의 분위기가 평소와는 달리 어수선했다.

평소 북적거리던 학생들의 모습은 사라지고 몇몇 학생들이 쓰러져 있을 뿐이었다.

다른 학생들이 쓰러져 있는 학생들에게 다가가서 쓰러져 있는 이유를 물었을 때 학생들이 급식실 앞에서 쓰러져 있는 이유가 전교에 알려졌다.

콩고기

그 음식이 급식에 나올 줄 몰랐던 학생들은 충격과 공포에 빠졌다.

이 일의 심각성을 느낀 학생회는 여러 동아리를 주축으로 하여 급식을 개선하려 했지만 번번이 실패했다.

결국 학생회와 동아리는 기피 급식 목록을 만들어 목록에 있는 급식이 나오는 날에는 학생들을 지키기 위해 모든 학생들을 매점에 집결시키기로 하였다.

물론 콩고기는 코드 0. 가장 기피해야 되는 음식으로, 현재도 그 아성을 유지하고 있다.

하지만 가장 큰 문제가 있었다. 식단표가 없어 급식에 나오는 음식이 무엇인지 모른다는 것.

무턱대고 모두 급식을 먹지 않으면 너무 손해가 크다는 판단이 나왔다.

그래서 이 문제를 해결하기 위해 한 동아리는 급식실에 정찰을 가기로 했다.

"… 이렇게 된 거야."

"이게 진짜 학교에서 일어날 수 있는 일인가?"

"네 눈앞에서 펼쳐지고 있잖아. 이제 그만 현실을 받아들여. 아무튼 그후로 이 학교의 동아리들은 표면적으로는 '평범한'학교의 동아리 모습을 취하고 있지만, 실제로는 이런 활동을 하고 있지."

"자… 잠깐! 그럼 이런 일이 꽤 자주 일어난다는 뜻일 텐데?"

"오~ 잘 아네. 꽤 자주 모여 여기에."

성훈은 건형의 말에 놀란 듯 목소리를 높이며 말했다.

건형은 이런 일이 한두 번이 아닌지 높아진 목소리에 당황하지 않고 차분하게 말했다.

"이런 일이 일어나는데 왜 나는 한 번도 들어본 적이 없지? 이 정도 일이라면 소문이라도 나야 정상 아닌가?"

"오~ 꽤 예리한데? 다시 봤어."

성훈의 예리함에 살짝 놀란 듯 건형은 눈을 살짝 크게 뜨며 답했다.

"음… 그 말에 답을 하자면…."

"잠깐. 말하기 전에 해결해야 할 일이 하나 생겼어."

성훈과 건형의 대화를 끊으며 나타난 사람은 매점 안쪽을 가리키며 다급한 듯 건형에게 말을 걸었다.

"잠깐만. 성훈아 잠시만 기다려 줘. 금방 올게."

건형은 늘 있는 일이라는 듯 성훈에게 잠시 양해를 구한 뒤 매점 안으로 향했다.

"흐음… 이런 이상한 학교가 있었다니…."

성훈은 지금 자신을 지나간 폭풍이 믿기지 않는 듯 잠시 동안 멍을 때렸다.

'설마 이런 학교가 여러 개가 있는 건 아니겠지?'

자신의 생각이 말이 될 리가 없다고 생각하는 성훈은 고개를 저으며 아니라고 생각했다.

하지만 그 생각은 잠시 뒤 부서질 것이라고는 상상도 못했다.

잠시 후.

"야! 박성훈!"

"어?"

매점 안에서의 해프닝이 끝난 듯 건형은 멀리서 성훈의 이름을 부르며 달려왔다.

오늘도 일이 좋게좋게 끝난 듯 건형의 표정은 매점에 갈 때보다는 밝아 보였다.

"매점 안에서 무슨 일이 있었던 거야? 딱히 뭔 일이 일어날 장소가 아 닌데?"

"특정 라면의 재고가 조금 부족한 것 때문에. 오늘같이 급식 맛없는 날 은 자주 일어나는 일이야."

"뭐? 겨우 그것 때문에?"

"겨우 그것 때문에 많은 일들이 일어나지. 여기서는 꽤나 민감한 문제야."

성훈은 믿기지 않는다는 듯 어이없다는 표정을 짓고 건형에게 질문을 던졌다.

건형은 그 질문에 꽤나 진지한 표정을 지으며 답하였고, 이후에 부연 설 명을 덧붙이기 시작했다.

"돈을 냈지만 자신이 원하는 급식을 먹지 못해. 거기다가 맛없는 음식이 나와서 매점에 갔는데 정작 자신이 먹고 싶은 음식이 없어. 이게 예상외로 상당히 스트레스 받는 상황이거든."

"음… 그렇게 들어보니 이해가 될 것 같기도 하고?"

건형의 긴 설명을 다 듣고 성훈은 약간은 이해가 된다는 듯 고개를 끄 덕이며 답했다.

하지만 여전히 이해가 되지 않는 점이 있는 듯 표정을 찡그리며 말했다.

"아니… 근데 콩고기가 대체 얼마나 맛이 없으면….”

"콩고기가 얼마나 맛이 없냐고? 그냥 말로 표현할 수 없는 지옥의 맛이야.”

건형은 상상만 해도 치가 떨리는 듯 몸을 떨면서 말했다.

성훈은 그런 그의 반응에 더 이상은 물어보면 안 된다고 판단한 것인지 말을 줄였다.

그때 학교에 종소리가 울려 퍼졌다.

"오늘도… 무사히 살아남은 건가.”

건형은 다행이라는 듯이 안도의 한숨을 내쉬며 말했다.

그와 동시에 매점에 있었던 모든 학생들이 환호성을 내질렀다.

"콩고기를 피해 냈어! 이건 기적이야!”

"우리 학교 기준으로 파인애플 피자보다 맛없는 콩고기를…!”

"너! 파인애플 피자에게 사과해라! 감히 그런 음식을…!”

"미안해! 내가 말이 너무 심했던 것 같아!”

매점에 있었던 학생들은 서로서로 칭찬하고 때로는 농담도 주고받으며 지금의 기분을 즐겼다.

"리미트의 숭고한 희생을… 잊지 않겠습니다.”

한 학생을 시작으로 이번 점심시간에 살아남게 해준 동아리에게 모두가 감사를 표하기 시작했다.

그렇게 오늘 하루의 점심시간도 무사히 넘어갔다.

하지만 그들에게도 남은 시련이 있었으니….

석식시간

"아~ 석식시간 죠습니다. 죠습니다.”

괴상한 반응을 보이며 석식시간을 반기는 성훈.

그는 석식시간이 다가와서 매우 기쁜 것 같았지만 다음 말에 이 기분이 나락까지 떨어질 줄은 상상도 못했다.

"야. 야야. 오늘 석식 뭐야?"

"뭘 그런 걸 궁금해 하냐. 당연히 맛없는 음식 5종 세트지."

설레는 마음으로 성훈은 건형에게 질문을 하였지만 건형은 그런 질문에 대답해 줄 시간이 없다는 듯 대충 대답을 했다.

"뭐 우리 학교가 그렇지… 근데 지금 뭐하냐?"

"석식시간에만 가능한 작전을 준비하고 있어."

건형의 등에 매달려 있는 짐들을 보며 성훈은 어이가 없다는 듯 물었다.

건형은 그런 성훈의 물음에 마치 당연한 사실인 것처럼 답했다.

"너도 같이 가볼래?"

"응? 또 어디 가는데? 매점이야?"

"아니? 이번에는 좀 특별하지."

성훈의 질문에 답을 하고는 바로 밖으로 나가기 시작하는 건형.

성훈은 놓칠세라 급하게 그를 쫓아간다.

"잠깐만! 같이 가!"

건형이 빠르게 달려가서 도착한 곳은 학교 샛길의 중간 지점이었다.

성훈은 건형이 왜 이곳에 급하게 뛰어온 것인지 또 궁금하여 물었지만 건형은 손가락을 입에 대며 잠시 조용히 하라는 신호를 보낼 뿐이었다.

그렇게 하염없이 기다리고 있었던 두 사람 앞에 갑자기 교복을 입은 사람이 다가오기 시작했다. 건형은 드디어 올 게 왔다는 듯 반기는 표정이었고 성훈은 상대가 누구인지 고민하면서 경계하기 시작했다. 하지만 그러다가 성훈은 뭔가를 깨닫기 시작했다.

"잠깐만! 너는 분명…."

"아니… 말하지 말라니까!"

성훈이 익숙한 얼굴에 자신도 모르게 반응하여 실수로 말을 하자 건형은 그 행동에 조용히 타박을 주었다. 하지만 건형의 우려와는 달리 아무 일도 일어나지 않자, 건형은 안도의 한숨을 쉬었다.

그후 건형과 앞의 학생은 서로 종이를 하나 주고받더니 그것을 확인하기 시작했다.

서로서로 만족한 듯 희미한 미소를 지으며 건형은 등에 메고 있던 짐들 중 하나를, 상대는 비닐봉지에 들어 있는 물건을 주었다.

진중한 분위기에 성훈은 자신도 모르게 침을 삼켰다.

자신도 모르게 긴장을 하고 있는 성훈과는 달리, 익숙한 듯 비닐봉지 안의 내용물을 확인하는 건형의 모습은 거의 프로처럼 보였다.

건형은 자신이 원하는 물건이 비닐봉지 안에 들어 있는지 상대와 가볍게 인사를 나누며 성훈과 함께 학교로 돌아갔다.

학교로 돌아가는 도중에 성훈은 건형에게 질문 세례를 퍼붓기 시작했다.

"걔는 학원 간다며? 왜 거기에 있는 건데?"

"음… 그건 차차 알게 될 거야."

아직도 이해가 되지 않는다는 듯 질문을 하는 성훈에게 건형은 설명을 덧붙였다.

"왜 이런 일을 저지르는데 선생님들이 개입을 안 하는지 생각해 본 적 있어?"

"…! 그러고 보니…."

"그래. 선생님들도 알고 있어. 이 학교 급식이 답이 없다는 걸. 다 시켜 드시잖아? 말씀이 없으시지만 급식이 바뀌어야 하는 것 정도는 알고 계셔."

"우리는 희박한 확률에 도박을 걸고 있는 거야. 아마 이 학교의 급식이 바뀔 때까지는 이 도박이 무한히 반복되겠지."

장난을 치는 것처럼 말하다가 갑자기 뭔가 진중해진 분위기에 성훈은 건형의 말에 집중하기 시작했다.

"이번에도 실패야… '전학'이라는 트리거도 먹히지 않았어."

"트리거?"

"그래… 우리는 지금까지 여러 방법을 시도해 왔지만 하나도 성공한 적이 없지. 지금도 그래. 이렇게 치킨까지 사왔는데 아무런 반응이 없잖아?"

"대체 무슨 소릴 하는 거야?"

"이제부터 익숙해져야 할 거야. 설마 그 맛없는 급식을 먹고 11시까지 공부를 하고 싶진 않겠지?"

"… 그럴 생각은 절대 없어."

건형이 하는 말에 동기가 부여된 듯 성훈은 투지를 불태우기 시작했다.

"우리는 지금까지 노하우를 쌓아왔어. 이제 그걸 써먹을 때가 온 거지. 다음 트리거는."

"…!"

혹시 누가 들을세라 건형은 목소리를 낮춰서 말했다. 그리고 그걸 들은 성훈은 놀라움을 금치 못하였다.

"알겠지? 외부인에게 누설되면 절대 안 돼."

"알았어! 일이 일어날 때까지 비밀로 해놓을게!"

성훈은 마치 자신에게 큰 행운이 찾아온 것마냥 웃으며 치킨을 먹으러 갔다.

그리고,

"이렇게… 한 명 더…."

성훈이 사라진 자리에서, 건형은 웃고 있었다.

2학년 김건주

　처음에 '그린비'라는 동아리에 들어와서 글을 쓰기 위해서 주제를 받은 후에 살짝 당황했었다.

　올해에 이 동아리에 처음 들어온 나는 영화의 뒷이야기를 어떻게 써야 하는지 감도 안 잡혔기 때문이다. 솔직히 나는 영화를 많이 본 적이 없어서 쓸 거리도 많지 않았다.

　그래서 나는 최대한 인터넷을 이용해서 내게 그나마 익숙한, 뒷이야기를 쓸 만한 영화를 찾느라 시간을 좀 많이 허비했다.

　이런 이유로 인해 후에는 소설을 급하게 쓰다 보니 소설의 양이나 내용, 결말 부분이 깔끔하지 않다는 것에 사과를 드린다.

　사실 중간중간에 내 마음에 들지 않는 부분들을 많이 수정해 보려 했지만, 내 마음대로 잘 수정이 되지 않아 답답한 적도 많았다.

　그래도 최대한 결말까지는 적어보자고 결심해서 끝을 맺을 수 있었다.

　두 번째 소설은 주제가 자유여서 그나마 쉽게 쓰인 것 같다.

　평소에 급식이 맛이 없을 때 친구들이 매점에 가는 것을 조금 길게 써 보는 게 어떨까 싶은 생각이 들어 써봤는데, 이것도 생각만큼 나오지 않아서 답답했지만 그래도 전작보다는 잘 나온 것 같아서 조금이나마 만족한 것 같다.

　이렇게 글을 길게 써 보는 것도 처음이고 내가 스스로 '작품'이라는 것을 열심히 만들어 본 것도 처음인데, 좋게 봐주길 바라는 마음이 크다.

　만약 다음에 또 내 글을 책에 실어야 하는 기회가 주어진다면, 지금의 경험이 큰 도움이 될 것 같다.

　이 기회를 주신 그린비 동아리의 성진희 선생님께 감사 인사를 드리고 싶고, 내가 소설을 쓰는 데 도움을 준 동아리 부원들에게 감사 인사를 하며 글을 마친다.

김동현

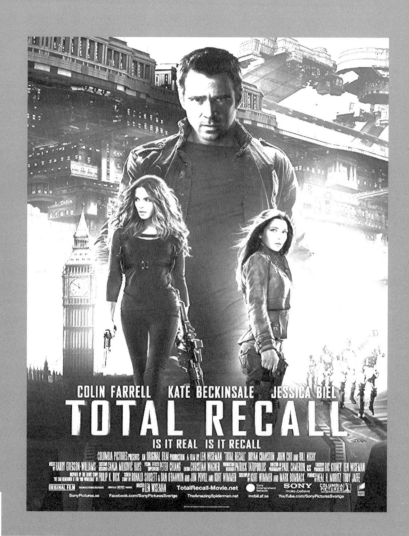

토탈 리콜

〈줄거리〉

쿼이드가 리콜이라는 여행사에 가서 원래 경험할 수 없는 기억을 심기 위해 의뢰를 하고 그곳에서 만난 여자, 멜리나와 함께 자신들의 관계를 끊으려는 방해자들을 모두 처리하고 상황을 종결된 이후로 이야기가 시작된다.

토탈 리콜 시즌2

2학년 김동현

"믿기 힘들지?"

"이제 모든 것이 끝났어."

멜리나가 미소를 짓는다.

퀘이드는 무슨 말인지 이해하지 못했다.

퀘이드는 주위를 둘러보며 상황을 파악하기 시작한다.

팔에서 사라진 리콜사의 도장, 영화 엔딩 크레딧처럼 보이는 리콜사의 광고

'어디론가 떠나고 싶으세요? 아니라고요?

그래도 떠나 보세요.

꿈꿔 온 환상을 경험하고 싶으세요?

현실로 만들어 드립니다.

이제 할 수 있습니다.

리콜사가 완벽한 기억을 심어 드립니다.

리콜사에서 환상을 현실로 만드세요'

퀘이드는 이때부터 이 세계는 가상세계라는 것을 깨달았다.

하지만 퀘이드는 이 상황이 마음에 드는 듯 멜리나의 말에 대답한다.

“그래, 이제부터 다시 시작하면 되는 거야.”

하지만 현실 속에서 자신을 기다리고 있을 친구들과 로리가 계속 머릿속에 맴돌고 있다

‘그런데 내가 여기에 남아 있어도 되는 걸까? 내 친구는? 내 아내는?’

“이제 잡념은 떨쳐버려.”

멜리나가 내 생각을 읽은 듯이 말했다.

“지금부터 우리가 행복할 상상만 하라고.”

멜리나가 약간 짜증을 내는 어투로 말했다.

“알았어. 이제 너만 볼게.”

말은 이렇지만 퀘이드는 머릿속을 비울 수 없었다. 마치 현실의 사람들이 자신을 부르는 듯한 환청이 들리는 것 같았다.

‘일단 지금 놓인 상황에 집중하자’

퀘이드는 다짐했다.

“하지만 나는 가진 게 없는데?”

퀘이드가 몸을 뒤적인다.

“그런 건 걱정하지 마.”

멜리나가 웃으며 말했다. 퀘이드와 멜리나가 함께 통장잔고를 보았다. 퀘이드의 눈이 커졌다.

‘난 이런 돈을 모은 적이 없는데? 가상세계의 힘인가?’

이건희 회장님 급의 재력을 보고 퀘이드는 기절할 뻔했다.

“내 말 맞지?”

멜리나가 비웃으며 말했다.

“그래, 이제부터 새로운 시작을 하는 거야.”

퀘이드는 단념했다.

10년 후, 멜리나와 퀘이드는 다른 여느 집안과 다름없는 가정을 꾸리고 잘 살고 있다.

퀘이드는 과거의 혼돈을 잊은 듯 가정에서 집중하고 살아가고 있다.

'쾅'

갑자기 퀘이드를 향해 차가 달려들었다. 퀘이드는 정신을 잃었다.

"퀘이드, 퀘이드!"

누군가 퀘이드의 이름을 부른다. 눈을 뜨고 정신을 차린다. 앞에는 웬 여자가 서 있었다.

"너는… 누구지?"

"나를 못 알아보는 거야?"

'으윽'

퀘이드가 갑자기 머리를 쥐어뜯는다.

"너는… 로리? 네가 어떻게 여기에?"

"여기서 빨리 나와야 해."

"그게 무슨 소리야. 여긴 파라다이스라고… 너도 여기서 살자."

"헛된 망상은 치워. 모두가 너를 기다리고 있어."

'나를… 아직도?'

퀘이드는 생각에 잠겼다.

"기다리고 있을게. 정신 차려 퀘이드."

로리는 홀연히 사라졌다.

'도대체 일이 어떻게 돌아가는 거야. 어떻게 로리가 온 거지?'

"퀘이드, 퀘이드!"

또다시 퀘이드의 이름이 들려온다.

"그 망할 이름 좀 그만 불러!"

퀘이드가 소리쳤다.

"왜 그래. 정신 잃은 사이에 악몽이라고 꾼 거야?"

멜리나가 물었다.

"꿈?"

"그래. 벌써 2일이나 지났다고."

'뭐야. 단순히 꿈이었다니. 로리가 온 것은 순전히 우연이었나. 하지만 너무 생생했는데. 만약 실제로 로리가 내 머릿속에 접속한 거라면? 이 상황을 그냥 넘어갈 수 없겠어.'

퀘이드는 리콜사에 다시 찾아갔다.

"어서 오십시오. 어떤 기억을 심어 드릴까요?

"기억을 심고 싶지는 않고, 혹시 다른 사람의 머릿속에 들어가서 대화를 할 수 있는 기술이 있나요?"

"예, 물론이죠. 요즘에 기술이 좋아져서 충분히 가능합니다. 하지만 쌩으로 사람 머릿속에 들어가는 건 솔직히 불가능이고, 그 사람이 무의식의 상태에 빠져 있다면 가능합니다. 예를 들어서 혼수상태에 빠졌다든지, 잠을 자는 수면 상태면 그 사람의 머릿속에 들어가서 잠깐 동안 이야기할 수 있는 상황을 만들어 드릴 수 있습니다."

"그렇군요. 정보 감사합니다."

퀘이드가 나가려고 돌아선다.

"잠깐."

직원이 퀘이드를 불러 세운다.

"당신, 지금 리콜 중인가요?"

퀘이드는 이 말을 듣고 깜짝 놀랐다.

"그걸… 어떻게?"

"딱 보면 알죠. 혹시 그거 아시나요? 환상의 세계와 현실 세계의 시간 개념은 매우 차이가 난답니다."

"그게 무슨 소리입니까?

"예를 들어서 아인슈타인의 상대성이론을 아십니까? 뭐 대충 현실의 시간이 하루라면 가상 세계의 시간은 1년이다 이 말이죠. 당신이 꿈을 꿀 때 몇 년을 지난 것처럼 느껴지지만 깨고 나면 5시간 밖에 흐르지 않는 것과 같은 겁니다. 이제 이해가 되십니까?"

'그럼 지금 세계에서 10년이 지났으니… 현실에서는 겨우 10일 정도 밖에 지나지 않은 건가'

"아, 한 가지 더 묻고 싶은 말이 있는데."

"예, 얼마든지 물어 보십시오."

"혹시 내가 만든 가상 속의 사람을 죽이면 어떻게 되는 겁니까?"

"아… 아… 그건 제가 한번 찾아보겠습니다. 그런 상황이 일어난 적은 없어서…."

직원이 리콜 관련 책을 뒤져보기 시작했다.

"음. 여기 책에서도 그런 말이 없고, 실제로도 그런 일이 없기 때문에 제가 할 수 있는 말이 없네요. 직접 경험해 보는 거 아니면 잘 모르겠네요. 혹시 무슨 일이라도 있으신지…?

직원이 퀘이드를 의심하면서 물어본다.

"아무 일도 아닙니다. 그런데 환상이라면 죽여도 별 상관없는 거 아닌가요?"

"만약 그 일로 당신이 연루되어 죽게 된다면 현실로 깨어날 때 그 고통을 고스란히 받게 됩니다. 그냥 죽는다고 끝이 아니랍니다."

"환상 속 사람이 저를 죽일 수도 있는 겁니까?"

"그럴 일은 절대 없습니다. 만약 당신이 죽게 되면 그 환상은 깨지게 되고 죽인 사람도 없어지기 때문이죠. 누가 자신이 소멸되기를 바라겠습니까?"

'그래서 그때 멜리나의 방아쇠가 당겨지지 않은 건가'

퀘이드는 과거를 떠올렸다.

"혹시 현실로 돌아가시려는 겁니까?"

"그런데요?"

"이곳에 온 지 10년이 됐다고 하셨죠?"

"네."

"그 정도로 오래 계셨으면 현실과 감각이 동떨어지면서 돌아가기 힘들지도 모르겠네요."

"그게 무슨 소리인가요?"

"보통 리콜하는 사람들을 보면 잠깐 체험하고 가는 사람이 많은데, 아주 가끔 가상 속에 갇혀서 나오지 않는 사람들이 있는데 그런 사람들이 가상세계를 깨고 현실로 돌아온 사람들의 말을 들어보면 전부 자신이 죽어서야 그 세계에서 빠져나올 수 있다고 하더군요."

"다른 방법은 전혀 없는 겁니까?"

"경험한 사람들이 그렇게 말하고 있으니까… 어쩔 수 없죠."

"아니면 본인이 직접 나올 수 있는 방법을 찾아내는 것도 나쁘지 않죠."

"그렇습니까. 정보 감사합니다."

"아닙니다. 안전하게 현실로 돌아가길 빌겠습니다."

퀘이드는 집으로 돌아가면서 이 세계에서 계속 머무를지 아니면 다시 현실로 돌아가야 할지 끊임없이 고민했다. 만약 이곳에서 머무르게 된다면 현실에 남아 있는 사람들은 퀘이드를 하염없이 기다리게 될 것이고, 현실로 돌아가게 된다면 여기서 있었던 일들은 모두 한바탕 꿈이 되어질 뿐이다.

집으로 돌아온 후, 퀘이드는 결심했다.

"멜리나, 나랑 잠시 이야기 좀 해."

퀘이드가 진지한 표정으로 멜리나를 불렀다. 퀘이드의 진지한 모습을 많이 본 적 없던 멜리나는 이 상황을 이상하게 생각했다.

"무슨 일 있는 거야? 병원에서 갑자기 뛰쳐나가더니…."

"너는 실제로 존재하는 거야?"

"그게 무슨 소리야. 당신 바로 앞에 보이고 있잖아."

"사실대로 말할게. 내가 차에 치이고 정신을 잃었을 때 로리가 내 머릿속에서 나타났어. 그리고 뭐라고 말하는 줄 알아? 당장 그 가상세계에서 나오라고 하네? 나는 사실 처음부터 이곳이 가상세계인 것을 알고 있었어. 너는 내가 여기가 현실이라고 착각하고 있었다고 생각했겠지. 하지만 그건 틀렸어. 나는 단지 현실보다 여기가 마음에 들어서 그냥 머무르고 있을 뿐이야. 내 맘대로 할 수 있었으니까. 그런데 로리가 나타나서부터 내 머릿속의 혼돈을 정리하기 위해서 리콜사에 찾아가서 모든 궁금한 것을 물어보고 나왔지. 그리고 나는 해답을 찾았어. 여기를 떠나서 원래 생활로 돌아갈 거야."

"…."

"너는 내 가상 속의 인물이 맞지?"

갑자기 멜리나의 표정이 어두워지고 말이 없어졌다.

"… 멜리나?"

"이제 여기가 마음에 들지 않는 거야?"

"그건 아니고 이제 현실로 돌아가야 할 때가 온 거지."

"내가 못 가게 막는다면?"

"어차피 너는 나를 막을 수 없어. 왜냐고? 네가 나를 죽이게 된다면 가상세계는 끊어지게 되고 결국에는 너도 없어지게 되니까. 맞지? 내 말 맞지? 아님 곰보. 그래서 저번에 나에게 방아쇠를 당길 수 없었던 거였어."

"내가 너를 못 죽여도, 해는 가할 수 있겠지."

갑자기 멜리나가 오함마를 들고 퀘이드에게 달려들었다.

"이 미친 개간년이!"

퀘이드가 필사적으로 피했다.

"이년이 뒈지려고 환장했나."

퀘이드도 칼을 들고 대응했다. 예전 특수 요원이었던 퀘이드는 멜리나를 손쉽게 제압했다.

"나는 반드시 돌아갈 거야. 최대한 누구도 해를 끼치지 않고 돌아가려 했는데, 네가 망치는 거야. 너를 죽여서라도 꼭 돌아갈 거야. 반드시!"

퀘이드가 핏대를 세우고 소리쳤다. 하지만 10년간 같이 지낸 정 때문에 퀘이드는 마음이 약해지면서 손에 힘이 약간 빠졌다. 멜리나는 이때를 놓치지 않고 바로 공격했고, 퀘이드는 가까스로 피하면서 어깨에 스쳤다.

"넌 내 곁에서 떠날 수 없어!"

"그런 식으로 붙잡는다고 관계가 영원할 거라고 생각하는 거야? 그럴수록 일찍 떠나가는 법이라고. 알아들어?"

"그런 건 상관없어. 네가 나를 어떻게 생각하든 내 옆에만 있으면 되는 거야."

멜리나의 집착이 심해지고 있고, 퀘이드의 마음은 점점 심란해지고 있다.

"네가 이렇게 나오면 나도 극단적으로 갈 수밖에 없어."

"네가 스스로 죽을 거라고? 하기 힘들 걸?"

"해 보지도 않고 그걸 어떻게 알지?"

"그걸 꼭 해봐야 알아? 가상 세계라도 고통은 느낄 수 있겠지. 아무리 가상이라도 공포심은 들 거라고. 근데 그걸 쉽게 한다고? 말이 안 되는 소리지."

"난 달라."

"그럼 증명해 봐."

갑자기 퀘이드가 멜리나의 오함마를 뺏어들었다. 하지만 어떤 행동은 하지 못한다.

"내가 말했지? 쉽게 못한다고."

"잘 봐."

퀘이드는 결심한 듯 오함마를 고쳐 들었다.

'쾅'

결국 퀘이드는 오함마로 자신의 머리를 힘껏 쳤다.

'진짜 쳤네. 미친 새끼'

"퀘이드, 퀘이드!"

또다시 퀘이드의 이름이 들려온다.

"드디어 돌아온 거야? 역시 퀘이드는 우리들을 기억하고 있었어! 잊지 않았다고!"

모두가 환호했다. 그리고 퀘이드에게 그녀가 다가온다.

IMF의 비극

1997년 11월 22일

오늘 뉴스에서 우리나라가 IMF에 구제금융을 요청했다고 소식을 전해 왔다. 몇 개월 전 경제적인 문제는 이제 없을 것이라는 말과 달리 정부는 순식간에 말을 바꾸며 한국의 경제가 극심하게 불황이라는 것을 인정했다. 하지만 우리 가정에는 피해가 가지 않을 것이라고 생각한다.

1997년 11월 30일

요즘에 구조조정이 많이 일어난다는 소문이 돌고 있다. 하지만 나는 사람들이 그저 불안에 떨고 있다고 생각했었다. 그런데 퇴근하고 아내가 뉴스에서 기업들 중에 구조조정을 시작한 곳이 있다면서 호들갑을 떨었다. 하지만 걱정마라. 우리 회사는 그럴 기미가 안 보이니까.

1997년 12월 2일

그렇게 생각하고 싶지 않았지만 실제로 일어났다. 우리 회사에서도 구조조정이 시작되었다. 나는 아직 해고되지 않았지만 근처 부서들은 두세 명씩 짐을 싸고 나갔다. 그래도 우리 부서는 인원이 적어서 그렇지 않을 것이라고 생각한다. 물론 내 생각이다.

98 그린비, 영화 그 뒤를 걷다

1997년 12월 7일

갑자기 부장님이 나에게 점심을 사주셨다. 원래 돈 쓰는 것이 인색하신 분인데 느낌이 정말 좋지 않았다. 이런 생각을 떨치고 밥을 먹고 회사로 돌아왔는데 나는 정말 생각하고 싶지 않았는데 벌써 나의 책상 위에 짐이 다 싸져 있었다. 정말 충격이었다. 나는 이제 어떻게 해야 하지?

1997년 12월 12일

아직 나의 아내에게는 내가 해고됐다는 말을 하지 못했다. 어느 누가 한 집의 가장이 해고됐다고 당당하게 말할 수 있을까. 당당하게 말하는 것이 이상하다고 생각한다.

그건 그렇고 다시 일자리를 잡아야 하는데 이런 상황에 일자리가 생길까? 만약 일을 만들지 못하면 우리 가족은 어떻게 먹여 살려야 할까. 사업이라도 해볼까?

1997년 12월 20일

이제 곧 크리스마스가 다가오는데 우리 아들에게 무슨 선물을 하는 것이 좋을까. 어렸을 때는 아무 장난감이나 쥐어주면 좋아했는데 사춘기가 다가오니 애 취향도 까다로워졌다. 이번에만 한번 슬쩍 넘어가 볼까?

1997년 12월 25일

대망의 크리스마스 날이 다가왔다. 저녁에 돌아왔더니 아들이 다짜고짜 돈을 달라고 했다. 초롱초롱하고 귀여웠던 아들이 엊그제 같은데… 화를 한 번도 낸 적이 없었는데 처음으로 화를 냈다. 나도 요즘 예민한가 보다. 미안해 아들.

1998년 1월 1일

새해 기념으로 가족들을 데리고 새벽 일찍 일출을 보러 갔다. 가기 싫다던 아들도 억지로 데려왔다. 겨우 시간 맞춰 일출을 보면서 소원을 빌었다. 아내가 나의 소원을 물어봤지만 진짜 생각한 대로 말하지는 못했다. 아내는 가족이 평생 동안 평화로우면 좋겠다고 했다. 나도 제발 그랬으면 좋겠다.

1998년 1월 11일

이제 모아둔 돈으로 월급을 받는 척하는 일은 이번 달이 끝이다. 모아둔 돈이 꽤 많았다고 생각했었는데… 맞다 많은 건 맞다. 하지만 생각해 보니 월급을 원래 많이 받고 있었다. 그러니 통장잔고가 바닥날 수밖에 없지. 단기간에 큰돈을 받는 일은 없나. 있을 리가. 있었으면 모두가 그런 일을 했겠지. 이런 멍청한 녀석.

1998년 1월 13일

나는 우연히 이런 전단지를 보았다. 자기 병원에 와서 신체검사만 받기만 해도 소정의 금액을 준다는 것을 보았다. 정말 사기꾼 같은 멘트다. 그런데도 그 병원에 점점 마음이 끌리고 있다. 내가 돈만 궁하지 않았다면….

1998년 1월 15일

결국 나는 그 병원에 갔다가 왔다. 별일은 없었다. 그냥 보통 하는 건강검진과 같았다. 검사 결과를 받으러 다시 오라는 말밖에 없었다. 보통 절차와 똑같았다. 내가 착각을 한 것일까? 진짜 선의를 가지고 했다면 나는 그병원에 대해 참회를 해야 할 것이다.

1998년 1월 22일

건강검진 결과를 보러 다시 그 병원에 찾아갔다. 매우 건강하다고 한다.

그런데 병원에서 나에게 이런 제안을 했다. 요즘 실험하는 것이 있는데, 내가 그 피실험자가 되어 줄 수 없냐고 물어보았다. 실험? 내가 생각하는 실험이 맞는 건가?

예전 2차 세계대전 때 논란이 되었던 그 '마루타'가 되는 건가? 아무리 돈이 필요해도 그렇지 실험체가 될 수는 없다. 내가 죽으면 가족들은 누가 챙길 것인가. 그리고 요즘 시대에 인체 실험이라고? 말이 되는 소리인가? 이거는 경찰에 신고해야 마땅한 것이 아닌가? 돈을 벌어도 정당하게 벌어야지 이런 식으로는 가만히 있을 수가 없다. 애초에 그 병원에 간 것이 잘못인 것 같다. 참회는 개뿔.

1998년 1월 24일

나는 끊임없이 고민했다. 옷만 갖춰 입고 나갔다가 원래 퇴근시간에 맞춰 돌아오는 것도 이번 달이 끝이다. 더이상 꾸며낼 이야기도 없다. 어서 빨리 일을 잡아야 하는데 날 살려줄 동아줄은 병원일밖에 없다. 모든 것이 꿈이었다면 좋겠다. 제발 나를 이 시험에서 벗어나게 해주었으면 좋겠다.

1998년 1월 27일

결국 나는 그 병원으로 다시 돌아갔다. 병원장의 말을 들어보니 몇 가지 주사만 맞으면 된다고 했다. 주사 한 번에 500. 말이 주사지 그냥 실험이다. 언제 갑자기 죽어도 아무도 모를 일이다.

부검을 해보면 약물 때문에 마약쟁이로 알겠지. 계약 기간은 약물이 떨어질 때까지 한다고 한다. 그냥 죽을 때까지 부려먹겠다는 뜻이다. 그래도 일단 돈은 벌어야지. 그렇지?

1998년 2월 1일

이제 병원으로 출근하면 된다. 일은 잡았지만 착잡하다. 정당하지 못한 길이라 계속 마음이 걸린다. 내 의지로 실험체가 되겠다니…. 나도 단단히 돌았나 보다. 그리고 나에게 놓을 약물 이름이나 성능 같은 건 절대 말을 해주지 않았다. 아무래도 그렇겠지. 말을 하게 된다면 쫄아서 누구나 도망을 갔을 것이니까. 나라도 말을 하지 않을 것 같다.

1998년 2월 3일

오늘 처음으로 약을 맞았다. 지금까지는 별 느낌이 오지 않았다. 영양제를 놔주는 것이라면 참 좋겠지. 하지만 그럴 일은 없겠지. 그리고 진짜로 500만 원이 바로 입금되었다. 이런 시대에 엄청난 돈을 바로 입금하다니. 이 녀석들도 제정신이 아닌 것 같다.

1998년 2월 4일

아침에 일어나자마자 폭풍 설사를 하였다. 42년 인생동안 장에 관련된 문제는 한 번도 없었는데 이번이 처음이었다. 어제 맞은 그 약 때문인 것일까? 바로 병원에 달려가서 증상을 말했더니 말없이 돌아서더니 어떤 주사를 꺼내 들어서 나에게 그 주사를 놓았다. 맞기 전까지 계속 아팠는데 진짜 감쪽같이 다 나아 버렸다. 믿을 수 없다. 아 참고로 치료약을 맞은 것이라서 입금은 없었다. 이건 좀 아쉬웠다.

1998년 2월 6일

아내가 오랜만에 외식을 가자고 제안했다. 병원에서는 기름진 음식을 삼가라고 했지만, 오랜만의 외식인데 배에 기름칠을 안 할 수가 있나. 바로 고깃집에 가서 3명이서 7인분을 시켜먹었다. 고기 자체가 정말 오랜만인 것 같다. 아무튼 아무 걱정 없이 먹어서 기분은 좋았다. 기분 좋은 것도 오랜만인 것 같다. 이 기분, 오래가면 참 좋을 텐데.

병원장의 말을 들을 걸…. 후회하면 뭐하나 다 지난 일인데. 아침에 일어나 보니 온몸에 물집이 잡혀져 있었다. 딱히 아픈 곳은 없었지만 너무 흉측했다. 눈 빼고 모든 곳을 가리고 병원으로 달려가서 사실 고기를 먹었다고 이실직고를 하였는데 병원장이 내 뺨을 때렸다. 억울했지만 인정할 수밖에 없었다. 병원장이 또 말을 듣지 않으면 계약을 해지 하겠다고 말했다. 나는 아무 말도 하지 못했다. 그리고 주사를 맞았다.

1998년 2월 15일

일주일이 넘도록 주사를 맞지 않았다. 아마도 저번 주에 맞은 주사의 반응을 관찰하고 있는 것 같다. 아마도 내 생각에는 효과가 확실한 것 같다. 왜냐고? 1주일 만에 20kg이 빠져 버렸다. 내 의지로 다이어트를 했을 때 1주일에 겨우 4kg이 빠졌었는데, 이렇게 빨리 빠지다니! 가족들에게 걸리지 않도록 옷 속에 항상 수건을 넣어두고 다녔다. 오늘 병원에 갔더니 병원장이 흡족한 얼굴을 하면서 또 주사를 놓았다. 아마도 이번에는 살찌는 약이겠지.

1998년 2월 22일

주사를 맞고 또다시 1주일이 지났다. 체중이 원래대로 돌아왔다. 정말 신기했다. 몸에 아무런 이상이 일어나지도 않고 이렇게 극심한 체중 변화가 일어날 수가 있다는 것이. 아주 잠깐이지만 약을 좀 훔쳐서 파는 것도 나쁘지 않겠다고 생각했다. 그래도 범죄는 좋지 않다.

1998년 2월 25일

병원장이 더이상 맞을 약이 없다고 말했다. 벌써? 이제 겨우 5, 6번 정도 맞은 것 같은데? 라고 생각할 찰나 병원장이 한 가지 제안을 내놓았다. 1개월마다 건강한 사람을 데려오는 것. 남녀노소 상관없이. 말이 데려오는 거지, 납치를 해오라는 것 아닌가? 아무리 세상이 흉흉해도 범죄를 저지를 수는 없다. 차라리 내 몸을 해치지. 근데 데려올 때마다 1500씩 주겠다고 했다. 흔들리면 안 된다.

1998년 2월 28일

평소와 다름없이 위장 월급을 넣었다. 다행히 가족들은 아직 모르는 것 같다. 모르는 게 약이지. 그런데 이 일도 5달 정도만 있으면 또다시 통장잔고가 바닥나게 된다. 그렇다고 범죄는 안 된다! 밖에서 구두닦이라도 해볼까? 군대에 있을 때 선임한테 군화 닦는 걸로 칭찬 받았었는데. 그때가 생각난다. 이 지옥에서 벗어나고 싶다.

1998년 3월 1일

병원장이 직접 나에게 찾아왔다. 페이가 부족하면 더 올려주겠다고 했다. 2000으로. 그래도 나는 단호하게 뿌리치고 내 갈 길을 갔다. 이때는 내가 생각해도 멋졌던 것 같다. 아니, 누구나 이렇게 행동해야 했을 거겠지? 어쨌든 잘 끊었다.

1998년 3월 2일

길을 가다가 어떤 사내가 어깨를 치면서 사진을 건네고 갔다. 기분은 언짢았지만 일단 사진을 보았는데 깜짝 놀랐다. 나의 아내와 아들이 찍힌 사진이었다. 그러고는 바로 병원으로 달려가서 따졌다. 할 일이 그렇게 없어서 가족을 건드리냐고. 병원장의 말은 간단했다.

"그럼 바로 작업을 시작해."

정말 억장이 무너져 내렸다. 이때 사람의 밑바닥을 드러내나 싶었다. 기간은 1주일을 주겠다고 했다. 데려오는 조건은 살아만 있으면 된다고 했다. 그 뜻은 죽이지는 않고 어떻게든 데려오라는 것이다. 생전 주먹질 한 번 해본 적 없는 사람인데, 어떻게 그런 짓을 하라는 거야.

1998년 3월 3일

오늘 경찰서에 갔었다. 그 병원을 고발하려고. 하지만 생각해 보니, 그 병원장을 잡아갈 증거가 없었다. 그리고 해봤자 내가 계약서에 사인하고 모든 것을 동의하고 실험을 했다는 것이다. 그래서 다시 돌아왔다. 내가 아무것도 할 수 없다는 것이 너무나도 한심하다. 그래도 어쩌겠나. 가족들의 안전을 위해서라도 내 한 몸 바쳐서 '일'을 시작해야지.

1998년 3월 4일

갑자기 내 통장으로 300만 원이 입금되었다. 아마도 사람을 잡기 위한 군자금인 것 같다. 이 돈을 받은 순간부터 나는 공범이 된 것이다. 이제 되돌릴 수는 없다. 그리고… 이제 어떻게 해야 하는 거지? 막막하기만 하다.

1998년 3월 7일

3일 동안 다른 지역에 가서 한 구역만 계속 관찰을 했다. 괜찮은 사람을 사냥하기 위해서. 그리고 별 도움도 안 되겠지만 범죄드라마도 몇 개 보았다. 그래도 범죄 수단 몇 개는 배운 것 같다. 내가 평생 이런 공부를 할 줄은 몰랐다. 그리고 잡아올 사람 한 명을 생각해뒀다.

1998년 3월 8일

난 영화에서 본 대로 손날로 사람의 뒤통수를 후려쳤다. 그런데 오히려 맞은 사람이 나를 공격해 왔다. 이상하다. 영화에서는 바로 쓰러지더니. 그래서 어쩔 수 없이 사람을 찔렀다. 이건 영화와 똑같았다. 그런데 가장 이상한 것은, 사람을 찌르고도 아무런 감정을 느낄 수 없었다.

1998년 3월 9일

범죄를 저지른 지 하루 만에 뉴스가 떴다. 가족들은 내가 그랬을 줄은 상상도 못하겠지. 그리고 멀리 떨어진 지역에서 벌어진 일이다. 누구도 알지 못할 것이다. 영원히.

1998년 3월 10일

병원장이 나보고 일처리가 빠르다며 칭찬을 했다. 자기가 1주일 안에 일처리를 하라고 해서 나는 그 기간에 맞춘 것뿐이다. 그래도 그 덕에 추가로 돈을 더 받았다. 다음은 어디서 작업을 해볼까?

1998년 3월 12일

아내가 나보고 담배 냄새도 아니고 피 냄새가 난다고 했다. 당황해서 제대로 말도 못하고 나와 버렸다. 그렇다고 의심을 하지는 않겠지? 아니다. 나를 의심하는 모든 존재를 없애야 한다.

1998년 3월 14일

뭔가 푹 자고 일어난 느낌이다. 1주일 넘게 생활한 기억이 없다. 그런데 일기장을 보니 내가 아주 큰일을 저지른 것 같다. 뭔가 이중인격이라도 있는 것 같다. 통장에도 큰돈이 갑자기 들어와 있었다. 진짜 내가 뭔가를 하긴 했구

나. 병원에 찾아가 보았더니 저번에 맞았던 약의 부작용이라고 했다. 내 안의 억눌려 있던 또 다른 자아가 몸을 지배한 것이라고 했다. 자기들도 이런 일은 처음이라고 했다. 당연히 처음이겠지. 내가 처음 맞았으니까. 멍청한 녀석들.

1998년 3월 20일

나는 5일간 10명의 사람을 '배달'했다. 병원장이 당혹해 하는 모습이 너무나도 웃겼다. 그렇게 일을 열심히 하지 않아도 된다고 했다. 1달에 1명이면 된다고 했다. 하지만 나는 싫다. 이 일이 너무 재밌다.

1998년 3월 21일

머리가 너무 아프다. 1주일 전쯤에 병원장에게 찾아가서 일을 못하겠다고 말하고 맞은 것까지는 기억나는데 그 이후로는 전혀 기억이 나지 않는다. 그래도 그나마 다행인 것은 다른 자아가 일기를 쓰는 것이다. 일기마저 없었다면 이런 일이 일어나는지도 몰랐을 텐데.

그런데 어떤 상태가 되어야 다른 자아가 깨어나게 되는 걸까. 정신을 잃으면 깨어나는 건 알겠는데, 첫 번째는 전혀 모르겠다. 명분이 없다. 잠을 자도 그렇게 되는 걸까. 컨트롤만 할 수 있으면 좋을 텐데. 아니지. 컨트롤은 무슨. 아예 깨어나는 것도 용납할 수 없다. 내가 죽어야만 끝나는 걸까? 내 자신이 너무 두렵다.

1998년 4월 1일

안녕. 순진한 자아야. 내가 '작업'을 하면서 어떤 큰 실수를 해서 경찰이 들어오고 있어. 너의 사랑스런 아내가 네가 그럴 리가 없다면서 시간을 끌어주고 있어서 이렇게 쓰는 거야. 지금이라도 다 처리하고 도망가고 싶지만 나중에 네가 깨어날 때 처지가 곤란해지겠지?

나도 이 정도는 생각할 줄 안다고. 그냥 무자비한 사람이 아니야. 너는 이 글을 보지 못하겠지. 네가 깨어났는데 갑자기 빵에 들어가 있으면 당혹스럽겠지? 그래서 네가 빵에서의 편한 생활을 위해서 그때까지만 힘을 써 둘게. 그리고 나는 다시는 깨어나지 않을게. 내가 너를 너무 망친 것 같아. 그럼 몸조심하고.

2018년 6월 1일

나는 20년형을 받고 오늘 출소했다. 햇살이 밝다. 가족들은 나를 떠났다. 내가 아닐 때 떠났다. 18년간 나는 혼자였다. 아마도 '그 녀석'은 자기 맘대로 드러냈다가 빠질 수 있나 보다. 이제 안 나타나면 뭐하나, 다 끝났는데.

2018년 6월 6일

사실 오늘은 5일이지만 그냥 내일 날짜로 써 보고 싶다. 나도 이제 삶을 끝내야겠다. 살만큼 살았지 않았는가? 남들이 경험해 볼 수 없는 것도 해보고. 좋지는 않았지만.

2학년 김동현

나는 예전부터 머릿속으로 여러 가지 공상을 잘 했었다. 책을 보거나 영화, 애니메이션, 게임 등, 그 스토리를 이용해서 다른 이야기를 만들거나 그 뒷이야기를 꾸미는 것을 자주 상상하면서 생활했다. 그러다가 소설을 쓰는 동아리를 알게 되었고, 내가 상상했던 것을 책으로도 쓸 수 있게 된다는 기대를 품고 동아리에 가입하고 글을 쓰게 되었다.

하지만 내가 생각하던 만큼 글이 막 써지지는 않았다. 내가 생각하던 것들은 거의 모든 것이 싸우는 종류였기 때문이다. 나의 필력으로는 등장인물 간의 싸우는 장면들을 생동감 있게 표현하는 법이 제한적이었기 때문이다. 그래서 어쩔 수 없이 울며 겨자 먹기로 다른 장르로 바꿔야 하는 상황이 와버렸다. 주제는 영화와 자유소설이었는데, 영화 쪽으로는 바로 생각이 났다. 그것은 '토탈 리콜'이었다.

이 영화는 열린 결말로 영화가 끝이 났었는데, 끝나자마자 그 뒷이야기가 바로바로 생각이 났었기 때문이다. 그래서 영화부분은 조금씩만 다듬어서 손쉽게 끝낼 수 있었는데, 문제는 자유소설부분이었다. 아무리 생각해도 주제조차도 떠오르지 않았다. 그래서 주제만 생각하는데 많은 시간을 소비하였고, 작년 동아리선배님들의 책을 보았다.

스캔 정도만 하다가 일기 형식의 글을 보게 되었고, 거기서 뜬금없지만 주제를 생각하게 되었고, 글 쓰는 형식도 일기 형식을 따르게 되었다. 한번 주제가 잡히니 그 뒷이야기도 아주 쉽게 풀렸다. 상상은 많이 했지만 이렇게 직접 글을 쓰는 것은 이번이 처음이자 아마도 마지막이 될 텐데, 생각보다 굉장히 힘들었고, 무언가를 창작하며 누군가에게 보여주는 직업을 종사하는 사람들에게 욕을 했던 것이 굉장히 죄송했다.

예를 들어서 영화를 보고 나서라든지. 그분들은 나름대로 자신의 생각을 가지고 제작했을 텐데, 나도 이렇게 글을 쓰고 이게 무슨 작품이냐고 욕을 먹을 수도 있는데, 내가 욕을 할 자격은 있을까 하고 되돌아보게 되었다. 다음부터 어떠한 작품을 보고나면 최소한 욕은 하지 않아야겠다고 생각했다.

김윤재

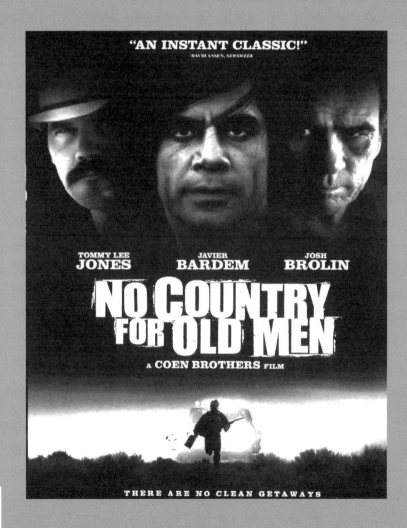

노인을 위한 나라는 없다

〈줄거리〉

영화 '노인을 위한 나라는 없다'는 주인공 에드 톰 벨, 안톤 시거, 르웰린 모스 총 3명의 시각에서 영화를 전개한다. 영화의 줄거리는 미국의 텍사스, 사막에서 사냥을 하던 르웰린 모스는 마약 거래를 하다가 총격전이 벌어진 뒤 시체들이 가득한 사건 현장을 우연히 발견하게 된다. 총을 수거하던 모스는 아직 살아 있는 남자를 발견한다. 죽어가는 그 남자는 물을 달라고 부탁하지만 모스는 물은 없다며 그를 내버려둔다. 그리고 사건 현장을 살펴보던 모스는 200만 달러가 든 가방을 발견하고 가방과 총을 가지고 집으로 온다. 잠을 깬 모스는 어리석은 짓인 줄 알면서도 죄책감에 물을 가지고 사건 현장으로 다시 간다. 그리고 마침 사건 현장을 찾은 괴한들에게 추적당한다. 가까스로 괴한들의 추적을 피한 모스는 곧 자신이 위험에 빠질 것을 깨닫고 부인 칼라 진 모스를 친정으로 대피시킨다. 한편 살인마 안톤 시거는 경찰을 수갑 찬 채로 목 졸라 죽이고 경찰서를 유유히 빠져나간다. 그는 가방을 되찾기 위해 돈 가방을 든 모스를 쫓는다. 그러나 안톤 시거 말고도 보안관인 에드 톰 벨도 총격전이 가득한 사건 현장을 보고 모스가 갑자기 사라진 것과 관련이 있다고 생각해 모스를 쫓는다. 이렇게 모스와 벨, 시거는 서로 쫓고 쫓긴다. 모스는 모텔에 숙박할 때마다 치밀하게 돈 가방을 숨기지만 안톤은 돈 가방에 든 추적 장치를 통해 모스의 뒤를 쫓아간다. 안톤은 모스를 추적하던 과정에서 총 대신 산소통을 들고 다니며 동전던지기 게임과 같은 자신만의 룰을 정해서 상대방이 자신의 룰을 어기면 가차 없이 산소통으로 사람을 죽이며 잔악한 모습을 보인다. 안톤이 모스를 턱밑까지 추적하자 모스는 그때야 위치추적기를 발견하고 그것을 없앤 뒤 돈 가방과 함께 자신도 창문에서 뛰어내린다. 하지만 그 과정에서 안톤이 쏜 총에 맞아 피가 흐르고 그 때문에 다시 모스의 위치가 노출된다. 안톤의 잔인한 공격에 다친 모스를 구해 준 트럭기사마저도 잔인하게 죽임을 당한다. 그러자 모스는 안톤과 직접 싸우면서 사투를 벌이는데 이때 모스는 안톤에게 상처를 입히고 안톤은 잠시 모스 쫓기를 중단한다. 한편 모스는 안톤이 사라진 뒤 철조망 너머의 수풀을 발견하고 돈 가방을 숨겨 놓는다. 그런데 여기서 또 돈 가방을 노리는 사람이 등장한다. 그의 이름은 카슨으로 안톤으로부터 돈 가방을 지켜 줄 테니 돈 가방에 든 돈을 함께 나누자고 이야기한다. 그러나 모스는 그 제의를 거절한다. 그러자 카슨은 그의 아내가 안톤에게 죽을 수도 있다고 모스를 설득하며 동시에 모스가 지나왔던 길을 다시 살펴본다. 그사이 보안관인 벨은 수사를 꺼려 하는 모습을 보이지만 어쩔 수 없이 모스의 아내를 만나 그녀를 설득시켜 모스와 만나려고 한다. 한편 카슨은 안톤에게 뒤를 밟혀 죽임을 당한다. 이때 모스는 아내에게 전화해서 돈 가방을 아내와 함께 안전한 곳으로 피신시키려 한다. 모스는 아내와 약속장소를 정해 만나기로 한다. 이때 모스의 아내는 보안관인 벨에게도 약속장소를 알린다. 하지만 모스의 아내의 엄마가 그들을 감시하고 있던 멕시코 마약 밀매상에게 정보를 흘리고 만다. 시간이 흐른 후 벨이 도착하지만 누군가에 의해 죽음에 이르게 된 모스가 있다. 그후 안톤은 모스의 아내가 있는 곳에 갔다가 차를 타고 가던 중 예기치 못한 차 사고를 당한 후 걸어가는 모습으로 영화는 끝이 난다.

노인을 위한 나라는 없다 시즌2

2학년 김윤재

1

검은 셔츠 위의 빨간 피가 하얀 뼈와 대비되어 더욱 빨갛게 보였다. 드디어 10초 후에 뼈가 튀어나온 고통이 느껴져 왔다. 그러나 이렇게 지체할 시간이 없다. 곧 경찰이 다가올지도 모르기 때문이다. 이대로 있다가는 돈 가방은 당연히 못 찾고 사형이 확정이다. 게다가 이런 상처는 셀 수 없이 많이 겪어 보았기 때문에 이쯤은 가볍게 넘어갈 수 있다.

"아저씨 셔츠 위로 뼈가 튀어나왔어요. 괜찮으세요? 구급차 부를까요?"

때마침 눈앞의 남자 아이 둘이 길거리를 지나가고 있었고 그중 한 명이 다친 나에게 호의를 베풀 듯 말을 건넸다. 축구를 했는지 땀에 흠뻑 젖어 있었고 팔에 공을 끼워 넣고 있었다. 대충 나이는 7~8살인 것처럼 보였다. 뼈를 처음 보면 많이 징그러울 텐데 이전에 뼈를 본 적이 있었는지 신경을 안 쓰는 듯했다.

"얘들아 고맙지만 구급차는 안 불러도 되고 네 겉옷을 좀 벗어 주겠니? 내가 지혈을 해야 해서. 그럼 너에게 10유로를 주마."

나는 이렇게 호의를 베푸는 사람들을 이해하지 못할 뿐 아니라 도움 받는 것도 좋아하지는 않지만 어쩔 수 없는 상황이기 때문에 도움을 받기로 결정했다.

"정말요? 저는 당연히 괜찮지만 구급차는 정말 안 불러도 괜찮으세요? 진짜 아파 보이는데."

아이는 뜻밖에 10유로를 벌어 기쁜 듯했다. 하지만 아이가 입고 있는 옷과 가격은 비슷할 것이다. 다행히 아이가 거기까지는 생각을 못 한 것 같았다. 아이는 예의상인지 아니면 진짜 나를 걱정해서인지는 모르겠지만 마지막으로 내 안부를 더 물어보았다.

"그래 정말로 괜찮아. 빨리 옷이나 좀 벗어 줘."

나는 피가 계속 흐르고 점점 힘들어져서 그런지 예민하게 대답했다.

"네, 죄송해요. 얼른 벗어 드릴게요."

아이는 얼른 옷을 벗었고 나는 얼른 그 옷으로 피가 튀어나오는 것을 막았다. 그렇지 않아도 돈 가방을 가지고 도망친 자식이랑 총격전을 벌이던 중 허벅지 쪽에 입은 상처도 다 낫지 못했는데 이번 사고 때문에 차도 고물이 되어 버려서 기동력이 많이 부족할 것 같았다. 그렇다고 차를 타고 이동하기에도 껄끄럽다. 일단 차를 구하려면 다른 사람을 죽여서 그 차를 가지거나 훔치는 수밖에 없는데 차를 훔치기는 거의 불가능에 가깝고 다른 사람을 죽이고 그 차를 가지기에는 주변에 사람이 많아서 경찰에게 이목이 끌리기 십상이다.

결국 호텔에 숨어서 상처를 치료하고 상황을 지켜보기로 했다. 그러나 너무 시간을 끌면 이미 자신의 얼굴을 알고 있는 경찰들에게 잡힐 것이기 때문에 하루만 호텔에 머무르기로 했다. 호텔 카운터에 얼굴이 노출되면 곤란하기 때문에 최대한 빠르게 방 예약을 하고 얼른 방에 들어가 상처를 보았다. 역시나 하루 만에 상처가 회복될 기미는 전혀 보이지 않았다.

2

원래 나는 마약 밀매상들의 두목이었지만 산소통을 개조한 공기총으로 살인을 저지르던 중 경찰에게 붙잡혔다. 다행히 경찰은 한 명밖에 없었고 또 내가 수갑으로 채워져 있어서 안심하는 것처럼 보였다. 그래서 나는 그 경찰이 다른 경찰에게 전화를 할 때 잽싸게 달려들어서 내게 채워진 수갑을 이용해서 경찰관의 목에 수갑 끈을 걸치고 힘껏 당겼다.

그러자 경찰관은 전화기를 떨어뜨리고 그의 목에 걸린 수갑끈을 떼어놓기 위해서 발버둥을 쳤다. 하지만 그럴수록 나는 더 세게 끈을 당겨서 그를 제압했다. 10초 정도가 지나자 발버둥치는 힘이 점차 줄어들더니 결국 숨이 끊어진 듯했다. 나도 수갑에 손이 묶인 상태로 그 반대 방향으로 힘껏 수갑을 당겼더니 손목이 수갑자국으로 파였고 파인 곳이 빨간 피로 적셔져 있었다.

그후 나는 곧바로 화장실로 달려가 피가 묻은 곳을 물로 씻었다. 물론 수없이 많은 사람을 죽여서 잘 믿기 힘들 수 있지만 나는 피를 보는 것을 그렇게 좋아하지 않는다. 그래서 사람을 죽일 때도 주로 일반 총이 아닌 산소통을 이용한 공기총을 이용한다.

그편이 훨씬 피가 적게 튀기 때문이다. 또 사람을 죽이고 피가 나에게 튀거나 내가 피가 나면 항상 깨끗하게 피를 씻어 없앤다. 물론 방금처럼 씻어서는 없어지기 어려운 상처를 입은 경우나 상황이 급하면 어쩔 수 없이 피를 봐야 한다.

나는 곧바로 경찰서에 있는 전화기로 내 부하들에게 연락을 취해 내가 경찰에 잡히기 전에 하려고 했었던 마약거래가 어떻게 되었는지 알아보았다.

"여보세요. 그래 나다. 그때 있었던 마약거래는 잘 성사되었나?"

"… 보스 죄송합니다. 그 당시 거래에 갔었던 동료들은 상대방과 의견다툼으로 거래가 잘 성사되지 않자 총격전을 벌여 그 자리에 있던 거의 모두가 죽었습니다. 우리 조직원 중 한 명은 살아남았지만 우리에게 연락할 당시에 이미 거의 수명이 다했습니다."

조직원은 내게 그 사실을 전하는 것이 두려웠던 탓인지 뜸들이다가 입을 열고 대답했다.

"뭐? 우리 조직원들이 모두 죽었다고?"

"네, 죄송합니다. 하지만 상대 조직원들도 다 죽었습니다."

나는 매우 화가 났지만 마음을 가라앉히고 이성적으로 판단하려고 애썼다.

"그래서 지금 돈 가방과 마약은 모두 어떻게 되었나?"

"아, 저희가 거래현장으로 곧바로 갔지만 그곳에는 마약은 불타 없어져버렸고 돈 가방은 사라졌습니다. 하지만 뜻밖의 수익이 있었습니다. 저희가 그곳에 갔을 때 한 남자가 돈 가방과 비슷한 것을 들고 도망치는 모습이었습니다. 저희는 바로 총을 쏘아 공격했지만 가볍게 어깨에 스치고 그는 강을 따라 도망쳤습니다. 아마 그 자가 마약을 모두 불태운 범인일 것입니다."

"그런데 그게 뭐가 쓸모 있다는 거야!"

나는 화를 참지 못하고 소리쳤다.

"죄송합니다. 그자가 남긴 차와 번호판이 있습니다. 그게 그를 찾는 데 도움이 될 것입니다."

나는 그 이야기를 들으며 지금 전화를 하고 있는 조직원을 포함해서 일을 이렇게 처리한 놈들을 모두 죽이겠다고 마음먹었다.

나는 당장 이동할 차량이 없었기 때문에 그 경찰관의 차를 훔쳐 달아났다. 만약 그곳이 사람들이 붐비는 장소거나 도심이었다면 당연히 얼마 못 가 체포되었을 것이었으나 그곳은 텍사스 서부의 사막이기 때문에 주위에 사람도 없을 것이고 실제 경찰관만 만나지 않는다면 사람들이 의심하지 않기 때문에 경찰차를 탔다. 나는 가던 중 한 노인이 타고 있는 차를 보고는 경찰인 척하며 노인의 차량을 멈추게 했다.

물론 경찰 차량을 노인의 차량과 바꾸려는 의도도 있었지만 가장 큰 이유는 노인을 죽이기 위해서이다. 나는 노인은 죽어야 한다고 생각한다. 왜냐하면 노인들은 대게 과거의 망상에 사로잡혀서 현재를 제대로 바라보려 하지 않고 자신의 고집대로 행동하기 때문이다. 하지만 나도 항상 노인들을 죽이는 것은 아니고 노인들만 죽이는 것도 아니다. 그들이 내가 정한 규칙에 어긋나는 경우에만 죽인다.

　게다가 때로는 규칙이 어긋나도 바로 죽이지 않고 동전 던지기를 한 후 앞이나 뒷면을 맞히면 죽이지 않는다. 얼마나 공정한가? 물론 규칙이 있는 것부터 불공정하다고 말할 수 있지만 규칙을 어기는 것은 그들이 잘못한 것이기 때문에 그것 또한 공정하다고 말할 수 있다. 동전 던지기를 하는 이유는 선과 악을 구분하는 기준은 없다고 생각해서이다. 한 명의 눈에 선하다고 보이는 행동이 다른 사람에게는 악하다고 보일 수도 있다.

　그래서 나는 동전 던지기를 통해 죽음을 결정함으로써 선과 악의 구분이 없다는 것을 나타낸다. 불행히도 방금 전에 만난 노인은 내가 정한 규칙을 어겨 죽음을 맞이했다. 나는 곧바로 차를 바꾸어 타고 분노를 가라앉히려고 노력하며 거래 현장으로 서둘렀다.

　거래 현장에 도착하자 아까 나의 전화를 받았던 조직원을 포함하여 간부 한 명이 있었다. 거기서 나는 뜻밖에 물건을 하나 더 손에 넣었다. 우리 조직이 내가 경찰에게 잡혀 있을 때 거래를 하려던 돈 가방에 위치 추적기를 달아 놓은 것이다. 아마 거래를 한 뒤에 다시 돈 가방의 위치를 찾아 다시 가져오려는 속셈이었을 것이다.

　하지만 거래가 제대로 성사되지 않자 간부는 내가 계속 경찰에 잡혀 있는 줄 알고 이 일을 대충 수습하려 했을 것이다. 생각이 거기까지 미치니 화가 치밀어 올랐다. 결국 나는 돈 가방을 훔친 놈의 번호판을 손에 넣자마자 모두 총으로 죽였다. 그러고는 곧바로 번호표에 적힌 정보를 이용해 돈 가방을 훔쳐간 놈이 살던 곳의 위치를 확인하고는 그곳으로 향했다. 그러나 그 놈은 이미 도망친 뒤였다. 꽤 감이 좋은 것 같았다. 그 집에서 나는 그의 이름이 르웰린 모스라는 것을 알아내었다.

3

나는 밤새 누워서 어떻게 이 상황을 빠져나갈지 궁리하면서 회복에만 전념했다. 모스는 죽었으나 모스가 위치 추적기를 돈 가방과 떼놓아서 돈 가방의 위치를 모른다. 일단 주변은 경찰에 감시가 삼엄할 것이 분명하니 대놓고 도망갈 수도 없는 노릇이었다.

그리고 내 조직원들에게 도움을 청하려 해도 내가 너무 오랫동안 보스의 자리를 비워두었기 때문에 분명 나에게 평소 반감을 지닌 간부들 중 한 명이 보스자리를 차지했을 것이다. 그리고 그는 내가 돌아오기를 원하지 않을 것이기 때문에 내가 조직원들을 죽인 것을 트집 잡아 그의 눈에 내가 보이는 순간 나를 죽일 것이다.

보통은 돈 가방을 가져간 사람을 죽이고 바로 돈 가방을 찾았겠지만 모스는 꽤 영리해서 잡는 재미가 있었다. 그리고 오랜만에 나와 싸울 수 있는 사람을 만나서 더 흥미도 있었다. 하지만 그 일에 너무 몰두해서 조직원들이 반란을 일으킬 시간을 만들어 주었다.

어쩔 수 없이 나는 내가 평소에 자주 도움을 받았던 마피아 형제들에게 연락했다. 그들은 실력이 매우 뛰어났고 성격이 매우 폭력적이어서 싸우는 일에는 항상 그들 스스로 나섰다. 그런데 이번은 싸움과도 연관이 없고 내가 조직을 잃은 상태여서 나를 도와줄지 잘 모르지만 딱히 방법이 없으므로 이 방법에 모든 걸 걸어야 했다.

"여보세요? 혹시 케이지 형제인가?"

나는 긴장된 목소리로 말했다.

"누구야?"

그 목소리에는 피곤함과 짜증이 섞여 있었다.

"안톤이다. 혹시 나를 도와줄 마음이 있나?"

"어쩐 일이지? 내가 듣기로는 조직에서 추방되고 쫓기는 신세라고 들었는데, 설마 우리보고 쫓기는 너를 도와달라는 건 아니겠지?"

그들은 내 생각을 꿰뚫어 보기라도 한 듯 나에게 질문했다.

"맞아. 물론 귀찮겠지만 나를 좀 도와줘. 너희들도 아직은 내가 필요하지 않나?"

나는 형제들에게 이런 협박이 당연히 통하지 않는 걸 알았지만 지푸라기라고 잡는 심정으로 부탁했다.

"그래서 너를 도와 주면 우리들이 얻는 것은 뭐지?"

그들은 여유를 부리며 당당하게 되물었다.

"당연히 마음에 들게 입금해 주지. 나에겐 수많은 돈이 든 돈 가방이 있어."

나는 돈 가방을 아직 찾지 못했지만 거짓말로 그것을 감추려 했다.

"그래? 싸우지 못한다는 게 흠이긴 하지만 돈이 있다니 도와줄 이유가 충분하군. 곧 내가 이 전화로 다시 연락할 테니 기다리고 있어."

그후 기분 나쁜 웃음소리가 들린 뒤 전화는 끊어졌다.

그들은 무언가를 꾸미고 있는 것 같았다. 하지만 일단은 지금 상황에서 탈출해야 한다.

그로부터 20분 정도가 지난 후 나에게로 발신자표시제한 번호로 연락이 왔다.

"나다. 10분 뒤에 그쪽으로 검은색 SUV 차량이 갈 테니 주위 사람들이 널 알아보지 못하도록 하고 그 차에 타. 아, 그리고 돈은 당연히 준비했겠지? 뭐 일단은 마주보고 이야기하자고."

그들은 그들의 말이 끝나자마자 전화를 끊어버렸다.

나는 그들이 보낸 차를 타고 5분쯤 달려 그들의 별장으로 보이는 장소에 도착했다. 5분 정도밖에 차를 타지 않았지만 주위에는 아무것도 없었다.

"그래, 돈은 어떻게 지불할 거지?"

"돈은 내가 신분을 제대로 위장하고 비행기 표까지 구했을 때 주지. 아직 너희들을 완전히 믿지는 못하겠으니까 말이야."

물론 돈을 줄 생각은 추호도 없다. 하지만 나는 수중에 가지고 있는 패가 아무것도 없었으므로 시간을 벌기 위해서 꽤 그럴듯한 변명을 지어냈다. 하지만 변명이라고 해서 완전히 거짓말은 아니었다. 새 신분과 비행기 표도 돈 가방을 찾고 나서는 꼭 필요했기 때문이다.

"음, 그럴 수 있지. 하지만 빨리 준비해야 할 거야. 우리는 마음이 넓지 못하니깐 말이야. 그럼 지금부터 딱 1주일 주지."

"좋아."

"참. 그리고 네가 새로운 신분증과 비행기 표를 준비하는 동안 내 동생이 너를 옆에서 감시할 거야."

나는 속으로 신분증과 비행기 표를 마련한 후 바로 형제를 죽이고 돈 가방을 찾아야겠다고 생각했다. 하지만 이들도 결코 만만하지 않기 때문에 방심할 때를 노려야 한다.

다음 날 나는 동생과 함께 새로운 신분증을 만들기 위해 또 다른 마피아에게로 향했다.

신분증 만드는 일은 별로 오래 걸리지 않았다. 하지만 비행기 표를 끊기에는 시간이 늦어 바로 별장으로 되돌아왔다.

드디어 비행기 표까지 마련했다. 나는 잠깐 화장실에 가겠다고 말하고 화장실에서 어제 별장에서 몰래 훔쳐온 총을 준비하고 옷 안에 비닐을 입었다. 나는 차에 타자마자 옷을 벗어 비닐이 드러나게 한 후 총으로 동생의 머리를 가격했다. 예상대로 피가 사방으로 튀겼지만 비닐 덕분에 피가 묻는 것을 피했다. 나는 곧바로 다음 계획을 실행했다.

일단 동생의 몸을 토막 내어 그것을 사진으로 찍어 형에게 보냈다. 아마 형은 이성을 잃고 내가 사진 밑에 보내준 위치로 달려 올 것이다. 30분 정도 지나자 형은 예상대로 분노에 가득 찬 얼굴로 나를 향해 달려왔다. 원래 형제는 살인기술에 매우 특화되어 있어서 싸우면 내가 질 가능성은 크지만 지금은 충분히 이길 수 있다. 나는 몰래 숨어 있다가 형이 다가오자 재빠르게 총을 쏴 심장을 관통시켰다.

이제 돈 가방만 찾으면 된다. 아마 모스가 죽은 곳에서 멀리 떨어지지 않은 곳에 있을 것이다. 하지만 이미 그곳에는 많은 경찰이 잠복해 있을 것이다. 그리고 이미 내 얼굴은 뉴스와 신문에 충분히 드러나 더이상 몸을 숨기기도 힘들다. 어쩔 수 없이 나는 얼굴을 가리고 그곳으로 몰래 가기로 계획했다. 아마 한 명씩 차례대로 조용히 경찰을 죽이면 들키지 않고 돈 가방을 찾을 수 있을 것이다.

새벽 2시, 수사하는 경찰도 많이 없는 시간일 뿐더러 사람 얼굴도 충분히 판단하기 어려운 시각이다. 조용히 모텔 근처 쪽으로 접근했다. 모스가 죽은 장소로부터 약 2미터 가량 떨어진 곳에 경찰관 2명이 서 있었다. 다행히 그다지 경계하는 것 같은 모습도 보이지 않았다. 아마 내가 사건현장 주변에 다시 올 일이 없다고 생각했을 것이다.

나는 경찰관 주위의 위치를 파악했다. 그리고 곧바로 소음기를 단 총으로 경찰관 한 명을 죽이고, 나머지 한 명은 총이 든 팔과 다리를 쏴 저항

하거나 도망가지 못하게 했다. 아마 경찰관이 돈 가방을 미리 발견했을 수도 있기 때문이었다. 그는 고통스러워하며 나를 죽일 듯이 쳐다보았다. 나는 돈 가방의 위치를 물으며 협박했다.

그러자 그는 처음에는 입을 꾹 다물고 있다가 계속 고문하자 돈 가방은 에드 톰 벨이라는 경찰관에게 있다고 말했다. 나는 후에 위험이 될 수도 있기 때문에 곧바로 그 경찰관을 죽인 후 바로 내가 처음으로 잡혔던 경찰서를 향해 다시 이동했다.

내가 경찰서에 도착하자 벨은 마치 자신이 죽을 것을 예상이라도 한지 가만히 의자에 앉아 나를 보고 있었다.

"어째서 이런 미친 짓을 하지?" 그는 마치 나를 잘 알고 있다는 듯한 말투로 나에게 물었다.

"당신은 당신이 죽을 것을 예상하고 있었나 보군."

"너는 마치 재앙이야. '악' 그 자체. 나도 오랫동안 살았지만 너같이 악한 놈은 한 번도 본 적이 없어."

"아니 난 악이 아니야. 세상에는 선한 사람과 악한 사람이 존재하지 않아. 객관적인 선과 악은 없단 뜻이지. 네가 보기에 난 '악'이지만 내가 생각하는 나는 '신'이야."

"말도 안 되는 소리. 넌 '악'이야."

"원래 약자는 강자의 생각을 부정하려는 법이지."

"흥, 강자? 내가 젊었을 때는 너같은 놈들은 아무것도 아니었어."

"당신, 내가 제일 싫어하는 부류군. 항상 과거에 사로잡혀 현재에 대해 인정하지 않지."

"범죄자 따위가 어디서 훈계를 해?"

그 말을 마친 후 그는 곧바로 주머니에서 총을 빼내어 나를 겨냥한 후 총을 쐈다. 다행히 총알은 아슬아슬하게 머리를 비껴갔다. 나는 곧바로 총을 꺼내 경찰관의 어깨에 쐈다. 그 순간 경찰관의 손에 있던 총이 경찰관의 옆으로 떨어지며 어깨에서 피가 쏟아져 나왔다.

"이런 젠장."

경찰관은 분한 감정과 고통스러운 감정이 섞인 표정을 지으며 나를 노려보았다.

"이제 돈 가방이 어디 있는지 말해."

"내가 말할 것 같아? 어디 한번 찾아내 봐."

경찰관의 눈은 확고했다. 아무리 고문해도 가르쳐 줄 것 같지 않은 표정이었다.

"어쩔 수 없군. 말하지 않는다면 네 가족을 모두 죽이겠다."

그 순간 경찰관의 눈에 있었던 확고함은 사라지고 평범한 노인의 눈이 되었다.

"비겁한 놈. 역시 넌 '악'이야."

노인은 돈 가방의 위치를 가르쳐 준 후 괴로운 듯 고개를 절레절레 저었다. 아마 노인은 자신이 한때나마 자랑스럽게 여겼던 경찰관으로서의 자부심마저 잃어서 것이 몹시 고통스러울 것이다.

"흥 경찰관으로서의 자부심조차도 버렸군."

나는 노인이 더 고통스러워하도록 자존심을 긁었다.

그러자 노인은 부끄러움을 이기지 못한 채 자신의 옆에 떨어진 총을 자신의 머리에 대고 쏘아 자살했다.

시기와 견제

2학년 김윤재

1

2018년 9월 7일

또 녀석이다. 음침하게 공부하는 모습. 그 녀석은 항상 내 앞을 가로막았다. 그를 보자 마음속에 깊이 숨겨둔 분노가 당장이라도 밖으로 분출될 것 같았다. 더이상 참을 수가 없다. 슬슬 계획을 실행해야겠다. 내일이면 드디어 지긋지긋한 놈의 얼굴을 보지 않아도 된다.

2

"뭐라고? 알았어. 당장 갈게."

오늘 학교에서 학생 한 명이 자살했다는 소식을 들었다. 그 학생의 이름은 카츠노 유아다. 아마 온몸의 뼈가 산산조각 나 있고 학교 옥상 바로 밑에서 사체가 발견된 것으로 미루어 보았을 때 옥상에서 투신자살 한 것으로 판단된다. 그 학생에 대해 딱히 조사한 바는 없지만 일단 특이점이 있다면 공부를 매우 잘하는 학생이라는 점이다, 그는 항상 전교 2등을 유지해 왔다고 했다. 공부를 잘했으니까 학업에 대한 스트레스는 아닐 가능성이 높다. 아마도 형사인 나에게 연락한 것을 보면 왕따로 인해 죽었을 것이다.

"어이 왔어? 또 골치 아픈 사건이야. 아마 자살이 아닐 수도 있어."

동료 형사인 우하라 시노가 반갑다는 듯이 손을 흔들었다. 하지만 눈에는 진지함이 섞여 있었다.

"역시. 그런데 왜 수사본부를 설치했지? 왕따로 인해 죽은 것이라면 굳이 수사본부까지는 필요가 없었을 텐데."

나는 이번 사건을 당연히 왕따와 관련된 사건으로 판단했는데 조금 뜻밖이었다.

"아니. 왕따가 아니야. 애초에 자살 자체가 아닌 것 같아. 그렇다고 왕따를 당했던 것도 아니야."

"그걸 어떻게 단정할 수 있지?"

"그 애는 공부 외에는 관심이 없대. 그래서 그 애와 같은 학년동안 대화를 나누었던 아이들도 2명밖에 없었어. 그리고 몸에 폭행자국도 나타나지 않았어."

"휴대폰은? 그것도 조사해 봤어?"

"휴대폰은 그 애랑 같이 떨어져서 복구하는 데 시간이 좀 걸렸는데 방금 전에 복구를 마치고 조사해 봤는데 부모님 외에는 누구와도 연락하지 않았어."

"그럼 자살이 아니란 것은 어떻게 판단했어?"

"원래는 자살로 판단했는데 피해자가 죽기 전에 마지막으로 같이 있던 사람이 있다고 해서."

"그걸로 살인이라고 단정짓기는 섣부른 판단 아닌가?"

"그렇지. 하지만 그것 뿐만은 아니야. 만약 용의자로 추정되는 학생이 살인을 했다면 분명히 옥상에서 피해자를 밀어서 죽였을 테니 지문이 남아 있었겠지. 그래서 죽은 피해자의 옷에서 지문검사를 실시했더니 용의자로 추정되는 학생의 지문과 똑같은 지문이 발견되었어."

"확실히 수사해 볼 만하겠군. 그래서 지금 그 용의자는 어디 있어?"

"방금 전에 경찰서 관내로 조사를 받으러 갔어. 아마 지금 바로 경찰서 관내로 가면 용의자의 진술을 들을 수 있을 거야."

그 말을 듣고 바로 경찰서로 향했다.

"전 정말 억울해요. 그 애는 스스로 자살했어요. 제가 두 눈으로 똑똑히 봤다고요."

용의자로 지목된 학생의 이름은 미타미 료고라고 했다.

"그게 무슨 소리야. 갑자기 자살을 했다고? 그것도 친구가 보는 앞에서? 너는 유아와 이야기를 나누었던 2명의 친구들 중 하나잖아. 이야기를 나눌 때 다툼이 있어서 죽여 버린 것 아냐?"

나는 동료 경관들이 옆에서 심문하는 것에 끼어들며 말했다.

"믿기지 않으실 수도 있지만 진짜에요. 말다툼한 적도 없어요. 일방적으로 저에게 욕설을 퍼부었어요."

그는 달팽이처럼 한껏 움츠린 몸을 부르르 떨며 말했다. 등이 굽고 거북목인 것을 보니 평소에도 몸을 움츠려서 생활하는 것 같다.

"뭐? 일방적으로 화냈다면 이유가 뭐야?"

"그건 저도 몰랐어요. 제가 뭘 잘못했냐고 물어도 가르쳐 주지 않고 저에게 욕을 퍼부었어요."

"그게 말이 된다고 생각해? 그럼 유아의 옷에서 나온 네 지문은 어떻게 설명할 거야?"

"그건 정말 오해에요. 유아가 저보고 교복을 옥상으로 가져와 달라고 쪽지를 남겨서요. 저는 화해하자는 건 줄 알았어요."

그는 거짓말을 하는 것 같지는 않았다. 그렇다면 이게 어떻게 된 거지? 나는 사건이 미궁으로 빨려 들어가는 느낌을 받았다.

"흠… 반장님 그럼 저는 이 학생에 대해 조금 더 조사해 보겠습니다."

"그래, 그러도록 해. 수사가 다 끝나면 꼭 보고하도록 하고."

3

나는 곧바로 사건이 일어났던 학교로 돌아갔다. 다행히 학교와 경찰서는 멀리 떨어져 있지 않아 이동하기에 편리했다. 학교는 총 3개의 건물로 이루어져 있었다. 맨 오른쪽이 신관, 중간이 본관 그리고 마지막이 강당인 모양이었다. 유아는 신관 건물 옥상에서 떨어져 죽었다. 경비원의 말을 들어보니 평소에는 옥상 문이 열려 있지 않는다고 했다. 아마 유아와 료고 중 한 명이 문을 열었을 것이다. 유아와 료고의 반은 3학년 5반으로 전교생들 중에서 공부를 잘하는 학생들만 골라서 반을 이룬 곳이라고 했다. 유아와 료고는 그 반에서도 공부를 가장 잘하는 축에 속했다. 유아는 전교 2등이었고 료고는 1등이었다. 일단 료고가 범인이라는 전제를 두고 유아와 료고의 친구들의 진술을 중심으로 수사를 진행했다.

"평소에 유아와 료고에 대해서 말해 주겠니?"

나는 반 학생들 중 가장 친구가 많아 보이는 친구에게 경찰 신분을 밝히고 협조를 부탁했다.

"음, 사실 두 명 모두 딱히 말해 줄 것이 없어요."

"뭐? 그게 무슨 말이야?"

"유아와 료고 모두 반 친구들과 말을 잘하지 않았어요. 특히 유아는 더 심했죠. 둘 다 미친 듯이 공부만 했죠. 근데 둘에 대해서 딱 하나 기억나는 게 있어요."

그는 뭔가 기억하는 것 같은 표정을 지으면서 이야기를 계속했다.

"그게 뭐야?"

"한 2주일인가, 1주일쯤 전에 둘이 심하게 다툰 적이 있어요. 처음에는 말싸움을 하다가 점점 말싸움이 심해지고 결국 료고가 먼저 유아의 얼굴을 주먹으로 때렸어요. 둘 다 주먹으로 3대쯤 때리다가 한 아이가 선생님을 모시고 오셔서 사건이 일단락되었어요. 근데 전교 1, 2등의 싸움이고 평소에 공부밖에 모르던 아이들이 싸운 사건이어서 그런지 싸움이 끝난 후에도 1주일간 아이들 입에 오르내렸어요."

이 이야기는 유아가 얘기해 주지 않았던 이야기다. 아마 자신에게 불리한 이야기여서 굳이 이야기 하지 않았을 것이다.

"혹시 유아와 료고가 싸운 이유는 뭔지 아니?"

나는 이 사건이 유아의 죽음과 연관이 있을지도 몰라서 노트에 필기하며 들었다.

"아, 저도 잘 몰라요. 아마 저희 반 친구들 중에 유아와 료고랑 그나마 친했던 류토가 알 거예요."

"그 애는 어디에 있니?"

"아마 진학실에서 자기소개서에 대해 저희 담임 선생님과 면담 중일 거예요."

"그래, 수사에 협조해 줘서 고맙다."

나는 말을 끝마치고 재빠르게 진학실로 향했다. 진학실에 가자 학기말이어서 그런지 거의 대부분의 선생님들이 학생과 면담하고 있었다. 나는 3학년 5반이라는 팻말이 적힌 곳을 찾아갔다. 그곳에는 아침에 본 유아와 료고의 담임 선생님과 학생 1명이 있었다. 그 학생은 통통하고 푸근해 보여서 호감이 가는 상이었다.

"아침에 인사드렸던 형사입니다. 혹시 이 학생이 류토 군입니까?"

"네. 그런데 혹시 류토도 조사받을 일이 있나요?"

선생님은 걱정되는 듯이 물었다.

"아직 그건 알 수 없습니다만 일단 물어볼 게 좀 있어서요. 데려가도 괜찮겠죠?"

"네. 뭐 사건에 도움이 된다면야."

"감사합니다. 그럼."

나는 일단 그 학생을 공원 뒤편에 벤치로 데려갔다. 혹시라도 다른 아이들이 들으면 살인사건이라고 떠벌리고 다닐 수도 있기 때문이다. 가는 동안 류토는 불안한 듯 계속 손톱을 물어뜯었다. 나는 그를 안심시키기 위해 단순히 질문이 있어서 가는 것이라고 했다. 공원에 도착하자 그는 더이상 참지 못하겠다는 표정으로 나에게 질문했다.

"혹시 저에게 의심 가는 부분이 있나요? 전 정말 유아의 자살과는 아무 관련이 없어요."

류토의 목소리가 부르르 떨렸다.

"아니야. 난 단지 네가 유아와 료고랑 그나마 친하다고 들어서 둘에 관해 물어보려고 온 거야."

"다행이다. 죄송해요 제가 겁이 많아서."

"괜찮아. 그보다 얼마 전에 유아와 료고가 싸운 사건 말인데, 혹시 싸운 이유를 알 수 있을까?"

"아마 유아가 료고에게 부모님 욕을 해서일 거예요. 료고의 부모님은 모두 교통사고로 돌아가셨는데 료고는 부모님을 매우 존경하고 그리워하거든요."

"그래? 평소에 유아와 료고의 사이는 어땠지? 듣기로는 둘 다 과묵해서 얘기를 거의 안 한다고 하던데."

"아, 둘 사이가 좋지는 않아요. 사실 료고는 유아와 친해지고 싶어했지만 유아가 료고를 굉장히 싫어했어요. 그래서 눈에 띄지 않게 료고의 필기구나 교과서를 훔치며 시비를 걸었어요. 그래도 료고는 참았는데 부모님 이야기를 꺼내니까 폭발한 것 같아요."

"음… 사실 우리는 료고를 범인으로 보고 있어. 그래서 범행동기가 될 만한 것을 찾고 있지. 혹시 료고가 유아를 죽일 만한 다른 이유도 있니?"

원래라면 수사 중에는 수사내용을 밝히면 안 되지만 혹시라도 사건에 도움이 될 수도 있는 이야기를 얻을 수 있을 것 같아서 추리를 류토에게 얘기했다.

"네? 료고는 절대 사람을 죽일 만한 성격은 아니에요. 그리고 만약 얼마 전의 싸움이 동기라고 해도 그 가정엔 무리가 있어요. 왜냐하면 료고는 이전에도 다른 아이들에게 여러 번 부모님에 관한 욕을 들은 적 있기 때문이에요."

"뭐? 그럼 뭐 때문에?"

"아니. 애초에 범인은 료고가 아닐 거예요. 료고는 그 싸움 후로도 계속 유아와 화해할 방법을 찾았어요."

류토의 말을 듣자 수사가 원점으로 되돌아간 느낌이었다. 그럼 처음 가정한 대로 자살이란 말인가?

"그럼 유아가 자살할 만한 이유는 있다고 생각하니?"

"아니요. 아이들의 눈에 띄지 않아서 그렇지 저랑 있을 때는 활발했어요. 그리고 딱히 죽을 만한 동기도 없고요."

"그래…."

"아, 딱 한 가지. 유아가 스트레스 받는 부분이 있었어요."

"그게 뭐니?"

"그건 1등을 못하는 것이에요. 료고가 항상 1등을 차지하니까 유아는 한번도 1등을 한 적이 없어요. 그래서 료고를 시기하고 견제하는 거예요."

나는 이 말을 들으니 머리가 멍해졌다. 이건 말이 안 된다. 류토의 말대로라면 유아는 자살할 이유가 전혀 없고 료고도 유아를 죽일 이유가 전혀 없다는 말이 된다. 차라리 유아가 료고를 죽였다면 상황이 맞아떨어질 것이다.

상황을 보고하자 경찰서 관내에서도 혼란이 생긴 것 같았다. 나는 하는 수 없이 다시 유아에 대해 자세히 조사하기로 하고 유아가 있었던 기숙사실을 찾아갔다. 그곳에는 전교 2등답게 수많은 참고서들이 늘어져 있었다. 나는 혹시라도 있을지 모를 단서를 위해 유아의 책들을 뒤졌지만 문제 푼 내용밖에는 없었다. 포기하고 나가려는 순간 한 아주머니가 유아의 기숙사실로 들어왔다.

"무슨 일이세요?"

"아, 별건 아니고 쓰레기 분리수거 하는데 이 학교 학생이 쓰는 것 같이 보이는 책이 있더라고요. 카츠노 유아라는 이름이 적혀 있어서 다른 아이들에게 물어보니 기숙사에 있다고 하더라고요. 그래서 이렇게 책을 돌려주러 왔어요."

나는 경찰신분을 밝히고 그 책을 받았다. 그것은 참고서가 아니라 학습 플래너였다. 거기에는 한 장마다 메모를 할 수 있는 공간이 있었는데 그곳에서 유아의 일기를 발견했다. 그곳에는 소름이 돋을 정도로 많은 료고에 대한 유아의 증오가 담겨져 있었다. 그리고 사건 전날 일기에는 더이상 견디지 못하겠다고 하며 계획을 실행한다고 적혀 있었다.

2018년 9월 8일

드디어 당일이다. 오늘이 마지막이다. 오늘로써 료고는 살인자로 내몰릴 것이고 나는 더이상 그 녀석을 보지 않아도 된다. 더이상 2등을 하지 않아도 된다. 이제 녀석은 나락의 길을 걸을 것이다.

이것은 사건 당일의 일기이다. 이 일기를 보자 드디어 모든 것이 이해가 되었다. 얼마나 끔찍한가? 하지만 어떻게 보면 유아는 결국 혹독한 교육 시스템의 결과물이다. 결국 더 잘되라고 하는 교육이 학생들끼리 도를 넘은 경쟁을 하게 만들고 과도한 경쟁이 유아를 파멸로 이끈 것이다.

2학년 김윤재

나는 올해 처음으로 '그린비'라는 동아리에 참여했다. 사실 그린비에서 하는 책쓰기 활동이 별거 없는 줄 알고 만만하게 보았다. 보통의 소설책들처럼 배경묘사나 인물의 심리묘사를 자세히 하면 저절로 글이 다 완성되는 줄 알았는데 실제로 책을 써보니 어느 정도의 치밀한 줄거리가 준비되어 있어야 하고 1인칭과 3인칭 시점이 계속 헷갈리고 배경과 심리묘사도 분량에 맞추어서 해야 해서 정말 어려웠다.

특히 책을 읽을 때는 한 장에 채워져 있는 글이 굉장히 적어 보여서 10분 정도만 투자하면 당연히 쉽게 한 장이 채워질 것 같았는데 처음 글을 쓸 때는 한 쪽을 쓰는데 4시간 넘게 걸렸다. 처음 쓴 것을 나중에 다시 보면 어색한 부분이 너무 많이 보여서 계속 고쳤다. 하지만 두 쪽쯤 글을 쓰고 나니 한 쪽을 채우는 시간이 점점 줄고 더 많은 아이디어가 나왔다. 그리고 첫 소설을 쓰고 두 번째로 하는 자유주제로 소설을 쓸 때는 처음부터 주제를 정하고 어느 정도 틀을 짜고 글을 쓰니 훨씬 빨라졌다.

5시간 만에 여섯 쪽을 모두 채웠다. 물론 마지막 정리한 시간까지 더하면 6시간 정도 되겠지만 말이다. 어쨌든 나는 이것만으로도 엄청나게 발전했다고 자부한다. 내 첫 소설은 '노인을 위한 나라는 없다'라는 책의 후속편이다. 이 영화를 쓰려고 한 이유는 주말에 빈둥거리면서 유튜브를 보고 있었는데 '라우군의 다락방'이라는 영화소개 채널에서 이 영화에 관해 자세히 분석하여 준 것을 듣고 이 영화에서 안톤 시거라는 사이코패스 살인마의 심리를 내가 직접 나타내면 흥미롭겠다는 생각이 들어서다.

그래서 후속편은 영화에서 등장하는 사이코패스 살인마의 심리를 나타내면서 1인칭 주인공 시점으로 줄거리를 진행한다. 두 번째 소설은 자유소설인데, 이 소설의 제목은 '시기와 견제'이다. 이 작품은 친구들과 작품 주제를 놓고 이야기하던 도중 학업 시스템에 관한 이야기가 나왔고 학업 시스템을 비판하고 싶어서 만들었다. 그렇지만 너무 대놓고 비판하기 그래서 한국 이름 대신 일본 이름으로 주인공들의 이름을 정했다. 이 소설은 주제에 관해서 많은 생각을 해서 작품을 쓰기 전까지 시간이 오래 걸렸다.

역시 쉬운 일 하나도 없다는 엄마의 말이 맞았다. 하지만 역시 소설을 다 쓰고 나니 굉장히 뿌듯했다. 앞으로도 자주 소설을 쓰고 싶다.

배영민

너의 췌장을 먹고 싶어

〈줄거리〉

스스로를 외톨이로 만드는 '나', 학교 최고의 인기인 '그녀'. 어느 날, 우연히 주운 『공병문고』를 통해 나는 그녀와 비밀을 공유하게 되었다 "너 말이야, 정말 죽어?" "…응, 죽어." 그날 이후, 너의 무언가가 조금씩 내게로 옮겨오고 있다.

학교에서 스스로 외톨이로 지내던 나는 어느 날, 학교에 있어야 할 시간에 병원에 있게 되고, 병원의 소파에서 주운 『공병문고를 읽어버리면서 그 책을 쓴 장본인이자 클래스메이트인 야마우치 사쿠라의 수명이 얼마 남지 않음을 알게 된다. 그런 그녀의 비밀을 알게 된 후로, 나는 그녀와 어울려 행동하게 되는데… 주말에 같이 소고기 무한리필 식당이나 디저트 가게에 가기도 하고 그녀와 함께 먼 지역까지 여행을 가서 같은 방에서 머무르는 등등 그야말로 연인 같은 나날을 보냈다. 그러면서 내 내면의 무언가가 바뀌기 시작하고…. 그러다 어느 날, 그녀가 갑자기 병원에 입원하게 되고, 나는 그녀의 병문안을 갔다.

너의 췌장을 먹고 싶어 시즌2

2학년 배영민

(원작 소설의 240p 밑에서부터 2번째 줄에서 이어지는 이야기입니다. 원작 소설에서 인용한 부분이 다소 있으니 양해바랍니다.)

나는 그렇게 하기로 했다. 그렇게 그녀의 병실을 나와서 집으로 돌아가 침대에 누웠다. 저녁은 굶었다. 그녀가 머지않아 죽을 것이라는 사실이 머릿속에서 떠나지 않는다. 무언가, 내가 할 수 있는 일은 없을까…. 그런 생각이 밤을 새도록 내 머리에서 떠나지 않았다.

나중에 그녀가 '데이트 약속'이라고 본의 아닌 이름을 붙인 그 예정은 퇴원 전 2주일 동안에 그녀의 희망에 따라 '바다 여행'으로 정해졌다. 더불어 어딘가 카페에 들러 현재 연습 중인 비장의 마술을 보여주겠다고 했다.[1]

사실 나는 퇴원 후의 만남을 약속한 그 시점에 무언가 복선이 있을지도 모른다고 생각했다. 혹시 퇴원하기 전에 매우 중대한 일이 일어나는 게 아닌가 하고 우려한 것이다. 하지만 별 탈 없이 2주일의 하루하루가 지나갔고, 그때만큼은 내가 그녀의 말처럼 소설을 지나치게 많이 읽은 모양이라고 생각했다.[2]

연장된 2주일 사이에 보충수업도 끝나고, 우리는 본격적인 여름방학에

---

[1] 원작 소설 인용
[2] 원작 소설 인용

들어갔다. 그동안의 병문안은 네 번. 그중 한 번은 그녀의 절친 쿄코와 덜컥 마주쳤고, 두 번째에는 그녀가 침대가 흔들릴 정도로 크게 웃었다. 세 번째에는 내가 돌아올 때 발을 동동 구르며 떼를 썼고, 네 번째에는 그녀를 두 팔로 껴안았다. 단 한 번도 익숙해진 것은 없었다.[3]

병문안 외의 목적으로 병원에 갔던 일도 있었다. 여름감기에 걸린 난 그녀가 입원한 병원에 진료를 받으러 갔다. 그때 나는 왠지 모르게 그녀의 주치의에게 진료를 받게 되었는데, 감기는 이틀도 채 되지 않아서 나았지만, 그녀가 내가 감기 걸렸다는 것을 알아버려서 날 놀린 기억도 있다.

수많은 농담을 했고 수없이 웃었고 수없이 서로를 매도하고 수없이 서로를 존중했다. 마치 초등학생 같은 우리의 일상이 너무 좋아져서 이게 대체 무슨 일인가 하고 제삼자적인 내가 나를 보며 놀라곤 했다.

나를 내려다보는 나에게 말해 주리라. 나는 타인과 교류하는 것을 기뻐하고 있다. 태어나서 처음이다. 누군가와 함께 있으면서 나 혼자가 되고 싶다는 생각을 한 번도 하지 않은 것은.

타인과 교류하는 것에 대해 분명 이 세상 누구보다 크게 감동했던 나의 2주일은 온통 그녀의 병실로 집약되었다. 달랑 나흘, 그 나흘이 나의 2주일의 모든 것이었다.

달랑 나흘이었기 때문에 그녀의 퇴원 날은 금세 다가왔다.[4]

그녀가 퇴원하는 날, 나는 아침 일찍 일어났다. 기본적으로 나는 아침에 일찍 일어난다. 그것이 맑은 날이든 흐린 날이든, 예정이 있든 없든. 그날은 쾌청한 날씨였고 예정이 있었다. 창문을 열자 방 안 공기와 바깥 공기가 들

---

3 원작 소설 인용
4 원작 소설 인용

고나는 게 눈에 보이는 것 같았다. 기분 좋은 아침이었다.

아래층에서 세수하고 거실로 갔다. 아버지는 평소보다 일찍 출근하신 듯 보이지 않았고, 식탁에는 나를 위한 아침밥이 차려져 있었다. 어머니에게 "잘 먹겠습니다."라고 말하고 식탁에 앉아 다시 한 번 식재료들에게 "잘 먹겠습니다."라고 말한 다음에 된장국을 마셨다. 어머니가 해주는 된장국이 나는 꽤 좋다.

내가 요리를 맛보고 있는데 설거지를 끝낸 어머니가 내 맞은편 자리에 앉아 뜨거운 커피를 마시기 시작했다.

"어이, 자기."

나를 '자기'라고 부르는 것은 현재로서는 어머니뿐이다.

"응?"

"여자 친구 생겼지?"

"… 뭔 소리여."

아침부터 무슨 말씀을 하시는 건가요, 어머님. 놀라서 사투리가 나오지 않습니까.

"아냐? 그럼 너 혼자 좋아하는 여학생인가? 어느 쪽이건 다음에 한 번 데려와."

"…."

나는 침묵으로 대답했다. 무슨 이유로, 라고 생각했지만 부모님의 감이라는 게 작동했는지도 모른다. 잘못 짚은 것이지만.

"그럼 그냥 친구?"

그것도 아니다.

"뭐든 좋은데. 처음으로 우리 아들을 지켜봐 주는 사람이 생겨서 엄마는 기쁘다."

"…응?"

"내가 네 거짓말도 눈치 못 챌 줄 알았어? 엄마를 물로 보면 안 돼."[5]

항상 감사하게 생각하면서도 실은 완전히 물로 보고 있었던 것이구나. 그런 생각을 하며 어머니의 얼굴을 찬찬히 바라보았다. 나와는 달리 눈빛이 강한 어머니는 정말로 흐뭇한 기색이었다. 이미 확신하고 계신 얼굴이다. 정말이지… 두 손 번쩍 들고 항복이다. 나는 씁쓸한 웃음을 지었다. 그러던 사이, 어머니는 벌써 커피를 들고 내려가 텔레비전을 보고 있었다.

그녀와의 약속은 오후였기 때문에 오전 중에는 책을 읽으며 보내려는데 그녀가 빌려준 『어린 왕자』가 생각났다. 오늘 만나는 김에 돌려주면 되겠다는 생각으로 책장에서 그 책을 꺼내와 침대에 누워 읽었다. 줄거리를 어느 정도 알고 있었지만 책을 직접 읽는 것과는 차이가 있다고 냉정하게 고찰했다.

시간은 금세 지나가고 점심 전에 『어린 왕자』를 다 읽어버린 나는 간편한 옷으로 갈아입고 그녀에게서 빌린 『어린 왕자』를 숄더백에 넣고, 그걸 그대로 어깨에 둘러메고 집을 나섰다. 책을 구경하려고 약속 시간보다 한참 이른 때에 역에 도착해 근처 대형 서점으로 갔다.

책도 한 권 사고 잠시 어슬렁거리다가 약속 장소인 카페에 갈 생각이었다. 역에서 잠깐 걸어 들어간 장소에 있던 서점은 평일이라서 한산한 편이었다. 책 하나를 산 다음 약속 장소인 카페로 가서 저번과 같은 아이스커피를 주문하고 창가 자리에 진을 쳤다. 약속 시간까지는 아직 한 시간쯤 남았다.

서점 안은 냉방으로 시원했지만 몸 안에는 열기가 있었다. 주문한 아이스커피를 한 모금 마시자 커피의 냉기가 몸속으로 속속 스며드는 것 같은 쾌감이 느껴졌다. 정말로 그랬다가는 내가 먼저 죽을 테니까 이건 어디까지

---

5 원작 소설 인용

나 내 상상에 따른 이야기지만.

분명 책을 읽으려고 했는데 왜 그런지 바깥만 보고 있었다. 누군가 이유를 묻는다면 왠지, 라고 답할 수밖에 없는 그런 기분으로. 나답지 않은 기분, 마치 그녀 같은 태평한 이유.

강한 햇볕 속에 다양한 사람들이 오고 갔다. 양복 차림의 남자가 지나간다. 몹시 더울 텐데 왜 양복을 벗지 않을까. 탱크톱을 입은 여자는 가벼운 발걸음으로 역 쪽을 향해간다. 즐거운 일이라도 있는가. 고교생 남녀가 손을 맞잡으며 지나간다. 커플이다. 아이의 손을 잡으며 가는 어머니는….

생각에 잠겨 있다가 나는 흠칫했다.

창밖을 걷고 있는 그들은 짐작이지만 나와는 평생 관계가 없을 타인 일 것이다.

타인인데도 불구하고 나는 그들에 궁금해 하고 있었다. 내 멋대로 그들의 관계를 짐작하고 있었다. 이런 일은 전에는 없었다.

줄곧 주위의 어느 누구에게도 관심을 갖지 않았다. 아니, 그게 아니라 관심을 갖지 말자고 결심했었다. 그랬던 나인데….

저절로 피식 웃어버린다. 그래, 난 이렇게 변해버렸다. 이유 없이 혼자 웃음이 터져 버렸다.

오늘 만날 그녀의 얼굴이 머릿속에 떠올랐다.[6]

나를 바꿔 놓았다. 틀림없이 그녀가.[7]

그녀를 만난 그날부터, 내 인간성도 일상도 삶과 죽음에 대한 가치관마

---

6 원작 소설 인용
7 원작 소설 인용

저도 변하는 것으로 정해져 있었다.

아, 그녀 식으로 말하자면, 나는 지금까지의 선택 속에서 나 스스로 변하는 것을 선택한 것이겠지.

나는 남은 커피를 단숨에 들이켜 마시는 것을 선택했다.

나는 테이블에 놓아둔 문고본을 손에 드는 것을 선택했다.

문고본을 가방에 넣는 것을 선택했다.

그녀와 대화하는 것을 선택했다.

그녀에게 도서위원이 할 일을 가르쳐 주는 것을 선택했다.

그녀의 만나자는 요청에 응하는 것을 선택했다. 그녀와 식사하는 것을 선택했다.

그녀와 나란히 걷는 것을 선택했다.

그녀와 같은 방에서 자는 것을 선택했다. 그녀가 가고 싶어 하는 곳에 가는 것을 선택했다.

그녀와 같은 방에서 자는 것을 선택했다.

진실을 선택하고, 도전을 선택했다.

그녀와 한 침대에서 자는 것을 선택했다.

그녀가 남긴 아침식사를 먹어 주는 것을 선택했다.

그녀와 함께 피에로 마술사의 연기를 보는 것을 선택했다.

그녀에게 마술 연습을 추천하는 것을 선택했다. 그녀에게 울트라맨을 사 주는 것을 선택했다.

그 지역 선물을 선택했다. 여행이 즐거웠다고 대답하는 것을 선택했다.

그녀의 집에 가는 것을 선택했다.

장기 두는 것을 선택했다. 그녀를 떼어내는 것을 선택했다.

그녀를 밀어 쓰러뜨리는 것을 선택했다. 학급위원인 그를 상처 입히는 것을 선택했다.

그에게 얻어맞는 것을 선택했다. 그녀와 화해하는 것을 선택했다.

그녀의 병문안 가는 것을 선택했다. 병문안 선물을 선택했다.

그녀에게 수업 내용 가르쳐 주는 것을 선택했다. 집에 돌아올 타이밍을 선택했다.

절친 쿄코에게서 도망치는 것을 선택했다. 마술을 봐주는 것을 선택했다.

진실이냐 도전이냐를 선택했다. 질문을 선택했다.

그녀의 팔에서 도망치지 않는 것을 선택했다. 그녀를 추궁하는 것을 선택했다.

그녀와 함께 웃는 것을 선택했다. 그녀를 꼭 끌어안는 것을 선택했다.

몇 번이나 그렇게 끌어안는 것을 선택했다.

다른 선택도 가능했을 텐데 나는 분명코 나 자신의 의지에 따라 선택했고, 그 끝에 지금 이곳에 존재한다. 이전과는 달라진 나로서 이곳에 존재한다.[8]

그렇다. 방금 깨달았다.

어느 누구도, 나조차도, 사실은 풀잎 배 따위가 아니다. 휩쓸려가는 것도 휩쓸려가지 않는 것도 우리는 분명하게 선택한다.

그것을 가르쳐준 것은 한 치의 틀림도 없이 그녀다. 이제 곧 죽을 텐데도 세상 어느 누구보다 저 먼 미래를 바라보며 자신의 인생을 자신의 것으로 만들려고 하는 그녀. 세상을 사랑하고 인간을 사랑하고 자신을 사랑하는 그녀.

새삼 생각했다.

나는 네가….

불쑥 호주머니 속의 휴대폰이 울렸다.

「방금 집에 돌아왔어! 조금 늦을지도 모르겠네. 미안해(땀 줄줄). 예쁘게

---

8 원작 소설 인용

차려입고 가줄 테니까 그리 아셔!(웃음)」

　메시지를 읽고 나는 잠시 고민한 뒤에 답신을 보냈다.

「퇴원 축하한다. 방금 너를 생각하고 있었어.」

　농담인 것처럼 보낸 메시지에 곧바로 답이 왔다.

「웬일로 기특한 말을 해주시네? 왜 그래, 어디 아파?(윙크하는 얼굴)」

　나는 잠시 틈을 준 뒤에 답했다.

「너하고는 달리 아주 건강해.」

「너무해! 넌 나한테 상처를 줬어! 그 벌로 지금부터 나를 칭찬하도록 해!」

「칭찬할 게 하나도 생각 안 나는데? 나한테 문제가 있는 건지 너한테 문제가 있는 건지.」

「백 퍼센트 너야! 당장 칭찬해!」[9]

　휴대폰을 테이블에 내려놓고 팔짱을 낀 채 나는 생각했다. 그녀를 칭찬하기? 칭찬할 것은 산더미처럼 많았다. 분명 휴대폰 메모리에 다 담지 못할 만큼.

　나는 그녀를 만나 정말 많은 것을 배웠다. 지금껏 알지 못했던 것을 그녀는 알려 주었다.

　이렇게 메시지를 교환하는 것도 그녀에게서 배운 것 중의 하나였다. 타인과의 대화가 주는 즐거움을 처음으로 알았고, 그래서 그녀에게서 재미있는 반응이 돌아올 만한 말을 선택하곤 했다.

---

9 원작 소설 인용

무엇보다 대단한 점은 그녀의 인간적인 매력 대부분이 그녀의 한정된 생명과는 전혀 관계가 없다는 것이었다. 분명 그녀는 항상 그런 모습이었다. 물론 사상(思想)은 조금씩 가다듬어지고 언어는 풍성함이 더해졌겠지만 그 뿌리는 분명 그녀가 일 년 후에 세상을 떠나든 떠나지 않던 간에 관계가 없었을 것이다.

그녀는 그녀인 채로 대단하다. 나는 그게 정말로 대단하다고 생각했다.[10]

모두 다 솔직히 털어놓자. 뭔가를 배울 때마다 나는 그녀를 대단하다고 생각했다. 나와는 정반대인 사람. 겁쟁이여서 지금껏 나 자신 속에 틀어박히는 것말고는 아무것도 못했던 나로서는 도저히 하지 못할 일을 아무렇지도 않게 말하고 또한 해내는 사람.

나는 휴대폰을 들었다.

너는 정말 대단한 사람이다.

지금까지 줄곧 그렇게 생각해 왔다. 하지만 그것을 명확한 언어로 파악하지 못했었다.

하지만 그때 알았다.

그녀가 나에게 살아간다는 것을 알려 준 그때에,

내 마음은 그녀로 가득 채워졌다.

나는 메시지를 보내려다 문득 이런 생각이 들었다.

'이걸 문자로 전해도 되는 걸까' 하는 그런 생각이. 문자보다는 말로 더 확실하게 내 감정을 전하고 싶었다.

그래서 나는 곧장 보내려던 문장을 지우고는 다른 메시지를 보냈다.

「만나고 나서 이야기 하련다.」

---

10 원작 소설 인용

나는 메시지의 전송 버튼을 누른 다음, 휴대폰을 바지 주머니에 넣고, 카페에서 나와 달려가기 시작했다.

그녀의 집으로 달려가는 동안 그녀를 어떻게 칭찬할지에 대해 생각했다.

나는 네가….

나는 실은 네가 되고 싶었어.

타인을 인정할 수 있는 사람. 타인에게 인정받을 수 있는 사람이 되고 싶었다.

타인을 사랑할 수 있는 사람. 타인에게 사랑받는 사람이 되고 싶었다.

말로 하고 보니 내 속마음과 딱 맞아떨어져 속속 스며드는 것 같았다. 저절로 입가가 쭉 올라간다.

나는 어떻게 하면 네가 될 수 있었을까.

나는 어떻게 하면 네가 될 수 있을까.

어떻게 하면,

그렇다면, 하고 깨달았다. 분명 그런 의미의 속담이 있었다.

너의 발뒤꿈치라도 따라가고 싶다.

그렇게 생각하다가 머리를 흔들어 그 생각을 지워버린다. 이런 게 아니다. 좀더 그녀에게 말하기에 적합한 말이 있을 거라고 생각했다. 그녀를 기쁘게 해주기에, 그녀에게 전해 주기에 좀더 적합한 말이.

다시 한번 더듬어보자 기억의 한 귀퉁이, 아니 한가운데쯤에서 말이 둥실 떠올랐다.

나는 그 말을 발견하고 무척 기뻤다. 나 혼자 의기양양하기까지 했다.

그녀에게 선물하기에 이보다 더 적합한 말이 있을까.

그리고 나는 칼에 찔렸다.

순간 정신이 멍해졌다.

그리고 떠올랐다. 얼마 전부터 세상을 소란스럽게 하던 묻지 마 살인사건. 나는 그 사건의 살인마에게 당했구나. 하는 생각이 떠오르듯이 들었다.

주변의 시간이 느리게 흘러간다. 그리고 나는 천천히 바닥으로 쓰러져가는 자신을 느끼며, 나에게 칼을 찌른 남자가 씩 하고 웃는 것을 바라보았다. 아직 그녀에게 아무것도 전하지 못했는데, 왜 하필 지금인가. 왜 지금 이런 식으로 방해 받아 결국 전하지 못하고 마는 것인가. 그런 생각에 살인마에게는 살심마저 느끼고 말았다.

그렇게 영원히 흐를 것만 같던 잠깐의 시간은 끝나고, 나는 길바닥에 쓰러졌다. 칼에 찔린 곳에서 멈추지 않고 피가 흘러 내렸다. 나는 무의식적으로 크게 소리를 질렀다.

"으아아아아아아아아아아!"

나에게 칼을 찌른 살인마는 내가 소리를 지르자 재빠르게 떠나갔다.

나는 피가 흘러 의식이 몽롱한 와중에도 바지 주머니에서 휴대폰을 꺼냈다. 그리고 피 묻은 손가락으로 천천히 문자를 찍어나갔다. 메시지를 보내는 사람은… 그녀다.

그녀에게 내 말을 전해 주고 싶었다. 그 마음만이 죽어가는 나를 움직였다.

한 글자씩 찍을 때마다 그녀와 함께했던 기억들이 지나간다.

병원에서 그녀를 만났다. 그녀가 병에 걸린 사실을 알았다.

그녀와 주말에 만나기로 약속을 했다. 그녀와 식사를 했다.

그녀와 나란히 걸었다. 그녀와 같은 방에 들어갔다. 그녀와 진실과 도전을 했다.

그녀와 한 침대에서 잤다. 그녀가 남긴 아침식사를 먹었다.

그녀에게 마술 연습을 추천했다. 그녀에게 울트라맨을 사 주었다.

그녀와 장기를 두었다. 그녀를 떼어 냈다. 그녀를 밀어 쓰러뜨렸다.

그녀와 화해했다. 그녀의 병문안을 갔다. 그녀에게 수업 내용을 가르쳤다.

그녀의 마술을 보았다. 그녀의 팔에서 도망치지 않았다.

그녀에게 질문했다.

그녀를 추궁했다. 그녀와 함께 웃었다. 그녀를 꼭 끌어안았다.

그녀와….

의식이 흐릿해진다. 휴대폰의 화면도 점점 흐릿해진다.

나는 끝에 가서는 완전히 감에 맡기는 듯이 자판을 다 찍어내고는 전송 버튼을 눌렀다.

곧 이어서 '아, 더는 안 되겠다'라는 생각이 드는 것과 동시에 누군가의 비명소리를 들으며 나는 의식을 완전히 놓아버렸다.

"으음…."

나는 갈라진 목으로 신음소리를 내며, 감겨진 눈을 뜨려고 했다. 하지만 눈곱이 달라붙어서인지, 눈이 떠지지 않았다. 그래서 주변이 보이지 않았지만, 나는 일단 침대에 누워 있었다. 정확히는 그런 것 같다. 아마도 병원이 겠지. 그렇게 멋대로 생각해 버리고는 편하게 누우려고 몸을 움직였지만 몸에 힘이 들어가지 않아 꿈쩍도 할 수 없었다. 몸이 안 되니까 머리라도 흔들었다. 그렇게 몇 분을 그러고 있자 눈곱이 어느 정도 떨어졌는지 조금씩 주변이 보이기 시작했다.

"으악!"

나는 비명을 지를 수밖에 없었다. 그도 그럴게 그녀가 웃는 얼굴로 내 얼굴을 빤히 쳐다보고 있었으니까.

"너…."

"죽어가던 클래스메이트. 살아난 기분은 어때?"

그녀가 명랑한 얼굴로 내게 물어왔다. 내 얼굴은 이미 창피함에 새빨갛게 물들었고, 난 쑥스러움을 감추려고 헛기침을 하며 도리어 당당하게 굴었다.

"어디 놀러가고 싶은 기분이야. 퇴원하면 놀러가지 않을래?"

나는 그렇게 말하며, 그대로 그녀의 모습을 살폈다. 외출복 차림인 그녀는 쿡쿡 거리며 웃음을 참으면서도 분명하게 웃고 있었지만, 눈가에는 울어서 생긴 듯한 눈물자국이 남아 있었다. 울고 있었나, 그런 생각을 하며 그녀가 말을 꺼내길 기다렸다.

"그래! 우리 데이트 아직 못했잖아. 아직 마술도 보여주지 못했으니까, 그 카페에서 다시 만나는 걸로 어때?"

"그래. 으윽…."

나는 그녀의 말에 가볍게 답하다가 가슴에서 느껴지는 통증에 신음했다.

"그래, 무슨 일이 있어도 나오는 거다? 조금만 기다려, 의사 선생님 불러올 테니까."

그녀는 내 신음소리를 듣고는 곧바로 의사 선생님을 부르러 나가버렸다. 통증은 금세 가라앉았고, 그녀가 의사 선생님을 불러올 때까지 난 자신이 살아 있다는 실감을 얻고자 이리저리 움직였다.

그렇게 있기를 몇 분, 그녀가 의사 선생님을 데리고 돌아왔다.

의사 선생님은 살아난 게 기적이라는 둥, 쓰러지고 이틀이 지났다는 둥, 나를 찌른 사람이 최근 세간을 시끄럽게 한 묻지 마 살인마였고, 나를 찌른 후에 금방 경찰에게 잡혔다는 둥 그렇게 30분을 이야기했다. 생각보다 큰 상처는 아니었는지 결과를 보고 내일이라도 검사 후에는 퇴원 가능하다는 이야기에 나는 적잖이 놀랐다. 피를 그렇게 많이 흘렸는데…. 잠시 후, 의사 선생님이 나가고 병실에는 또다시 그녀와 나, 둘만이 남았다.

"그런데 말이야, 문자… 봤어?"

나는 조심스럽게 물었다.

"응, 그러는 살아난 클래스메이트는 내가 보낸 답장 아직 안 봤지?"

"답장 보낸 거야?"

"그래, 어차피 아직 못 봤지? 그럼 그 답장은 내가 가고 나서 혼자 있을 때 볼 것!"

"그럼, 어디 볼까⋯."

"아, 안 된다니까! 내가 가고 나서 혼자 있을 때 보라니까!"

내가 휴대폰을 찾으려고 하자 당황한 그녀가 나를 필사적으로 막으려고 해서 나는 그녀의 뜻대로 하기로 했다.

"알았으니까 이제 그만 좀 놔줘."

내가 항복 사인을 하자 그녀는 그제야 나를 놓아줬다.

"정말이지, 심술궂은 클래스메이트는 조금 장난이 과하다니까."

그녀가 약간 삐진 듯이 얼굴 살짝 옆으로 돌리고는 새침 맞게 말했다. 솔직히 좀 귀여웠다는 건 그녀에게는 비밀이다. 그렇게 둘 다 잠시 조용해졌지만 곧 그녀와 나는 동시에 웃었다.

"푸-, 푸하하하하하!"

우리 둘은 그렇게 한참을 웃다가 배가 아프기 시작해서 웃는 것을 멈췄다.

"아, 배 아파. 이렇게 웃는 것도 오랜만인 거 같아."

그녀의 말에 나도 고개를 끄덕이며 맞장구쳤다. 그렇게 한참을 그녀와 이야기하다가 면회 시간이 거의 끝나갔다.

"슬슬 면회 시간 끝나니까 나중에 보자. 그럼 내일 또 봐."

나는 침대에 앉아서 그녀를 배웅했다.

그녀가 떠나고 나서 부모님이 찾아와서 한바탕 난리가 났기 때문에 내가 그녀의 말대로 휴대폰을 켜서 메시지를 확인한 것은 오후 11시가 넘은 무렵이었다. 위에서부터 다른 메시지들을 다 확인하고 나니 마지막으로 그녀의 메시지만이 남았다. 나는 긴장감에 침을 한 번 삼키고 천천히 손가락을 확인 버튼에 올렸다. 화면이 바뀌고 그녀가 내게 보낸 메시지를 읽었다.

그녀의 답장을 본 나는 그녀가 보낸 짤막한 한 문장의 메시지를 보고 피식 웃음이 터져 버렸다. 정말이지 그녀다운 답장이라고 생각했다.

그 다음 날 점심 무렵, 나는 병원에서 간단한 검진을 받고 있었다. 몇 개의 검사를 받고 그 다음 검사를 기다리려고 병원 로비에 있는 소파 중 하나에 앉아서 순서를 기다리고 있었다. 문고본도 가지고 있지 않아서 그저 멍때리며 앉아 있던 내 눈을 누군가가 뒤에서 가렸다.

"누구~게요?"

"너 말이야, 정말로 장난 좋아하는구나."

"정답입니다! 와아~, 짝짝짝!"

내가 대충 대답하자, 그녀는 내 눈을 가리던 손으로 박수를 치면서 호들갑스럽게 축하해 주었다. 정답은 아니지만 말이다.

"학교는 어쩌고 여기 온 거야?"

"나도 오늘 검사받는 날이거든? 아직 퇴원한 지 얼마 안 된 상태라 며칠 간격으로 검사받아야 한다나?"

그녀는 약간 지친 표정으로 되묻듯이 답했다. 나는 그제야 그녀가 어제 말했던 작별인사의 뜻을 이해했다.

"아아, 그렇구나. 그럼 오늘 같이 카페에 가지 않을래?"

"당연히 그럴 생각으로 왔지!"

그녀의 텐션이 오늘따라 높아 보인다. 나도 그렇지만. 그렇게 나는 검사를 받고 어머니가 가져다 놓은 옷으로 갈아입은 다음 그녀가 기다리는 병원 입구로 향했다.

"빨리 와! 오늘이란 시간은 정해져 있다고!"

"네네. 그럼 갈까?"

나는 그렇게 말하고는 그녀의 한 쪽 손을 잡고 앞장섰다. 그녀가 놀라 뻣뻣해진 것이 손을 통해 느껴졌다. 돌아보면 상당히 재밌는 표정을 짓고 있으리라. 하지만 난 돌아보지 않고, 그녀의 손을 잡은 채로 카페까지 걸어갔다. 모르는 사람들이 보면 틀림없이 커플로 보이겠지. 그런 생각을 하며 카페에 도착하자 그제야 그녀가 내 손을 떼어내고 자리에 앉으며 말했다.

"오늘따라 텐션이 높네? 뭐 잘못 먹은 거라도 있는 거야, 거침없는 클래스메이트?"

"오늘은 아직 아무것도 안 먹었고, 그러는 너도 오늘 텐션 높잖아. 그나저나 뭐 먹을래?"나는 그녀에게 내 속내를 들키지 않기 위해 말을 돌렸다.

"음, 오늘은 카페오레로."

"저번에도 카페오레로 먹지 않았나?"

"카페오레가 먹고 싶은 걸 어쩌라고, 끈질긴 사람은 싫거든요? 얼른 주문해 오기나 하셔, 메롱~."

"분부대로 하죠."

나는 혀를 내밀고, '메롱'이라 말하는 그녀를 뒤로 하고, 카운터로 가서 카페오레 두 잔을 주문하고 자리로 돌아와 그녀의 맞은편에 앉았다.

"그럼, 저번에 보여주지 못했던 마술 타임~!"

그녀는 소란스럽게 가방에서 여러 가지 물건을 꺼냈다. 그녀가 물건을 다 꺼내길 기다리는 동안 나는 궁금했던 것을 그녀에게 물었다.

"그러고 보니 말이야."

"응, 왜?"

"'어린 왕자' 있잖아. 네가 가져갔어?"

나는 병실에 놓여 있던 내 가방에서 그녀에게 돌려주려 했던 '어린 왕자'만 사라진 이유를 그녀에게 물었다.

"응, 클래스메이트의 부모님이 주셨어. 피가 묻어서 내용도 못 알아보게 됐지만."

"미안, 다음에 새 책으로 사서 갖다 줄게."

나는 내 피로 얼룩진 책을 상상하고는 그녀에게 새로 책을 사 주어야겠다고 생각했다.

"그럼, 사양하지 않고 가져다 주길 기다릴게."

그녀는 순진한 미소를 지으며 내게 답했다. 곧이어 그녀의 마술쇼가 펼쳐졌다. 초보자라고는 생각조차 하지 못할 만큼 뛰어났다고 단언할 수 있었다. 약 20분 동안 펼쳐진 그녀의 마술쇼가 끝날 무렵에는 카페 안의 모든 사람들이 그녀에게 박수를 쳐 주었다.

"어땠어?"

"농담으로라도 못했다고는 못할 만큼 잘했어."

"이대로 마술사로 취업해 볼까?"

그녀는 주변 사람들의 반응에도 아랑곳하지 않고 내게 소감을 물어왔다. 나는 솔직하게 답해 주었고, 그녀는 그녀답게 농담으로 받아쳤다.

"길거리에서 공연하게?"

"음, 그건 생각 좀 해봐야겠네."

그렇게 우리는 커피를 다 마실 때까지 이야기를 하다가 밖으로 나왔다.

"그럼 이제 어디로 갈까?"

내가 카페 밖으로 나오며 중얼거리자 뒤에서 그녀가 내 어깨를 한 손으로 두드리며 따져왔다.

"잊은 건 아니지, 클래스메이트 군? 약속했잖아? 바다에 가기로."

"그랬던 거 같기도 하고… 아닌 거 같기도 하고…."

그녀가 불만스럽다 표정으로 노려보자 나는 농담조로 기억이 잘 나지 않는다는 듯이 말했다.

"그랬거든요? 정말이지 네 성격 좀 짓궂지 않아?"

그녀는 내게 투덜거리더니 앞장서던 내 앞으로 뛰어가며, 방금 전에 내가 했듯이 내 손을 낚아채 가며, 역으로 달려가기 시작했다.

"자, 그럼 바다로 가자~!"

그렇게 나와 그녀는 역에서 표를 끊고, 열차에 올랐다.

"설마 오늘도 하룻밤 자고 오는 건 아니겠지?"

열차가 출발하면서 문득 저번 여행이 떠오른 나는 그녀에게 물어보았다.

"저번 여행 때 쿄코에게 엄청 혼나서 그건 조금 무리일지도?"

그녀답지 않게 웬일로 순순히 물러났다. 그러나 그녀가 말끝을 두루뭉술하게 말한 것에서 무언가 꿍꿍이가 느껴졌고, 나는 무언가 수상쩍어 보이는 표정을 짓는 그녀를 의심했지만, 그 이상 추궁하지는 않았다. 그렇게 4시간 정도 도시락을 먹거나 그녀와 여전히 농담투성이인 대화, 기타 등등을 하면서 열차를 타고 목적지인 역에 내린 나와 그녀는 곧장 역의 입구로 향했다.

"사쿠라~!"

나는 순간 흠칫했다. 이 목소리는 분명….

"쿄코! 와 줬구나!"

"그럼 사쿠라가 부탁했는데, 당연히 와야지!"

그녀의 절친 쿄코가 우리를 역에서 기다리고 있었다.

"너도 있었구나."

쿄코는 날 보자마자 표정이 험악해졌다.

"쿄코도 참. 죽을 뻔한 클래스메이트랑 사이좋게 지내 주라니까?"

"그거랑 사이좋게 지내는 거랑 무슨 상관이야? 사쿠라는 조금 더 사람을 가려서 사귈 필요가 있지 않아?"

"뭐~, 불평은 거기까지 하고, 빨리 놀러 가자."

쿄코와 그녀는 나를 빼놓고 한참을 둘이서 이야기하더니 순식간에 나를 이끌고 어디론가 향했다.

"여긴?"

그녀들과 택시를 타고 10분 정도 이동한 곳은 인적이 드문 바닷가에 도착했다.

"내가 육상부 합숙 온 곳인데, 사쿠라가 바닷가에 가자기에 이곳으로 오자고 정했어.”

쿄코가 간략하게 설명했다. 바닷가 자체는 사람이 적어서 적막했지만, 그게 오히려 바닷가의 경치와 어울려 좋은 그런 조용한 곳이었다.

“그래서 여기서 뭐 할 건데?”

내가 묻자 사쿠라가 씨익 하고 사악한 미소를 짓더니 나를 향해 돌아보며 말했다.

“바다에 왔으면 당연히 수영을 해야지!”

잠시 후, 나는 지금 바닷가에 깔아 놓은 돗자리에 앉아서 쿄코와 사쿠라가 바다에서 놀고 있는 것을 지켜보고 있었다. 애초에 내가 야외활동을 즐기는 성격도 아닐 뿐더러, 그녀들 두 사람에게 맞춰서 놀 수 있을 리가 없기 때문에 나는 자연스레 혼자 앉아서 그녀들이 노는 모습을 구경하게 되었다.

“얌전한 클래스메이트에게 천벌이다!”

나는 갑작스런 그녀의 공격에 반응조차 하지 못하고, 그대로 얼굴에 물벼락을 맞아버렸다. 당황하다가 그대로 뒤로 넘어진 내 머리에 모래가 닿았다. 나는 약간의 창피함과 분노를 느끼면서 순식간에 일어나 그녀에게 달려들었다.

“늑대가 된 클래스메이트가 날 덮치려고 한다! 꺄아~!”

그녀는 호들갑을 떨며 나를 피해 이리저리 도망쳤다. 나는 그녀를 쫓아 바다로 뛰어들었다. 내가 바다로 뛰어드는 순간 엄청 큰 파도가 밀려왔고, 아마도 나와 그녀는 평생 마실 바닷물을 그때 다 마셨을 것이다.

“음… 푸! 어우 짜!”

그녀는 목 위만 바다 밖으로 내밀어 입 안으로 들어가 버린 바닷물을 뱉어냈다.

“우웩!”

나는 그녀보다 한 박자 늦게 바다 위로 고개를 내밀었다. 나 역시 바닷물을 뱉어내며 찌푸린 표정을 지었다.

"풉, 푸하하! 완전 웃겨, 우스꽝스러운 클래스메이트!"

어느새 뭍으로 간 그녀는 배를 잡고 깔깔거리며 웃기 시작했다.

"뭐야?"

내가 의아한 목소리로 그녀에게 묻자, 그녀의 옆에 서 있던 쿄코도 그녀처럼 배를 잡고 웃기만 할 뿐, 둘 다 내게 전혀 답을 해주지 않았다. 일단 내가 뭍으로 나가려고 하는 순간, 내 머리 위에서 무언가가 떨어졌다.

"해삼?"

내 머리 위에서 떨어진 것은 해삼이다. 그것은 천천히 바다 속으로 꾸물꾸물 거리며 사라져갔다. 나는 해삼이 사라지고 나서야 그녀들이 나를 보고 웃은 이유를 알 수 있었다. 해삼이 머리 위에서 꾸물거리는 사람이라니. 아, 머리 위에서 미역도 떨어졌다.

"왜 그래, 개그맨 소질이 있는 클래스메이트? 넌 개그맨을 하면 분명 성공할 거야."

"그건 절대로 아닌 거 같다."

내 성격이 예전에 비해서 밝아진 것 같지만 그래도 다른 사람 앞에서 우스꽝스러운 모습을 보이는 개그맨이 되는 것은 무리일 거라고 생각한다.

그렇게 3시간 정도를 해변에서 놀던 우리는 갑작스레 쇼핑을 가고 싶다는 그녀의 말에 갑작스럽게 근처에 있던 쇼핑몰로 쇼핑을 하러 갔다.

"그럼 잘 부탁할게, 짐꾼 겸 클래스메이트."

"뭐냐, 그 클래스메이트가 덤 같은 호칭은."

"지금만큼은 짐꾼이 더 우선인 걸로?"

나와 그녀는 평소처럼 농담을 주고 받았고, 쿄코는 그것을 못마땅한 얼굴로 쳐다보고 있었다.

"저기, 사쿠라…."

"왜 그래, 쿄코?"

"평소에도 둘이 있으면 이런 느낌이야?"

"뭐, 거의 그렇지? 안 그래, 사이좋은 클래스메이트."

"뭐, 거의 그렇지."

나는 그녀의 말에 가볍게 맞장구쳐 주었다. 쿄코는 무언가 불만인 듯 나에게 험악한 표정을 지어보였지만, 나는 그것을 무시해 주었다.

"흠, 그렇단 말이지. 일단 두고 보겠어."쿄코의 두고 보자는 말에 나는 아주 약간 무서웠다. 아주 약간.

쇼핑몰에서 저녁마저 해결한 우리는 해변 근처에 그녀가 예약을 했다는 민박집으로 향했다.

"저번에는 호텔에서 머물렀으니까, 이번에는 소박하게 민박집으로 골라 봤지!"

그녀가 후훗 거리며 의기양양한 미소를 지어보였다. 나는 호텔에서 머물렀을 때 너무 놀랐기 때문인지 무감각했지만, 쿄코는 상당히 놀란 듯했다.

"사쿠라, 너 돈 낭비가 너무 심한 거 아냐?"

"괜찮아!, 오히려 돈이 남아도니까 이럴 때 이 정도쯤은 써주지 않으면 오히려 계속 쌓이기만 한다고."

그녀는 사양하지 말라는 듯 손을 내저으며, 재빠르게 민박집의 현관을 열고 혼자 멋대로 들어가 버렸다.

"빨리 와~!"

"아, 혼자 가지 마! 기다려, 사쿠라~!"

쿄코는 혼자서 척척 걸어가 버리는 그녀를 쫓아 민박집 안으로 뛰어 들어갔다. 나도 그 두 사람의 뒤를 따라 민박집의 안으로 걸어 들어갔다.

우리가 정확히는 그녀가 빌린 민박집은 단층의 주택이었다. 침실이 두 곳, 거실, 그리고 화장실까지 네 구역으로 나뉘어져 있었다. 그녀는 나와 또 다시 한 방에서 자려고 했지만 절친 쿄코가 그녀를 필사적으로 막았기에 그런 사태는 조기에 피할 수 있었다. 분명 당일치기였을 텐데 왜 이렇게 된 것인지 모르겠다. 나는 그녀에게 물었다.

"분명 당일치기라고 하지 않았어?"

"쿄코가 엄청 화내서 그건 무리일지도 모른다고 했지만, 쿄코 본인이 여기 있으니까 문제 될 건 없잖아?"

그녀가 그렇게 말하며 웃었지만, 내 얼굴은 벌레 씹은 표정이 되어버렸다.

그렇게 조금 더 이야기를 나누다가, 그녀와 쿄코가 한 침실로 들어가고, 나는 나대로 혼자 다른 방으로 들어가 침대에 몸을 맡겼다. 민박집에 도착했을 때, 이미 오후 11시를 넘긴데다 도착한 뒤로도 서로 떠든다고 이미 하루가 지나버렸기에 더 놀다간 내일 돌아갈 기차에 타지 못할지도 모른다고 쿄코가 강력하게 주장한 탓이다.

그렇게 침대에 누워 잠을 청하려 한 나지만…

"잠이 안 와."

잠이 오지 않았다. 그래도 억지로나마 잠을 청하려고 눈을 감고 가만히 누워 있으니, 갑자기 내 방문이 열리는 소리가 났다.

"아직 깨 있어? 들어간다?"

그녀였다. 그녀는 내 대답조차 기다리지 않고, 내 방으로 들어와 내 옆에 누웠다. 침대는 민박집치고는 상당히 큰 편이었기에 그녀와 내가 같이 눕기에 부족하진 않았다.

"왜 온 거야…. 쿄코는 어쩌고?"

나는 조금은 졸린 목소리로 불만을 표했다. 그녀는 쿡쿡거리며 웃더니 그녀에게 등을 향한 채로 누워 있던 내 귓가에 입술을 가까이 대고 조용히 속삭였다.

"쿄코는 빨리 잠드는 편이라 벌써 잠들었어. 그리고 여기 온 이유는…,

음…. 곤란한 얼굴의 클래스메이트를 보고 싶어서… 일려나?"

"넌 진짜…."

내가 뭐라 반박하려고 돌아본 순간, 그녀의 얼굴이 너무 가까이에 있어서 잠깐 동안 숨을 쉴 수가 없었다. 그녀의 숨결이 뺨에 닿자 나도 모르게 얼굴이 빨개진 것이 느껴진다. 달빛이 창가를 통해 들어와 그녀를 비춘다. 그녀의 얼굴도 나만큼이나 빨갛다. 예쁘다, 아름답다. 어떤 말로 그 모습을 표현해야 할지 전혀 모르겠다. 적어도 하나 확실한 건, 지금 이 순간의 그녀보다 더 아름다운 사람을 난 알지 못했다.

"부끄러워?"

"그러는 너는 어떤데?"

"부끄러워. 엄청."

그녀의 말에 나는 긍정하는 듯이 같은 질문으로 되물었다. 그녀도 나와 마찬가지로 얼굴을 붉히며 부끄럽다고 답하자, 이미 새빨개진 내 얼굴이 더 빨개진 것 같다.

"저기, 말이야…."

나는 더이상 이러다간 이성을 유지하지 못할 것 같아서 일단 입을 열었다.

"왜? 부끄럼쟁이 클래스메이트."

"밖에 좀 나가지 않을래?" 그리고 막 내뱉듯이 말해 버렸다. 내 말에 그녀가 조금 어이없어 하는 표정이 되었고, 나는 그녀의 반응에 피식 웃으면서 침대에서 일어났다.

나와 그녀는 바깥으로 나와 민박집 앞의 해변을 걸었다. 아직 한밤중이라 조금 쌀쌀했다. 그렇게 서로 말없이 몇 분을 걸어 민박집에서 꽤 거리가 되는 곳까지 왔다. 그녀와 나는 1m 정도 거리를 두고는 서로 말없이 어두운 바다를 쳐다보았다. 한밤중의 바다는 새까맣고, 고요한 가운데 파도 소리만이 사방으로 퍼져 나갔다.

"너의 췌장이 먹고 싶어."

파도 소리 말고는 서로에게 어색한 적막이 흐르던 가운데, 내 목소리가 꽤나 길었던 침묵을 깼다. 내가 그녀에게 보낸 문자메시지의 내용이다.

"나도 너의 췌장이 먹고 싶어."

그녀가 내게 답했다. 내가 병원에서 읽었던 그녀의 답장. 역시나 그녀의 목소리로 듣는 것은 문자로 본 것과는 다른 느낌이 들었다.

또 어색한 적막이 흘렀다. 이대로 끝나서는 안 된다. 나는 그렇게 생각했다. 그런 강박관념에 사로잡혀 있었는지도 모른다. 이유가 무엇이든 나는 그렇게 생각했다. 이대로 끝나서는 안 된다고. 내 머릿속에서 강하게 외쳐댔다. 네 췌장을 먹고 싶다는 말의 의미. 그래서 내 마음을 그녀에게 솔직하게 고백했다.

"너처럼 되고 싶었어."

"나는 너처럼 되고 싶었어, 사이좋은 클래스메이트 군."

그녀의 답장을 읽고, 그녀도 나와 같은 생각을 했을지도 모른다고 예상했지만 정말 그럴 줄은 몰랐다. 그것도 모자라 내가 되고 싶었다는 건 조금 이해하기 힘들었다.

"나, 너랑 계속 같이 있고 싶어."

갑자기 떠오른 듯이, 아마 꽤 이전부터 가지고 있었을, 그저 내가 오랫동안 눈치채지 못한, 눈을 돌려왔던 그녀를 향한 내 마음을 고백한다. 사랑보다 조금 더 복잡하고 다양한 감정이지만, 내 문장력으로는 이것이 한계다.

"에? 지금 사이좋은 클래스메이트가 나한테 고백한 거야?"

평소에 그녀답지 않게 조금은 당황한 듯, 정말로 놀란 듯이 그녀가 되물어왔다. 그러면서도 여전히 장난스럽게 구는 그녀의 모습에 지금만큼은 약간 짜증을 느꼈다. 그래서 그녀 앞에서 맹세하듯 강한 어조로 다시 말했다.

"그렇겠네. 지금뿐만이 아니라 계속. 아마 평생을 너와 함께하고 싶다고 생각해."

"…"

그녀는 내 고백에 침묵했다.

"대답을…. 들려 줄 수 있어?"나는 대답을 듣는 것이 무척이나 두려우면서도 그것을 듣고 싶다는 마음으로 가득했다. 어떠한 대답이 나오더라도 우리 관계는 결코 지금 이전으로 돌아갈 수는 없을 것이다. 그녀의 남은 수명이 얼마 남지 않은 이 순간도, 내가 그녀의 답변을 듣는 후라도. 우리의 관계는 이제 예전의 그것과는 달라질 것이다.

"좋아해."

그녀의 답을 듣는 순간 나를 둘러싼 세계의 색이 변해 버린 것만 같았다. 환한 빛으로 가득 찬 것만 같았다. 분명 어두운 밤일 텐데도 그녀와 내 주변만큼은 밝은 빛으로 가득한 것만 같은 그런 생각이 들었다. 그러나 그런 환상도 잠시 그녀의 이어지는 말에 나는 굳어 버렸다.

"그래서 내 대답은 거절이야."

그녀의 답을 듣는 순간 나는 멍해져 버렸다. 지금 그녀가 뭐라고 말한 거지? '도대체 왜?'라는 의문을 느낄 틈도 없이 그녀가 뒷말을 이었다.

"난 곧 죽어. 평범하게 살아 있는 것 같아도 약을 먹지 않으면 이렇게 멀쩡하게 있는 것조차 불가능할 정도로 난 병들었어, 죽어가고 있어. 나는 조금 있으면 사라질 사람이야. 너랑 계속 같이 있는 건 불가능해. 나는 먼저 가 버릴 사람이니까, 널 두고 먼저 사라지고 말 테니까. 네가 죽어가는 날 보면서 괴로워하는 걸 지켜볼 자신이 없어. 우리 관계는 반년도 채 되지 못한 채 끝나 버리고 마는, 그런 관계가 되고 말거야. 그러니까, 그러니까 내 대답은 앞으로도 거절이야, 미안해…. 정말로… 미안해."

담담한 말투지만 금방이라도 울어버릴 것만 같은 표정으로 내게 답해오는 그녀에게 난 잠시 동안 아무런 말도 못하고, 그저 멍하니 그녀를 바라보며 서 있을 수밖에 없었다.

"그래도."

나는 그녀의 말에 동의하고 싶지 않았다. 그래서 겨우 짜내듯이 목 밖으로 한 마디 말을 내뱉었다.

"그래도 너와 함께하겠어. 너와의 남은 시간을 함께하면서 소중히 보내고 싶어. 그저 사이좋은 클래스메이트가 아닌 네 연인으로서."

그녀가 곧 죽어서 떠날 사람이라고 해도 난 그녀와 계속 함께 있고 싶었다. 그녀와 더 가까운 사이가 되고 싶었다. 아마 그녀와 함께하기 시작하고 얼마 되지 않아 생겼을 이 마음을 다 토해내듯 외쳐대며, 그녀에게 한 발짝, 한 발짝 조금씩 다가갔다.

"네가 죽는 그날까지 네 연인으로 있고 싶어. 내가…, 네 췌장을 먹어주겠어."

내 말이 끝나기도 전에 그녀는 이미 울고 있었다. 나는 우는 그녀를 옆에서 안아 주면서 바닷가에 앉았다. 그녀나 나나 모래가 바지에 묻는 것을 신경쓸 정신은 없었고, 그저 서로의 체온을 느끼면서 그저 그렇게 있었다.

"진정됐어?"

"고마워. 남자친구 군."

"별 말씀을. 답변은…. 잠깐만…, 뭐라고?"

"짧은 사이가 될 거지만, 부족한 몸이지만, 그래도 살아 있는 동안에는 서로 연인으로서 계속, 계속… 잘 부탁드립니다." 그녀의 대답에 나는 한밤중의 바다에 소리를 질러대며 기뻐했다. 지금에서야 생각하지만, 그때의 나는 너무 창피한 상태였다고만 설명해 두겠다. 그녀는 내 모습을 보며, 눈물을 글썽이며 웃었고, 나와 그녀는 그렇게 연인 사이가 됐다. 그녀의 말대로 반년도 되지 않을 짧은 사이가 될 수도 있고, 아닐 수도 있지만, 지금만큼은 그녀와 연인이 된 것만 생각하기로 했다.

"그럼 슬슬 돌아갈까?"서로 기대듯이 모래사장에 앉은 지 한참이 지나고, 내가 그렇게 말하며 그녀의 손을 잡고 일어서자 그녀도 말없이 내 어깨에 머리를 기대며 민박집으로 돌아갔다.

"그래서 좋은 시간 보내셨습니까, 두 분?"우리가 민박집 문을 열고 조심히 들어가자 거실의 불이 켜지며, 웃고 있지만 눈은 웃고 있지 않은 쿄코가 우리 둘을 맞이해 주었다.

"음, 일단 오늘부터 1일이야, 우리."

쿄코의 모습을 보고 당황한 나랑 다르게 그녀가 그렇게 말하자 쿄코는 예상 못한 답변에 너무 놀란 것인지 깜짝 놀란 표정 그대로 굳어버렸다.

"사쿠라, 너 나 좀 보자."

쿄코는 놀란 얼굴 그대로 몇 초간 정지 상태로 있다가 정신을 차리더니 내 손에서 사쿠라의 손을 뺏어버리듯이 그녀의 손목을 잡고는 그녀들의 침실로 갔다. 그래서 나는 거실 소파에 앉아서 두 사람을 기다렸지만, 둘 중 누구도 아침까지 내 눈 앞에 모습을 보이지 않았다.

어느샌가 잠들어 버린 것인가, 그런 생각을 하며, 눈을 비비며 소파에서 일어나자 창문에서 비쳐 들어오는 밝은 햇빛이 나를 맞아 주었다.

"흐아암…, 잘… 잔건가?"잘 잔 것인지 의문이 들었지만 그것보다 아직도 나오지 않고 있는 두 사람의 방문 앞에 서서 노크했다.

"곧 나갈 거야!"

고함 같이 크게 들려오는 쿄코의 목소리에 비몽사몽 하던 나는 그 말이 곧 이 민박집에서 나간다는 말로 들렸고, 곧장 화장실로 달려가 세수를 하고, 방으로 돌아가 옷을 갈아입고, 얼마 되지 않는 짐을 싸서 거실로 돌아갔다. 순식간에 지쳐버린 내가 소파에 앉으려고 하는 순간, 두 사람의 방문이 열리더니 두 사람이 나왔다.

"일단은… 지켜보겠어."

쿄코가 쿵쿵 소리를 내며, 바닥이 울리게 내 앞으로 걸어오더니, 내 얼굴을 째려보며 말했고, 나는 그저 공허하게 웃을 수밖에 없었다. 일단, 쿄코는 나와 사쿠라의 관계를 어느 정도 인정한 듯했다.

그 뒤로 1시간 정도가 지나고, 그녀들도 나갈 준비를 다 하고 내 앞에 나타났다.

"그럼 갈까?"

쿄코가 밖으로 나가자 그녀, 사쿠라가 내 손을 잡으며 물었다.

"원하시는 대로."

나는 그녀가 이끄는 대로 끌리듯이 밖으로 나갔다.

우리는 그렇게 열차를 타고 다시 우리가 사는 동네로 돌아왔다. 주말이라 그런지 사람이 너무 많았던 관계로 쿄코와 우리는 역에서 헤어지고, 나는 사쿠라를 바래다주기 위해 그녀의 집까지 같이 가게 되었다.

"저기, 남자친구 군은 나랑 사귀어서 정말로 좋다고 생각해?"

그녀의 집으로 가던 중, 그녀가 갑작스럽게 내게 그런 질문을 해왔다.

"당연하지. 아니면 좋아한다고 말할 리가 없잖아?"

그녀의 질문에 나는 왜 그런 질문을 하냐고 묻듯이 답했다. "그게 아니라, 난 얼마 못 가 수명이 끝나 버리는데 그런 나랑 사귀어서 후회하지 않을 수 있겠냐고 물어본 거야."

그러자 조금은 답답했는지 약간 신경질적인 목소리로 그녀가 되물어왔다. 그런 한편, 그녀답지 않은 약한 소리에 나는 놀란 눈으로 그녀를 옆에서 돌아보았다. 그녀도 나를 쳐다본다. 그녀의 어두운 표정과 눈빛에는 분명히 두려움이 있었다.

"이제 와서 새삼스럽게 무슨 소릴 하는 거야? 이미 알고 있는 사실이고,

그럼에도 난 너를 좋아한다고, 죽을 때까지 같이 있고 싶다고 생각한 거야."

"그렇…구나."

나는 아직도 그런 걱정이냐고, 안심시키듯이 그녀를 내 쪽으로 당기며 말했다. 내 옆에 몸을 밀착하게 된 그녀는 내 대답에 안심이 된 것일까. 그녀는 작게 한숨을 내쉬고는 장난스럽게 웃으며 더욱더 내게 몸을 밀착해 왔다.

"그럼 지금부터 우리 부모님께 인사드리러 가자!"

"뭐…, 인사?"

"난 죽을 날이 머지않았으니 아마 인생 마지막의 남자친구가 될 클래스메이트를 부모님께 소개시켜 줘야 한다고 생각하지 않아?"

그녀의 말에 나는 아연실색한 표정으로 그녀를 쳐다보았다.

"그런 말로 강요하는 건 반칙이라고 생각해."

난 얼굴을 붉히면서도 애써 부정하려고 했지만, 나의 입조차도 그녀의 편이었는지 긍정하는 듯한 말을 내뱉고 말았다.

"하지만 불평하면서도 들어주는 네가 너무 좋아!"

"그래, 그래. 네가 이겼다. 그럼 가자!"

나는 통명스럽게 답하며 그녀의 손을 잡고는 갑작스럽게 뛰어나갔다. 갑자기 앞으로 뛰어나간 탓에 그녀가 약간의 비명을 내지르며, 내게 투정부린다.

"꺄약! 뭐하는 짓이야!"

그렇게 말하며 나를 보는 그녀의 얼굴에는 웃음이 가득했다. 계속해서 보고 싶다는 생각이 들 정도로 행복으로 가득한 그녀의 미소는 정말로 아름다웠다.

Epilogue 1

그렇게 나는 깊은 상념에서 깨어났다. 카페의 창가에 앉아 따스한 햇빛을 쬐다 보니 그 사이에 잠이 든 모양이다. 나는 시간을 보려 주머니의 휴대폰을 꺼내다가 옆에서 느껴지는 인기척에 소스라치게 놀랐다.

"후훗."

입으로 웃음소리를 내며 웃는 그녀의 모습에 난 얼굴이 빨개져 버리고 말았다. 사귀기 시작한 지 5년 가까이 되는 지금도 그녀는 내게는 여전히 장난기가 가득한 사람이다.

"자는 얼굴 귀여웠어, ○○○ 군?"

"그러셔."

이름으로 나를 부르는 그녀에게 나는 퉁명스럽게 답했다. 그녀는 여전히 웃는 얼굴로 내 어깨에 몸을 기대왔다.

"벌써 5년이네."

진지한 얼굴로 그렇게 말하는 그녀의 얼굴에는 알기 어려운 여러 가지 복잡한 감정들이 드러났다. 나는 그녀의 무릎 위의 왼손을 오른손으로 덮듯이 잡아 주면서 입을 열었다.

"정말 여러 일이 있었지."

내 목소리에도 복잡한 감정이 섞였다. 내가 그녀와 사귀기 시작하고 1년 동안은 정말로 정신없을 정도로 많은 일들이 있었다. 가장 큰 일은 바로 그녀의 죽을 시기가 다가왔었다는 점일까.

그녀의 남은 목숨은 나와 사귀기 시작했을 당시 이미 반년도 채 되지 않는 상태였다. 실제로 3개월이 지나고, 일상생활조차 유지하지 못할 정도로 그녀의 몸 상태가 악화되었을 때, 그녀는 병원에 입원했고, 주변 사람들 모두에게 그녀의 상태를 알렸다.

그녀가 입원하고 나서 가장 그녀를 걱정하고, 화냈던 이는 그녀의 절친 쿄코였다. 왜 이제야 말했냐며 그녀에게 화내다가도 그녀를 걱정하며 울어 버린 쿄코에게는 천하의 그녀조차도 아무 말도 할 수 없었다. 쿄코는 그녀의 병을 숨겼던 나에게도 엄청나게 화를 냈다. 그야말로 다시는 떠올리기 싫을 정도로 말이다. 그렇게 그녀와의 시간을 소중히 하면서 나와 쿄코는 그녀와의 이별을 기다리고 있었다.

그러나 그녀의 목숨이 한 달 남짓 남았을 무렵, 외국에서 인공 췌장이 개발되었다는 소식이 들려왔고, 그녀, 사쿠라는 누구보다도 빨리 인공 췌장을 이식하게 되었다. 인공췌장을 개발한 연구팀에서 남은 목숨이 얼마 되지 않은 사람들부터 인공췌장을 이식 받게 하려 했다나. 그렇게 망가진 췌장을 인공췌장으로 교체함으로써 그녀는 죽지 않게 되었다.

"이때까지 죽는다고 생각해 온 게 엄청 바보 같아."

인공 췌장 이식 수술이 끝나고 깨어난 그녀의 첫 대사에 나는 쓴웃음을 지었고, 쿄코는 울상이 되어 그녀를 안고 엄청 울었다.

그렇게 그녀의 상태를 지켜보며 한 달이 지나고, 그녀는 갑작스럽게 자신의 집에 나를 다시 초대했다. 이번에는 내 부모님을 포함해서. 사실 그녀가 입원한 무렵부터 나와 그녀의 관계를 내 부모님께도 말해 놨기에 두 분 다 그녀의 완쾌를 축하하며 초대를 받아들이셨다.

"저희 둘, 결혼할 거예요!"

그날 저녁, 그녀의 집에서 두 가족이 모여 식사하는 동안 그녀가 외친 나와는 상의한 적도 없는 우리의 결혼 소식은 나를 포함해 네 부모님과 그녀의 오빠마저 사래가 들리게 만들었다. 그때가 저녁을 먹기 직전이라 모두가 음식을 공중에 뿜어 버리는 사태가 되지 않은 게 다행이라고 생각한다.

"그게 갑자기 무슨 소리야!"

내가 휴지로 입을 닦으며 질책하듯이 그녀를 쳐다보자 그녀는 갑자기 슬픈 표정을 지으면서 내게 물어왔다.

"그럼 설마 나랑 연인 관계로만 지내다 차버릴 생각이었어?"

그녀의 말에 그녀의 가족들과 내 부모님들의 눈빛이 차가워지면서 나를 쓰레기 보듯 보았고, 그럴 생각은 당연히 없었던 나는 결국 그녀의 청혼 아닌 청혼을 받아들였다. 지금에서야 생각하는 것이지만 이때부터 나는 그녀에게 잡혀 살 운명이었는지도 모르겠다.

Epilogue 2

"『공병문고』 말이야."

나와 그녀가 사귀기 시작한 지 1년 반이 지난 무렵, 그녀가 잊혀 가던 『공병문고』에 대해 말을 꺼냈다.

"사실 『공병문고』는 내가 죽고 나서 공개한다고 했잖아?"

"그렇지."

"그런데 이제 나는 췌장이 망가진 탓에 죽는 일은 없게 됐잖아. 그래서 말이야, 『공병문고』를… 그러니까, 없애버릴까 하고."

"그래, 상관없지 않을까."

나는 의문조차 품지 않은 채, 담담하게 그녀에게 말했다. 솔직히 내용이 궁금하기는 했지만, 그건 그녀의 괴로운 마음을 담은 책이고, 그녀가 병으로 죽을 일이 없어진 지금, 무리해서 그걸 읽으려는 생각도 들지 않았다.

"궁금해 하지 않네?"

"그야… 궁금하긴 한데. 그건 네가 병으로 죽을 거라 생각하고 쓴 책인데, 이제 그럴 일 없잖아? 다시 말하자면 너의 공병은 이제 끝나 버린 일이니까, 그 책을 계속 가지고 살지 말지는 네가 정하는 대로 해야 하는 게 아닌가 하고 생각해서."

조금의 의문조차 품지 않는 나에게 그 이유를 물어오는 그녀, 나는 그녀에게 최대한 성실하게 답해 주었다. 그렇게 생각한다.

"없애 버리기 전에 말이야. 아무도 안 읽어주고 사라지는 책이라는 건 너무 불쌍하잖아? 그래서 말인데, 너 혼자 읽어 주지 않을래? 내『공병문고』를."

나는 그녀의 말에 그렇다면 쿄코나 다른 사람들도 읽게 하자고 주장했으나 끈질긴 그녀의 부탁에 결국 혼자 읽었다. 그리고 울었다. 그녀가 죽고 나서 나 자신이 그걸 읽었을 생각에, 그리고 그녀가 그걸 쓰면서 했을 생각을 내 멋대로 짐작하면서 나는 그녀의 옆에서『공병문고』를 읽고 나서 한참을 울었다. 내가 한참을 울다가 진정하자,『공병문고』는 내 앞에서 그녀가 라이터로 불을 붙여 태워 버렸다.

"자, 이걸로 이제 죽음을 기다리던 과거와는 안녕!"

"그, 그렇…네."

활기차게 웃으며 죽음을 기다리던 과거와 이별을 나눈 그녀의 웃는 얼굴에 나는 눈가에 눈물자국이 남은 채로 쓴웃음을 지으며 맞장구쳐 주었다.

Epilogue 3

그 이후의 시간은 정말 순식간이라고 밖에 할 수 없을 정도로 제빨리 지나가 버리고, 나와 그녀는 벌써 대학 졸업을 앞두고 있다.

"그러고 보니 말이야."

"응?"

"우리 결혼식, 언제 올릴까?"

"어?"그녀가 갑자기 꺼낸 말에 나는 당황하고 말았다. 벌써 5년 가까이 같은 주제로 이야기를 하고 있지만 여전히 적응하기는 어려운 주제였다.

"커험…, 그렇구나. 슬슬 생각해 두지 않으면 안 되겠구나."나는 헛기침을 하며 그녀의 말을 긍정했다. 그렇다. 우리가 결혼할 시기도 다가오고 있다. 처음에 그녀가 결혼 이야기를 꺼냈을 때, 부모님들과 상의한 결과, 대학 졸업 후라면 언제든지 상관없다는 식으로 결론 났었기 때문이다. 대학 졸업이 멀지 않은 지금, 슬슬 언제 결혼할지 정해두어야 한다고 나도, 그녀도 그렇게 생각했다.

"그럼, 졸업하고 난 후에, 우리가 사귀기 시작한 날은 어때?"

"○○○ 군, 거 기념일 줄이려고 수작부리는 거지?"

나는 그저 기념할 만한 날에 결혼하려는 생각에 말을 꺼냈지만, 그녀는 차가운 눈빛을 지으며, 단칼에 내 의견을 묵살해 버렸다.

"그럼…『공병문고』를 태운 날은 어때?"

"이유를 말해 봐."

"결혼식은 그 새로운 시작이라고 하니까. 네 과거의 끝과 그 새로운 시작을 같은 날로 하면 좋을 거라고…, 생각했어."

"음…."

나는 한참을 생각한 끝에 내놓은 대답이지만, 괜히 어물쩍거리며 답해 버린 탓에 여전히 차가운 눈으로 나를 쳐다보던 그녀는 미심쩍은 얼굴로 나를 쳐다보면서 한참을 고민하다가 웃으면서 그렇게 하자고 말했다.

"그래서 이건 뭔데?" 다시 현재로 돌아와서 나는 그녀와 카페에 앉아 그녀가 꺼낸 조그마한 고기 덩어리를 보고 있었다.

"내 췌장. 멀쩡한 부분."

"뭐? 어떻게…."

'얻은 거냐!'라는 말이 목구멍에서 입으로 나오지 못하고 그녀의 뒷말이 이어졌다.

"망가진 부분을 병원에 연구용으로 제공하고, 남은 부분을 받아왔어."

그녀의 말에 나는 머리를 짚었다. 설마 이걸 나보고 먹으라는 건 아니겠지. 아무리 내가 고백할 때 '네 췌장이 먹고 싶어'라고 했다지만 그걸 실제로 실천하게 할 정도로 그녀는 진지했던 것일까. 아니면, 그저 내게 장난을 치고 싶은 것일 뿐인 걸까, 그녀의 진정한 의도를 모르게 된 나는 진지하게 '이걸 먹어야 하나?' 하고 고민하는 표정을 짓자 그녀가 웃으면서 내게 말해 줬다.

"아하하하! 방부제 처리해서 못 먹어. 그러니까 그런 표정 안 지어도 돼, ○○○ 군."

그렇게 말하고는 웃는 그녀. 나는 그녀의 말에 안도감과 동시에 의문이 들었다.

"그럼 이건 왜 들고 온 거야?"

"부적 만들어 주려고. 봐, 예쁘지?" 그녀는 부적 주머니를 꺼내서는 그녀의 췌장 조각을 넣고 내게 건네 주었다.

"먹지는 못하니까. 그냥 가지라고."

"고맙다."

"이름 써 줄게. 그러니까… 무슨 한자로 쓰더라?"

"시가(しが) '志賀', 하루키(はるき) '春木' 이렇게 쓰면 돼."

그녀가 쥐고 있던 펜을 빼앗아 들고 그녀의 손바닥에 히라가나와 카타가나 그리고 한자를 다 써 주었다.

"아하하하, 간지러워, 그만해! 성은 그 소설가랑 같은 한자를 쓰는 거야?"

"그래, 친척은 아니지만."

"그렇구나."

그녀가 짧게 대답하고는 내가 쥔 펜을 다시 뺏어서 부적의 뒷면에 내 이름을 써넣는다.

"자, 다 됐다! 씌워줄 테니까 머리 숙여."

"고마워, 사쿠라."

나는 감사를 표하며 머리를 숙였고, 갑자기 이름을 불린 그녀는 얼굴을 붉히면서도 미소를 지으며 내게 부적을 씌워 주었다.

우리는 오늘도 이렇게 살아간다. 그녀도, 나도 지금 이곳에서 말이다.

고양이가 사라졌어

2학년 배영민

"고양이가 사라졌어."

내가 현관문을 열고 들어가자, 신발장 앞에 서서 고양이 정도 되는 크기의 고양이 인형을 안고 있던 내 딸, 연우가 그렇게 말했다. 울먹이면서.

"원래 길고양들은 자주 사라지잖아? 며칠 기다리면 다시 보일 거야. 걱정하지 않아도 돼, 연우야."

"하지만 벌써 3일이나 안 보이는 걸. 뚱이도 깜냥이도."

뚱이와 깜냥이. 이 두 고양이는 최근 반 년 동안 우리 집과 그 주변에서 자주 모습을 보이던 길고양이 두 마리의 이름이다. 뚱이는 주황색 바탕 위로 갈색 줄무늬의 털을 가진 고양이고, 깜냥이는 새까만 털로 뒤덮인 고양이다. 둘 다 눈동자가 황금빛으로 빛난다는 게 특징인 고양이들이다.

"원래 길고양이는 이곳저곳 돌아다니는 거야. 괜찮다니까? 금방 또 모습을 보이겠지. 그나저나 이렇게 늦게까지 일어나 있으면 엄마가 와서 화낼 텐데 괜찮아?"

나는 애써 연우를 말리면서도 내심 연우의 말을 들으면서 조금 이상하다고 생각했다. 원래 두 녀석 모두 하루도 빠짐없이 저녁 때가 되면, 연우 곁에 나타나서는 저녁을 얻어먹고, 다시 사라졌었기 때문이다. 연우의 강한 부탁에 나와 내 아내 둘 다 고양이 사료와 그릇, 그리고 녀석들이 잠 잘 공간을 만드는 등, 여러 가지로 지원을 해 주었으며, 녀석들이 연우와 알게 된 반 년 사이, 우리 부부도 녀석들이 없는 하루를 생각조차 할 수 없었다.

"그건 곤란해. 그럼 나 이제 자러 갈게. 아빠도 잘 자."

"그래, 우리 딸."

연우가 뺨에다 해주는 굿나잇 키스를 받으며, 한 팔로 연우를 들었다. 6살이 되고 나서 꽤 무게가 나가게 된 연우는 이제 내 빈약한 팔 근육으로는 더이상 견디기 힘든 수준이 되었다. 나는 어찌저찌 연우를 설득시켜서 다행이라는 생각을 하며, 연우를 침대에 눕히고 안방으로 향했다.

"여보, 연우가 고양이들이 안 보인다던데, 뭐 아는 거 있어?"

"그래서 오늘 저녁 먹기 전에 연우랑 있을 만한 곳 찾다가 왔어. 나 힘드니까 옷 알아서 정리해, 부탁한다?"

나는 침대에 누워 있는 아내에게 고양이들에 대해 물어보았으나, 지친 목소리로 답하는 아내에게서도 영 신통치 못한 대답을 들었다. 연우는 고양이들이 그렇게 걱정되었는지, 평소에 잘하지 않는 투정을 부려 제 엄마와 동네를 돌아다니며 고양이들을 찾아다닌 모양이다. 아내는 그것만 말하고는 그새 코고는 소리를 내며 잠들었다. 어지간히 피곤했던 모양이리라.

"알았어."

나는 듣지 않을 아내에게 대답해 주며, 옷을 갈아입었다.

"그럼 고양이 찾으러 가볼까요, 연우 아가씨?"

다음 날 아침, 마침 주말이라 쉬려고 했던 나는 연우의 끈질긴 부탁에 지쳐 결국 고양이들을 찾으러 밖으로 나왔다. 연우를 어깨 위로 목마를 태운 나는 연극조로 말하며, 한참 신나 있는 연우에게서 답변을 기다렸다.

"뚱이와 깜냥이를 찾으러 출발~!"

오른손으로 앞으로 내밀며, 검지를 뻗은 딸은 모험이라도 떠나는 양, 신나게 소리쳤다. 이쪽은 그만큼 지치는데 말이지.

"출발~."

연우에게 맞춰 주는, 내 힘없는 목소리가 허공에 울려 퍼졌다.

"연우야, 슬슬 쉬면 안 되겠니?"두 길고양이를 찾아 나선 지 반나절이 지나고, 태양이 하늘 높은 곳에서 전신을 내리쬐는 중, 내 체력은 이미 바닥을 쳤다.

"아직 못 찾았는데~, 조금만 더? 아빠, 조금만 더 찾자~. 안 돼?"

연우는 초롱초롱한 눈빛을 지으며, 얼굴을 살짝 옆으로 기울이며 나를 올려다보았다. 도대체 언제 이런 표정을 배운 거냐, 딸이여. 이 세상의 딸을 둔 모든 아버지들은 절대로 이 공격을 버틸 수 없으리라. 적어도 딸이 귀엽게 보이는 동안은. 나도 세상에 흔한 딸 바보인 아버지였고, 연우의 그 '필살! 애원하기 표정!'에 항복해 버렸다.

"알았어, 대신. 저녁 먹기 전까지다. 그 뒤로는 엄마가 화낼 테니까, 알았지?"

나는 얼굴을 엄하게 하며, 강한 어조로 저녁 전까지라는 약속을 연우에게서 받아냈다. 어제 엄마를 고생시킨 만큼 오늘은 연우의 투정이 아내에게 먹히지 않을 것이고, 연우는 엄마를 무서워하니 이 약속을 어기려 들지는 않을 것이라는 다분히 계산적인 생각에서 나온 것이지만 꽤나 훌륭했다고 속으로 스스로를 칭찬했다.

"응, 그 전에 못 찾으면, 내일 또 찾을게."

그렇게 말하며 앞서 나가는 연우의 뒷모습을 나는 뒤통수를 한 대 세게 맞은 표정으로 쳐다볼 수밖에 없었다. 내일도 이 짓을 한다고? 오, 나의 작고 귀여운 악마여….

"우…."

해가 질 무렵, 연우는 뾰로통한 표정을 지으며, 터벅터벅 걸어갔다. 전신으로 마음에 안 든다는 상태를 드러내는 그 모습은 솔직히 평소에는 어른스러운 연우에게서 찾아보기 힘든, 6살 어린아이의 흔한 행동이라 나도 모르게 피식 하고 웃어버렸다.

"오늘 못 찾은 건 별 수 없어. 내일도 아빠랑 같이 찾아보자, 알았지?"

나는 연우의 기분을 조금이나마 풀어 주고자 깊은 생각 없이 아무 말이나 내뱉었다. 말하고 나서야 자신이 내일이라는 휴일조차 연우와 동네를 돌아다니며 고양이를 찾는다는, 극한 노동에 헌납한 것을 깨달았지만, 그때는 이미 엎질러진 물, 놓쳐 버린 풍선이었다.

"정말? 내일도 같이 찾아주는 거야?"

연우는 언제 자신이 뾰루퉁했냐는 듯이 금세 기뻐하는 표정으로 내게 물어왔다. 이제 와서 아니라고 말해 버리면 이 아이는 분명 울 것이다. 딸바보인 나는 그것을 버틸 수 있을 리가 없을 거고, 결국 나는 그렇다고 답해 주고 말았다.

"와아~! 아빠, 고마워요!"

"그래, 하하… 하….."

격하게 기뻐하는 연우 앞에서, 나는 메마른 웃음을 지으며 답해 주었다.

"야옹-."

그렇게 기뻐하는 연우와 길을 걸으며 가던 도중, 우리가 지나가던 길 왼쪽에 위치한, 한창 건물 건축 중이던 공사장에서 고양이 울음소리가 들렸다.

"어? 깜냥이다!"

그것은 우리가 찾던 고양이 중 하나인 깜냥이의 울음소리였던 건지 난 전혀 몰랐지만, 연우가 격한 반응을 보이며, 공사장으로 뛰어갔다.

"연우야! 기다려!"

나는 급하게 연우의 어깨를 잡아 그 자리에 세우고는 혼자 들어가는 것은 위험하다고 약간 주의를 준 다음, 연우의 손을 잡고, 둘이서 함께 공사장으로 천천히 들어갔다.

이미 해가 거의 다 져서 공사장 안쪽은 어두웠고, 콘크리트 기둥의 그림자 때문에 구석까진 잘 보이지 않았다. 나는 어느새 연우를 품에 안고 공사장을 둘러보며, 깜냥이를 찾았다.

"야옹-."

메아리치듯 사방에서 울려 퍼지는 고양이 울음소리는 방향감각마저 없애버렸다. 몇 분을 헤맸는지 모르겠지만, 고양이 울음소리를 쫓으며, 공사장 깊숙한 곳까지 들어와 버린 때에는 이미 주변이 완전히 어두컴컴했다. 주변에 세워진 철골의 윤곽만 살짝 구분이 갈 뿐, 주변은 완전히 새까만 물감을 칠한 듯이 어두웠고, 나는 연우를 안지 않은 왼손을 내뻗어 허공을 더듬으며, 한 발짝씩 천천히 내딛었다.

"찾았다…!"

나는 나지막이 외쳤다. 내게서 열 걸음 떨어진 곳에 깜냥이처럼 보이는 고양이가 서 있었다. 연우도 녀석을 놀라게 해선 안 된다는 것을 안 것인지 숨 쉬는 소리만이 조그맣게 들릴 뿐, 입을 한 손으로 막으며 큰 소리를 내지 않으려고 애쓰고 있었다. 나는 연우를 내려놓고, 속삭이는 듯한 목소리로 가만히 있어야 한다고 단단히 일러준 다음, 천천히 깜냥이에게 손을 뻗었다. 깜냥이 녀석은 나와 연우가 자신을 본 이후로 쭉 우리를 경계하는 듯 계속 위협하는 소리를 내었으며, 황금빛 눈동자로 날카로운 안광을 번뜩이며, 나를 향해 공격적인 자세로 서 있었다.

"…!"

나는 깜냥이를 순식간에 잡아챘다. 그리고 녀석을 들어올린 그 순간, 그 녀석이 자신의 몸으로 막고 있던 것들을 보며 깜짝 놀랐다.

"새끼들?"

그렇다. 깜냥이 녀석의 뒤에 있던 것은 바로 조그마한 고양이 새끼들이었다. 총 5마리인 그것들은 작지만 확실하게 울음소리를 내며, 자기들의 어미인 깜냥이를 찾고 있었다.

"깜냥아!"

연우는 내가 깜냥이를 잡아챈 것을 보자마자 소리를 지르며, 나에게서 깜냥이를 뺏어가며 품에 끌어안고는 뺨을 비비적댔다. 엄청 괴로워하는 듯한 울음소리가 들렸지만 무시했다. 미안하다, 깜냥아… 나로서는 널 구할 수 없었다.

"연우야, 이거 봐봐. 깜냥이 새끼들인 거 같다."

"새끼…? 우와아아! 완전 귀여워!"

내가 연우를 부르며 새끼들을 가리키자 처음에는 무슨 소리인가 하던 연우도 새끼들을 본 순간 엄청 놀란 표정을 지으며, '고양이 귀여워~!'를 연발했다.

"그런데 깜냥아, 뚱이는 어디 갔냐? 딱 보니까 뚱이랑 네 새끼인데."

나는 무의식적으로 깜냥이의 남편이자 새끼들의 아빠일 것이 틀림없을 뚱이의 소재를 깜냥이에게 물었다. 깜냥이가 내 말을 알아들었는지, 그것이 아니면 그저 내 착각이었는지 몰라도 녀석은 공사장의 어느 한 곳을 쳐다보며, 처절하면서도 구슬프게 울었다.

"저기냐?" 나는 녀석이 쳐다본 곳을 향해 스마트폰의 손전등을 켠 다음 걸어 나갔다. 조금 걸어가자 공사장의 차단벽이 나타났고 그 끄트머리 부분에는 한 고양이가 옆으로 누워 있었다. 주황색 바탕에 갈색 줄무늬의 털을 가진 고양이, 뚱이의 모습이었다.

"뚱아~, 연우가 찾는데 가야지?"

나는 연우의 이름을 외치며 녀석을 꾀어 보려 했지만 녀석은 잠이 든 것인지 옆으로 누운 자세에서 미동조차 하지 않는 채로, 소름이 끼칠 정도로 가만히 있었다. 조그마한 소리나 움직임조차 보이지 않는 녀석의 상태에 나는 이상함을 느꼈다. 생물이면 본래 숨을 쉬면서 다 조금씩이나마 몸을 움직이기 마련인데, 지금 뚱이 녀석에게서는 그런 미동조차 보이지 않았다.

"설마… 죽은 거냐?"

나는 전혀 생각지 못했지만, 그러나 지금 상황에서 그 어떤 의심의 여지가 없을 확실한 정답을 입 밖으로 말해 버렸다. 그 목소리가 얼마나 컸든지 간에 내 목소리를 들은 연우가 손전등 불빛을 쫓아 내게로 달려왔다.

"아빠!"

"어, 연우야?"

나는 당황해서 말을 더듬었다. 연우가 이 모습을 보는 것은 좋지 못하다. 분명 슬퍼하고, 화내고, 그리고 절망하다가 마지막에는 자신의 탓으로 할 아이다. 그게 연우라는 아이다. 난 그걸 알고 있었기에, 연우를 막아야 했다. 순간적으로 그런 생각이 머리를 지나쳤고, 나는 재빠르게 연우가 뚱이의 시체를 보지 못하도록 그녀의 전신을 내 품 속으로 감싸 안았다.

"아빠, 저기 있는 거 뚱이지, 맞지?"

"아니."

"뚱이지! 아빠 지금 거짓말하는 거지!"

연우는 내가 짧게 내뱉은 그 말로도 이미 저곳에 있는 것이 무엇인지 눈치채 버린 것 같다. 저곳에 있는 것이 뚱이었던 것이라는 걸. 그리고 더이상 살아 있지 않은 것마저도. 계속해서 뚱이가 맞다며 물어오는 연우에게 나는 필사적으로 아니라고 부정했다.

"그럼 보게 해줘! 뚱이가 아닌 거잖아!"

"안 돼!"

나는 자신도 놀랄 정도로 크게 화내며 연우를 세게 다그쳤다.

"저건 그냥 다른 고양이의 시체야. 시체에는 사람 몸에 해로운 게 많아. 그러니까 다가가서는 안 돼."

변명하듯 말을 덧붙였지만, 스스로 생각하기에도 바보 같은 변명이다. 이 아이가 이런 뻔한 거짓말에 속을 리가 없지 않은가. 연우는 그저 내가 진심으로 화내며, 큰 소리로 자신을 다그친 것에, 심지어 그 이유가 자신을 속이고, 막기 위해서라는 것에 너무 놀란 것인지 무척 충격 받은 얼굴로 나를 쳐다보았다. 그러고는 내가 부들부들 떠는 연우를 안은 팔의 힘을 약하게 하자 천천히 뒤로 걸으며 떨리는 입을 열었다.

"아…아, 아빠…. 너무해! 거짓말쟁이, 미워! 으아아앙!"

말을 더듬으면서 날 향해 화를 내며 결국 울어 버렸다. 나는 그 모습을 보면서 아무 말도 꺼내지 못했다. 하지만 나를 향해 화를 내는 것이 뚱이가 죽었다는 사실을 깨닫는 것보다 나을지도 모른다는 그런 터무니없는 생각이 내 머리 속을 스쳤다. 저 순진하고 어린 아이가 소중한 녀석과 죽음이라는 이름의 영원한 이별을 견딜 수 있을 리 없다. 그건 지금 내게 품은 이 순간적인 분노와는 비교가 되지 않을 정도로 마음속 깊이 남아서 계속해서 그녀의 마음속에 남는 흉터가 될 것이다. 나는 그런 막연한 착각에 가까운 생각을 확신하며, 연우를 감싸 안으며 그녀를 달랬다.

"미안해, 아빠가 다 미안해. 연우 무서웠지? 아빠가 잘못했어. 그러니까 이제 뚝!"

5분 가까이 그렇게 어르고 달래자 연우는 겨우 울음을 그쳐 주었다.

"아빠…."

하지만 연우가 나를 부르는 목소리에서 나는 내가 착각했음을 금방 깨달았다. 이 목소리는 전혀 진정한 목소리가 아니다. 난 알 수 있었다. 연우가 그것을 보았다고, 그리고 이번에는 내가 화냈을 때와는 비교가 되지 않을 정도로 새파랗다 못해 하얗게 질린 표정을 짓고 있는 것도.

"뚱이…지?"

"…."

"뚱이… 맞지?"

"…."

"죽은 거야?"

"…."

"이제 더는 볼 수 없는 거야?"

"…."

"대답해 줘!"

"…. 그래."

나는 연우의 질문에 한참을 침묵하다 연우의 강한 다그침에 뜸을 들이며 답했다. 그리고 내 대답을 들은 연우는….

"뚱…아…. 으아아앙!"

방금 전보다 더 서럽게 울기 시작했다. 그 울음은 분노나, 원망 섞인 방금 전의 울음과는 다르게 그저 영원한 이별의 슬픔과 뚱이를 그리워하는 마음으로 가득한, 죽은 자에 대한 애도였다. 젠장. 이래서 보이기 싫었다. 이 아이가 이걸 견딜 수 있을까… 나도 모르겠다. 나도 이젠 아무것도 모르겠다.

이제 난 그저 울고 있는 연우를 끌어안은 채로, 그녀가 울음을 그치기를 기다렸다. 아직 5살도 되지 않은 아이건만, 벌써부터 죽음이란 것을 알아버린 이 아이가, 영원한 이별을 알아버린 아이가 너무나도 가여웠고, 이 아이가 이제 더는 웃지 못하는 게 아닐까 하며 불안한 생각에 잠긴 채로 난 그저 연우를 지켜볼 수밖에 없었다. 부디 연우가 이겨내기만을 바란다. 무엇보다도 이 아이의 행복을 위해서… 아버지인 내가 바라는 최소한의 소망이었다.

"연우야, 그거 아니?"그날로부터 일주일이 지났다. 뚱이의 시체를 보고 난 후, 연우는 한참을 울다가 지쳐 잠들어 버렸고, 나는 연우를 업은 채로 뚱이의 시체를 수습해 우리 집 마당에 자그마한 무덤을 만들어 주었다. 연우는 아직도 뚱이를 그리워하며 슬퍼한다. 그렇지만 이제는 어느 정도 슬픔을 떨쳐내고, 다시 조그맣지만 미소를 짓기도 한다.

"응? 그게 뭔데?"무표정으로 순진하게 물어오는 연우의 모습에 조금 가슴이 미어짐에도 나는 태연함을 가장하며, 한 가지 세상에 알려진 사실을 알려 주었다.

"고양이는 말이야…."

고양이는 죽을 때가 오면 주인 곁을 떠나 사라져 버린다. 주인을 걱정시키지 않으려고, 주인이 모르는 곳으로 가서 죽는다는 것이다. 나도 뚱이가 죽고 나서 며칠이 지난 다음에 고양이에 대해 인터넷에서 검색해 보다가 우연히 알게 된 사실이다.

"그러니까 말이야…. 뚱이는 연우, 너를 주인으로, 친구로 생각하고 있었을 거야."

"나를…, 친구로?"

"그래, 하나뿐인 주인이자 친구로. 그러니까 뚱이가 널 걱정시키지 않으려고 갑자기 사라진 거라고, 아빠는 그렇게 생각해."

"그…렇구나… 아빠, 왜 그래?"

하늘에서 지켜보고 있을 뚱이를 생각하는 듯, 연우는 하늘을 올려다보며 그렇게 말했다. 그 얼굴에는 아직 큰 슬픔이 남아 있었고, 나는 연우의 두 눈을 뚫어져라 쳐다보았다. 그러자 연우가 내 시선을 느꼈는지, 말끝을 흐리더니 내게 질문해 온다.

"그러니까 말이야… 하늘에서 지켜보고 있어 뚱이를 위해서라도 말이야…."

안 되겠다. 목이 매여 온다. 그러나 해야 한다. 안 그러면 이 아이는, 연우는 결코 예전과 같은 완전한 미소를 되찾지 못한다. 이건 앞으로 나아가기 위한 시련이다, 연우와 나의. 나는 침을 한 번 크게 삼키고는 말을 이었다.

"이 아빠는 말이야…. 연우가 앞으로도 웃으면서 살아가면 좋겠어."

예전 같은 웃음은 아닐지도 모른다. 그러나 그 정도는 상관없다. 어린아이의 순진한 웃음이 아니어도, 이 아이가 다시 완전한 미소를 되찾기를 나도, 뚱이도 바랄 것이다. 연우는 앞으로를 쭉 살아가면서 어릴 적에 겪은 이 큰 상실의 아픔을 계속 마음속 깊은 곳에 가지고 살아갈 것이다.

하지만 연우라면 이 마음속에서 사라지지 않을 흉터를 가지고도 꿋꿋하게 강한 사람으로 자라갈 거라고 나는 믿는다. 딸 바보 아버지의 맹목적인 딸 사랑일지도 모르지만, 연우라면 그럴 수 있을 것이다.

Epilogue

참고로 깜냥이와 새끼들은 우리 집에서 키우게 되었다. 깜냥이의 새끼들이 또 새끼를 낳는다면 분양을 하게 되겠지만, 적어도 깜냥이와 뚱이의 새끼들까지는 키워주겠다고 연우와 약속했다. 나도 연우를 도와 아내를 설득했다. 그 새끼들이 뚱이가 살았던 마지막 증거라고 생각했기에.

2학년 배영민

이번에 총 2편의 소설-한 편은 원작의 결말을 고쳐 쓴 것이지만-을 써 보면서 여러 가지로 느낀 것이 많았습니다. 일단 처음으로 소설을 쓰기 시작하면서 소설의 결말을 써 보았다는 점과 저도 이렇게 글을 많이 쓸 수 있다는 점을 새롭게 알게 된 것에 많이 놀랐습니다.

솔직히 여태까지 소설가를 꿈꾸며 여러 글을 써 봤지만 매번 초반에 좌절하고 지우고, 다시 쓰는 것을 반복하면서 '소설가가 될 수 있을까?'하고 자기의심에 빠져 있었기 때문에…. 하지만 이번 활동이 제게 소설가로서 희망을 가지게 되는, 꿈을 확실하게 하는 계기가 된 것 같습니다. 저도 이만큼은 쓸 수 있다는 그런 마음을 가지게 되었으니까요.

이번 활동을 하면서 소설가로서 필요하다고 생각한 것은 소설의 주제를 얻기 위해 많은 경험을 할 필요가 있다는 것을 깨달은 것입니다. 두 작품을 쓰면서 제게 전반 지식이 너무 부족해 인터넷 검색을 하면서 정보 수집을 하는 것과 소설 쓰는 일을 동시에 하게 되면서 저 자신에게 너무나도 경험이 적고, 정보가 부족하다는 것을 새삼 깨닫게 되었습니다.

두 작품 모두 나름 저만의 계기를 가지고 시작한 것이라 스토리 면에서 막히는 부분 없이 잘 썼다고 생각합니다. 소설이자 영화 '너의 췌장을 먹고 싶어'의 새 결말을 써 보고 싶다고 생각하게 된 계기는 '너의 췌장을 먹고 싶어'를 이번 활동을 하면서 영화로 접하고, 그보다도 전에 소설로도 접해 보며 이런 결말이면 더 좋았을 거라는 개인적인 생각 때문입니다.

제 첫 완결작인 자유 주제 단편 소설 '고양이가 사라졌어'는 어느 책을 읽다가 고양이의 습성에 대해 관심이 생기게 되어 쓰게 된 작품이기 때문입니다. '고양이가 사라졌어'는 나름 죽음이라는 이별에 대한 아이일 적의 제 생각과 옛날의 슬픔을 되살리며 쓴 글입니다만, 어쩌다 보니 서술자가 아버지가 되어버렸군요, 하하.

마지막으로 이 글을 읽는 사람들, 독자 분들이 어떤 생각을 할지는 모르지만, 너무 깎아내리시거나, 욕하거나, 비평하지는 말아 주셨으면 하는 것이 제 작은 소망입니다. 모르는 것도 많아 잘 쓰진 못했지만 그래도 첫 작품인데 너무 욕먹으면, 정말로 마음이 꺾여 버릴지도 모르니까요.

시시하거나 재미없는 글일지 몰라도 잘 읽어 주셨으면 합니다. 이상으로 후기를 마치겠습니다. 감사합니다.

성도휘

전우치

〈줄거리〉

500년 전 조선시대. 전설의 피리 '만파식적'이 요괴 손에 넘어가 세상이 시끄럽자, 신선들은 당대 최고의 도인 천관대사(백윤식)와 화담(김윤석)에게 도움을 요청해 요괴를 봉인하고 '만파식적'을 둘로 나눠 두 사람에게 각각 맡긴다. 한편, 천관대사의 망나니 제자 전우치(강동원)가 둔갑술로 임금을 속여 한바탕 소동을 일으키자, 신선들은 화담과 함께 천관대사를 찾아간다. 그러나 천관대사는 누군가에게 살해당하고 피리 반쪽이 사라졌다! 범인으로 몰린 전우치는 자신의 개 초랭이(유해진)와 함께 그림족자에 봉인된다.

전우치 시즌2 전가람

2학년 성도휘

2012년 전우치는 스승을 죽인 화담을 그림에 봉인 후 서인경과 결혼해 아이를 낳았다. 아이의 이름은 전가람. 3신선이 가람의 얼굴을 보고 영원히 흘러가는 업적을 남기라는 뜻에서 지은 이름이다.

가람은 어릴 때부터 남다른 외모와 뛰어난 운동신경을 가졌다. 전우치는 가람이 자신을 뛰어넘을 인재가 될 것을 확신했다. 18년 후 2030년 우치 가족은 행복한 생활을 하며 지내고 있었다. 그렇기에 우치는 가람에게 자기는 도술을 쓸 줄 아는 것을 숨기고 평범한 학생처럼 지내기를 바랐다. 고등학생 2학년인 가람은 남녀 고등학교인 성광 고등학교에 다니면서 우치의 바람대로 평범한 학생으로 살아가고 있었다.

"아, 학교 가기 싫다.~ 우리 방학 언제 하냐?"

가람이 말했다. 그러자 가람의 소꿉친구인 설화가 말했다.

"야, 무슨 중간고사 끝난 지 일주일도 안 지났는데 벌써 그런 소리를 하냐."

그러자 가람이

"ㅋㅋ 그래도 너무 지루하잖아. 우리 학교 땡땡이 치고, 놀러 갈래?"

설화는 어이없어 하며

"미쳤어? 그러다 선생님한테 엄청 혼나. 빨리 와, 너 때문에 지각하게 생겼어."

그러자 가람이 설화의 손을 잡으며 학교로 달리기 시작했다.

"그래, 우리 모범생 설화 아가씨께선 지각 같은 건 하면 안 되겠지?"

둘은 다행히 아슬아슬하게 교문을 지나 교실로 들어갔다.

"하, 드디어 도착했네. 어때? 지각 안 했지?"

숨이 헐떡이는 것을 참으며 가람이 말했다.

"후~. 너 때문에 뛰게 된 거잖아 하… 힘들어."

마찬가지로 숨을 참으며 설화가 말했다.

이때 문이 열리면서 선생님이 들어오셨다. 드르륵~

"자, 애들아 좋은 아침~. 오늘은 전에 말했듯이 성적표가 나오는 날이다. 하하하!"

학생들의 성적이 적혀 있는 성적표를 팔랑팔랑 흔들면서 마치 악마가 웃는 듯이 씨익 하고 웃었다.

"자, 1번부터 차례차례 한 명씩 앞으로 나와."

학생들은 번호 순서대로 앞으로 나와 선생님에게서 성적표를 받아갔다.

그리고 설화 차례가 되었다.

"자, 모두 박수! 이번에도 우리 설화가 전교 1등을 하였다. 모두 축하해주거라."

짝짝짝. 반 아이들은 모두 박수를 쳐주며 설화에게 축하를 해주었다.

그리고 드디어 가람의 차례였다.

사실 가람은 아버지를 닮아 운동은 잘했지만 공부는 영 적성에 맞지 않았다.

"자, 다음 전가람!"

선생님이 부르셨다.

가람은 긴장을 한 채 앞으로 나갔다.

"이야, 어떻게 넌 한결 같냐, 가람아? 이번에도 꼴등이다, 이 녀석아! 제발 설화 점수 반만이라도 좀 받아 봐라. 성적이 이게 뭐냐?"

선생님이 꿀밤을 때리며 말하셨다.

하하하하하 반 아이들의 웃음소리가 들려왔다.

가람은 창피해 하며 고개를 숙인 채 자리로 돌아왔다.

"자, 다들 받았지? 내일까지 부모님 사인 받아서 들고 오고, 아참 설화랑 가람이 넌 나 좀 따라오고. 이상, 오늘 수업 열심히 해라."

"네~."

학생들이 웃으며 대답했다.

"키야, 이번에도 꼴등이구나. 전가람 대단해대단해 멋져ㅋㅋ."

가람의 짝꿍인 민수가 말했다.

"조용해라, 맞기 싫으면. 하, 나 어떡하냐. 우리 엄마 알면 나 죽음인데…."

한숨을 푹 쉬며 가람이 말했다.

"어떡하긴 뭘 어떡해. 어차피 죽을 거 빨리 죽는 게 나아. 솔직하게 말씀드려 ㅋㅋㅋ. 어차피 한두 번도 아니잖아?"

민수가 웃으며 말했다.

"네가 내 상황 돼 봐. 그렇게 쉬운가. 하, 진짜 설화 저 녀석 점수 반 틈만이라도 가져가고 싶다."

슬픈 표정을 지으며 설화를 보며 말했다.

이때 설화가 가람에게 다가오면서 말했다.

"야, 꼴등 ㅋㅋㅋ 선생님이 부르셨잖아. 빨리 가자."

가람은 그 말을 듣고 어이없지만 재밌어하며 말했다.

"뭐? ㅋㅋ꼴등? 전교 1등이 너무한 거 아니냐?"

그러자 설화가 말했다.

"ㅋㅋ 그러게 내가 공부하라 했을 때 했으면 좀 좋아? ㅎㅎ가자."

둘은 국어과로 향했다.

들어가자 4반 선생님이신 김영환 선생님이 나오셨다.

"어 쌤? 수학 선생님이 왜 국어과에서 나오세요?"

궁금한 표정으로 가람이 말했다.

"야, 수학 선생은 국어과에서 나오지 말란 법 있냐? 볼일 있어서 잠깐 들른 거야. 넌 무슨 일인데 설마 또 꼴등 했냐? 너 수학 몇 점이야?"

찌릿하고 째려 보며 말했다.

"아… 하하. 무슨 그런 말씀을… 안녕히 가세요."

가람은 썩소를 지으며 도망을 치듯 국어과로 들어갔다.

뒤에서

"너 나중에 두고 봐!"

라는 말이 들렸다.

가람은 뒷일을 생각하며 한숨을 쉬고 담임 선생님에게 다가갔다.

"선생님, 저랑 설화 왔습니다."

그러자 선생님은 뒤를 돌아보며 웃으며 말하셨다.

"어, 왔구나. 자, 여기 앉아"

가람과 설화는 앞에 놓인 의자에 앉아 선생님을 바라보고 있었다.

"아, 다름이 아니라 이번에 가람이 네 성적이 너무 심각해서 이대론 안되겠다 해서 설화랑 야자시간에 1대 1로 공부를 하면 어떨까 싶어서 말이야. 어때, 설화야? 해줄 수 있겠니?"

부탁하는 표정으로 설화를 바라보며 선생님이 말했다.

"음, 야자시간에 가람이를 가르치는 건 문제가 되지 않는데, 다른 애들이 피해를 보지 않을까요?"

설화가 고민하듯 말했다.

"물론 너희 둘은 내가 따로 장소를 마련해 줄 거야. 물론 나도 남아서 혹시라도 네가 모르는 게 있으면 가르쳐 줄 거고. 어때? 해줄 수 있겠어?"

그러자 설화가 웃으며 말했다.

"ㅎㅎ. 그럼 당연히 선생님 부탁인데 해야죠. 저도 공부도 될 것 같고, 그리고 안 그래도 저도 가람이 공부 좀 시켜야겠다고 생각하고 있었고요."

가만히 있던 가람이 말했다.

"저기, 말씀들 중에 죄송하지만, 제 의사는 어떻게 된 거죠?"

그러자 선생님이 소리치면서,

"야! 너 때문에 이러고 있는데 네 의사가 뭐가 중요해! 넌 하라면 하는 거야, 임마!"

가람은 주눅 들면서 고개를 숙였다.

"자, 그럼 결정됐고 그만 교실로 가서 수업 준비 하거라. 가람이 너 수업 시간에 집중해서 들어라. 졸지 말고, 알았지?"

선생님이 힘내라는 표정으로 말했다.

그러자 가람이 살짝 웃으며

"네, 안녕히 계세요."

하고 인사하고 설화와 교실로 돌아갔다.

수업은 가람에겐 당연히 재미없고 지루하였다.

하지만 유일하게 가람이 생기가 있는 시간이 있다.

그것은 체육시간.

가람과 반 친구들은 옷을 갈아입고, 체육을 하기 위해 강당으로 모였다.

"자, 오늘은 남자 농구 시합이 있다. 팀은 저번에 다 짰으니 바로 경기 시작한다. 여자들은 앉아서 응원을 해주길 바란다. 자, 그럼 경기 시작!"

체육 선생님의 말이 끝나기 무섭게 바로 휘슬이 울려 경기가 시작되었다.

가람은 경기가 시작되자마자 볼을 잡고 상대 골대로 향해 드리블 하며 달려갔다.

"하하하, 다 비켜! 가람님 나가신다~."

가람은 운동신경이 좋아 농구뿐만 아니라 운동이라면 뭐든지 잘했기에 아주 쉽게 수비수를 제쳐 덩크를 넣어 점수를 얻었다.

"와~! 전가람! 전가람!"

여자 아이들의 응원이 들려왔다.

그러자 가람은 응원에 심취하며 자신감이 넘쳐흐르는 듯했다.

그 모습을 보며 설화는 웃으며 즐거워하고 있었다.

'ㅎㅎ 하여튼 못 말려, 전가람. 전 시간까지만 해도 다 죽은 것처럼 굴더니 체육 시간이 되자마자 저렇게 생기가 돌다니, 참'

이라고 맘속으로 생각했다.

그 모습을 본 설화의 짝꿍인 유라가

"왜~? 가람이 보니깐 또 웃음이 막 나오나 보지? 후후후."

라며 씨익 웃으며 말하였다.

"뭐… 뭐라는 거야, 갑자기. 내가 언제 저 녀석을 보며 웃었다고 그래?"

설화가 깜짝 놀라 당황하듯 말하며 화를 냈다.

"ㅎㅎㅎ. 아니, 네가 가람이 좋아하는 거 내가 뻔히 아는데~, 나한테까지 숨기지 않아도 돼."

유라는 다 안다는 표정을 지으며 말하였다.

"야! 조용히 해 누가 들으면 어쩌려고… 너 누구한테 말하진 않았지?"

설화가 걱정하는 표정으로 말했다.

"어우, 당연하지, 기집애야. 에휴, 하여튼 누가 상상이라도 했겠어. 설마 전교 1등에 완벽한 우리 설화가 저런 운동바보 전가람을 3년이나 짝사랑하고 있을 줄은. 넌 대체 저 녀석이 뭐가 좋은 거야?"

유라는 한숨을 쉬며, 이해가 안 된다는 표정으로 질문했다.

"말했잖아, 나 힘들 때마다 쟤가 도와줬다고. 그리고…."

기다리다가 지친 유라가 말했다.

"그리고 뭐! 맨날 그 뒤는 안 알려줘."

설화가 웃으며 말했다.

"그 뒤는… 비밀, 히히."

유라는 답답한 듯했지만 그래도 웃으며 말했다.

"에휴, 그래. 뭐, 사람 좋다는데 이유가 필요한 것도 아니고. 하긴, 소꿉친구니깐 비밀도 많겠지, 흐흐흐."

그렇게 둘은 웃으며 얘기를 나눠갔다.

어느덧 모든 수업이 끝나고 야자시간이 되었다.

"자, 여기가 너희들이 공부할 장소다."

가람과 설화는 선생님의 안내에 따라 수학 연습실에 도착했다.

"여기서 10시까지 공부하면 돼. 난 할 일이 있으니 알아서 공부하다가 가렴. 설화가 문단속이랑 불 좀 꺼주고, 그럼."

선생님은 웃으며 두 사람을 본 뒤, 문을 닫고 나갔다.

"흠, 그럼 이제 공부 시작해 볼까? 먼저 수학부터 하자, 어때?"

설화가 수학 문제집을 꺼내며 말했다.

"아, 결국 하는 건가, 하기 싫은데, ㅠㅠ. 야, 쌤도 없는데 그냥 째고 놀러가자."

역시나 가람은 하기 싫어했고, 설화를 꼬드겨 나갈 생각만 했다.

하지만 설화는 절대 그런 짓은 하지 않기에 포기해야 했다.

"안 돼! 선생님이 부탁하셨잖아, 너 이번 기말고사 성적 올리려면 지금도 늦어. 자, 빨리 문제집 꺼내!"

가람은 한숨을 쉬며 주섬주섬 가방에서 문제집을 꺼냈다.

"자, 미적분부터 풀어 모르는 거 있으면 내가 알려 줄 테니깐, 알겠지? ㅎㅎ."

가람은 설화의 '재밌다'는 표정을 보고는 웃으며 땡땡이 칠 생각을 포기한 뒤 공부를 해볼까 라고 생각했다.

"그래, 까짓 거. 나도 하면 잘할 수 있다고. 흥."

그렇게 공부를 시작한 지 30분이 지났다.

설화는 전교 1등답게 집중력이 흐트러지지 않고 열심히 문제를 풀어나갔지만 가람은 아까의 자신감은 어디가고 벌써부터 늘어져 포기한 상태가 되었다.

"아~ 몰라몰라. 왜 이리 어려워. 이거, 답지를 봐도 뭐라는지 하나도 모르겠네. 흠, 설화한테 한번 물어볼까?"

가람은 설화를 보고는 질문을 했다.

"어? 이거 모르겠어? 부정적분이네. 야, 이거 진짜 몰라?"

설화는 믿을 수 없다는 표정으로 가람을 보고 있었다.

"크흠. 왜 모르면 안 되냐? 내가 뭐, 수업시간에 뭘 들었어야 알지."

가람은 뻘쭘해 하면서 부끄러워하고 있었다.

"하하… 그래, 뭐 모를 수도 있지. '이러니깐 꼴등을 하지, 어휴' 자, 봐. 여기는 이렇게 해서 이렇게 되는 거야, 알겠어?"

가람은 아리송한 얼굴로 뭔 소리를 하는 건지 모르겠단 표정을 지었다.

설화는 한숨을 쉬며

"… 모르겠어? '답이 없네, 어쩌지' 음, 안 되겠다. 그럼 일단 국어부터 하자, 국어 꺼내."

가람은 고분고분 가방에서 국어 문제집을 꺼냈다.

"'어우, 오줌 마려운데 화장실 가야겠다' 야, 나 화장실 좀 갔다 올게."

가람은 서둘러 일어나 화장실로 달려갔다. 어두운 복도 으스스한 분위기를 형성하고 있다.

"으, 오늘따라 복도가 왜 이리 어두워. 무섭게시리."

가람은 서둘러 화장실 문을 열고 들어가 볼일을 보기 시작했다.

"어라? 왜 화장실 불이 안 켜지지? 무섭게시리."

그 순간,

"크르르."

어디선가 동물의 울음소리 같은 소리가 뒤에서 들려왔다.

소름이 쫙 돋은 가람은 너무 놀라 몸이 얼어붙었고 고개를 돌려 뒤를 봤다.

"으악!!!! 저게 뭐야!"

가람은 뒤를 보고는 소리를 치며 놀랐다.

가람은 모르겠지만 옛날에 우치와 싸웠던 요괴가 가람을 보며 소리를 내고 있었기 때문이다. 가람은 소리를 치는 것과 동시에 서둘러 화장실을 나와 설화가 있는 수학 연습실로 달려갔다.

"야야야, 설화야!!! 방금 화장실에 있잖아, 화장실에서!!"

가람은 얼굴이 새하얘져서 창백해진 얼굴로 설화에게 다급히 말하였다.

"뭐? 화장실이 왜? 무슨 일인데 그렇게 소리를 지르고 겁에 질린 표정을 하고 있어?"

가람은 화장실에서 있었던 일을 말했다.

"뭐? ㅋㅋㅋ, 괴물이 네 뒤에서 크르르 거리고 있었다고? ㅋㅋㅋ, 무슨 말도 안 되는 소리를 하고 있어."

"진짜야!! 내가 두 눈으로 똑똑히 봤다니깐?"

가람은 억울하단 듯이 말하였다.

그 순간 문이 드르륵 열리면서 누군가 들어왔다.

"뭐야, 니들 왜 반에서 야자 안 하고, 여기서 하고 있어?"

들어온 사람은 4반에 김영환 선생님이었다.

가람은 깜짝 놀라 뒤를 돌아보며 말했다.

"으아~!!! 깜짝이야, 갑자기 쌤이 왜 거기서 왜 나와요!?"

선생님은 어이없다는 표정으로 말했다.

"누가 소리를 지른 것 같은 소리가 들려서 와봤다, 왜! 불만 있어? 네가 지른 거야?"

가람은 놀란 마음을 진정시키며 고개를 끄덕였다.

"죄송해요, 선생님. 가람이가 공부가 너무 하기 싫었는지 헛것을 봤는지 괴물을 봤다고 막 소리를 지르더라구요. ㅋㅋㅋ."

설화는 웃으며 말했다.

그리고 가람은 억울한 듯 선생님께 물었다.

"진짜예요, 선생님. 제가 이 두 눈으로 똑똑히 봤어 요. 혹시 오면서 괴물 같은 거 못 보셨어요?"

그러자 선생님은 한숨을 쉬며

"헛것을 볼 정도로 공부가 하기 싫으면, 그냥 집에 가!"

라며 소리치고는 문을 닫고 나갔다.

"야, 니가 자꾸 헛소리를 하니깐 선생님이 화나셨잖아. 공부가 그렇게 하기 싫어?"

라고 설화는 말했다. 가람은 이상하다는 표정으로

"아이, 진짜 있었는데…."

멋쩍은 듯이 한숨을 쉬며 이상해 했다.

야자가 끝난 뒤, 가람과 설화는 가방을 챙기고 집으로 돌아갔다.

"다녀왔습니다."

밝게 웃으며 가람은 집으로 돌아와 인사를 했다.

"그래, 어서 오렴. 가서 아버지께 인사 드려."

엄마인 인경은 웃으며 가람을 맞이했다. 가람은 아버지가 계신 2층으로 올라갔다. 문을 열자 아버지는 운동을 하고 계셨다.

"아버지, 저 왔습니다."

우치는 뒤를 돌아보며 웃으며 말했다

"어, 우리 아들 왔어? 피곤해 보인다. 무슨 일 있었어?"

그러자 가람은 학교에서 있었던 일을 우치에게 말했다.

"뭐? 괴물 같은 게 네 뒤에서 으르렁거리고 있었다고?"

우치는 표정이 싹 바뀌고, 놀라면서도 진지해 보이는 표정으로 가람을 보고 있었다.

"네, 저도 너무 놀라서 제대로는 못 봤는데, 분명 뒤에서 저를 보고 있었어요."

가람 또한 진지한 표정으로 우치에게 말하였다.

"'설마 요괴가 다시 나타난 건가? 이제 와서? 갑자기 왜' 그 괴물이 어떻게 생겼는지 혹시 알고 있니?"

그러자 가람은 고민하는 듯 말하였다.

"음, 좀 어두워서 자세히 보진 못했지만 분명 사람의 몸을 하고 있었는데 얼굴이 아주 사나운 얼굴을 한 토끼였어요."

그 말을 들은 우치는 몸에 소름이 쫙 돋았다.

"'사람의 몸에 토끼 얼굴이라면 내가 호리병에 봉인한 요괴잖아! 분명 화담을 해치운 뒤에 봉인시켰는데 어떻게 된 일이지?' 또! 또 다른 건?"

우치는 당황한 듯 소리치며 말했다.

가람은 깜짝 놀라며

'왜 이렇게 놀래시지?'

"다른 건 못 봤어요."

우치는 고민이 있는 듯 심각한 표정으로 물을 벌컥벌컥 마신 뒤에 알겠다고 했다.

'아버지가 저렇게 심각한 표정을 지으시는 건 처음 보는 것 같아. 왜 저러시지. 뭔가 알고 계신가?'

그렇게 가람은 1층으로 내려와 인경에게 학교에서 겪은 일을 말했다.

"엄마, 저 오늘 학교에서 이상한 괴물을 봤어요. 막 사람의 몸을 한 얼굴이 토끼 얼굴인 괴물."

그러자 인경은 깜짝 놀라 들고 있던 그릇을 떨어뜨려 깨져 버렸다.

"어… 엄마 괜찮으세요?

가람은 놀란 듯 걱정하는 표정으로 말했다.

"너! 그 얘기 아빠한테도 했어? 아빠가 뭐라 시든?"

인영은 두려움에 떠는 듯한 표정으로 말했다.

"네, 얘기했어요. 아빠도 놀래시던데 엄마도 뭔가 아시는 거 있으세요?"

인영은 놀람을 감춘 듯 말했다.

"아… 아니야. 가서 씻고, 일찍 자렴."

가람은 뭔가 이상한 느낌을 받았지만 그러려니 하고 씻고 방으로 들어가 잠을 잤다.

다음 날, 가람은 이상하게 몸이 찌뿌둥한 느낌을 받으며 일어났다.

불길한 예감은 틀리지 않는 듯 시간은 이미 한참 늦은 시간이었고 가람은 서둘러 준비를 해야 했다.

"아악!! 벌써 8시야? 큰일 났다. 엄마!! 안 일어나면 좀 깨워 주시지 왜 안 깨워 주세요?!"

그러나 집은 쥐죽은 듯 조용하였다.

"엄마? 아빠? 어디 계세요?? 집에 안 계시나? 어디 가셨지 이 시간에….''

부모님이 주무시는 안방으로 가람은 걸어갔다.

그리고 인경의 화장대 위에는 편지 하나가 있었다.

"이게 뭐지? 가람에게?"

내 아들 가람에게

가람아, 엄마랑 아빠는 잠시 일이 있어서 며칠 동안 어디 좀 다녀올게.

아무 말도 해주지 않고 가서 미안하다. 너무 급한 일이라 서둘러 나와서 말할 시간이 없었어.

우리 걱정 하지 말고, 서랍에 돈 넣어뒀으니 밥 제때제때 챙겨먹고, 사랑한다, 우리 아들

엄마가.

가람은 편지를 읽은 뒤 서랍을 열어 보았다.

서랍에는 적지 않은 돈이 있었다.

"이렇게나 많이 돈을 챙겨두시다니 꽤 오래 있다 오실 건가 보네. 아니, 그래도 그렇지 왜 말도 안 하고…."

가람은 살짝 서운했지만 그래도 부모님을 이해하려고 생각하고, 준비를 한 뒤, 서둘러 집을 나서 학교로 갔다.

"(꼬르륵~)하, 배고프다…."

2교시 쉬는 시간, 가람은 아침을 먹지 못한 채 학교로 와서 배가 많이 고픈 상태이다.

"ㅋㅋ. 전가람 배에서 소리 나는 것 봐, 엄청 큰데? ㅋㅋ"

민수가 웃으면서 가람에게 놀리듯이 말했다.

"하. 야, 우리 부모님 며칠 집에 안 계신다? 나한테 말도 안 하고, 그냥 나갔어. 덕분에 아침밥도 못 먹고 지각했다."

가람은 한숨을 쉬며 말했다.

"헐, 진짜? ㅋㅋ 그럼 너 아침밥은 누가 챙겨 주냐?"

민수는 웃으며 말했다.

그때 설화가 다가와 가람에게 웃으며 말했다.

"그럼 내가 챙겨 줄까?"

가람은 눈을 크게 뜨며 말했다.

"어? 진짜? 아침마다 올 수 있어?"

"당연하지. 어차피 옆집인데, 뭐가 문제냐? 그리고 나 요리 잘해."

설화는 웃으며 말했다.

가람은 그 말을 듣고는 안심한 듯 활짝 웃으며,

"하~ 다행이다. 며칠 아침 굶어야 되나 싶었는데. 헤헤, 고마워."

그러자 유라도 다가왔다.

"오, 설화. 그럼 이제 매일 아침마다 전가람 집에 가는 거야? 흐흐, 우리 설화 좋겠네?"

라며 살짝 음흉한 표정을 지으며 말했다.

"우리 집에 오는 게 왜 좋은 거야?"

가람은 궁금한 듯 물었다.

그러자 설화는 놀란 표정으로 유라를 때리며

"(아주 작게)야, 이 기집애야. 미쳤어? 조용히 안 해?"

라고 말했다.

유라는 웃으며 미안하다고 말했다.

가람은 여전히 어리둥절한 표정으로 보고 있었고 민수는 눈치가 빨라 대충 상황을 눈치챘다.

"오호라, 이것 봐라. 설화가 전가람을 좋아하기라도 하는 건가? 의왼데, 설화랑 전가람은 ㅋㅋ. 일단 재밌으니깐 상황을 지켜봐야지.' 흠! 그럼 일단 가람이 집도 비었는데 오늘 전가람 집에서 파티 고?"

민수는 마치 자기 집인 듯 파티를 주최했고, 설화랑 유라는 좋다고 찬성했다.

그러자 가람은

"야, 무슨 파티야, 갑자기. 주인인 내 허락도 없이."

그러자 민수는

"야, 그 집이 너네 아버지 집이지, 네 집이냐. 그러지 말고, 오늘 학교 끝나고 고? 고?"

그러자 가람은 한숨을 쉬며 좋다고 했다.

그렇게 가람은 아무 일 없이 시간이 흘러가는 줄 알고 있었다.

큰 재앙이 오는 것을 알지 못한 채.

그 시각 우치와 인경은 3명의 신선에게 연락해 만나기로 한 장소로 갔다.

"정말 오랜만에 만납니다, 전우치 처사. 어떻게 그동안 잘 지냈습니까?"

3신선 중 한 명이 말했다.

"오랜 만이군. 여전히 늙지를 않았군."

우치는 신선들에게 인사를 건넸다.

그다음 인경이 웃으며 인사를 건넸다.

"안녕하세요. 오랜만이에요 잘 지내셨어요?"

3신선은 웃으며 반가운 듯한 표정을 지었다.

"본론으로 들어가 핵심만 말하겠습니다. 요괴가 나타난 것 같습니다."

3신선은 듣자마자 소름이 쫙 돋은 모습을 지었다.

"아… 아니 어떻게 요괴가! 분명 호리병에 봉인을 한 뒤, 화담선생과 그림에 봉인을 하였는데…."

우치는 진지한 표정으로

"그래서 부른 건데, 그림은 어디에 있지?"

3신선은 당황한 듯 말을 더듬으며

"저… 그… 그게 사실 그림은 팔았습니다."

우치는 어이없는 표정을 지으며 말했다.

"아니, 어떻게 그걸 팔아 버릴 수 있지? 그 그림이 어떤 건지 제일 잘 알고 있는 사람들이 지금 어떻게!!"

신선들은 깜짝 놀라 당황했다.

"그럼 지금 그림은 어디 있죠?"

인경은 침착하게 질문했다.

"제가 한 번 전화해서 물어 보겠습니다."

한 신선이 말했다.

신선은 전화를 걸어 그림이 어디에 있는지 물었다.

전화를 마친 신선은 좋지 않은 표정으로 다가와 말했다.

"그림이 사라졌다는데…."

그러자 모두 얼어붙은 채 움직이지 못했다.

"그럼 화담이 봉인에서 풀려나고, 요괴들이 다시 나왔다는 건가?"

우치는 당황한 듯 말했다.

인경은 놀란 듯 말했다

"그럼 누가 화담을 봉인에서 풀어 줬다는 것 아니에요? 그게 가능해요?"

신선들은 영문을 모른 채 의아해 하였다.

"지금 그게 문제가 아니야 화담이 풀려난 거라면 이 세상은 안전하지 못해. 분명 복수를 하러 올 거야"

우치는 긴장한 채 말하였다.

"그렇다면 지금 당장 준비를 해야겠군요."

신선들은 각오를 한 표정으로 말했다.

"일단 가람이한테 가야겠어. 상황이 너무 안 좋아. 가람이가 위험에 처해질 수 있어."

우치는 말이 끝나자마자 신선들에게 인사한 뒤, 곧바로 집으로 축지법을 이용해 빠르게 돌아오고 있었다.

그 시간 가람은 요괴 화담을 만났다.

"니가 가람이냐?"

화담은 가람에게 물었다.

"누구세요? 저를 아세요?"

가람은 궁금한 듯 물었다.

"그래, 아주 잘 알지. 네 아버지 전우치의 대해서도."

가람은 그의 말에 살짝 소름이 돋으면서 경계를 하였다.

"나와 가자. 너의 아빠가 위험에 처했다."

화담은 웃으며 손을 뻗어 말했다.

그때 멀리서 표지판이 날아와 화담을 가격했다.

그걸 본 가람은 깜짝 놀라 뒤로 빠졌다.

그리고 멀리서 우치가 날아왔다.

"화담!!!! 내 아들에게서 떨어져!"

우치는 엄청 화가 난 듯 소리쳤다.

그리고 가람에게 달려갔다.

"아버지! 방금 날아다니신 거예요?"

가람은 놀란 듯 말했다.

우치는 지금까지의 상황을 말했다.

가람은 충격에 빠졌다.

그리고 화담은 우치와 가람에게 요괴를 풀어 공격했다.

"크르르"

"어! 저거에요! 저를 뒤에서 지켜보던 괴물."

"아니야, 저건 괴물이 아니라 요괴다. 가람아, 난 저 녀석을 쓰러트려야 해."

우치는 침착하게 가람을 안전한 곳으로 보내고 싸웠다.

그렇게 우치는 요괴를 쓰러뜨리고 화담에게 달려갔다.

"화담! 이번에야말로 죽여 주겠다."

화담은 웃으며 동작을 펼쳤다.

"내가 그냥 여기에 온 것 같나?"

화담은 불을 소환해 우치에게 날렸다.

그러자 가람이 타이밍 좋게 물을 소환해 우치에게 날려 불을 껐다.

"아니? 설마 저 녀석이 도술을? 벌써 가르친 적도 없는데?"

우치는 놀란 채 말했다.

"하하, 이게 도술이구나, 쉬운데? 아버진 모르셨겠지만 아버지 서재에서 책을 몇 번 읽은 적이 있어요. 그걸 따라해 봤는데 진짜 나올 줄은."

가람은 웃으며 신난 듯 말했다.

그렇게 변수가 생긴 화담은 당황했고, 우치는 그 기회를 놓치지 않고 화담을 제압해 죽이는데 성공했다.

"죽어라~!!! 화담"

푹 하는 소리와 함께 우치의 검이 화담에게 꽂히고 화담은 고통스러워하며 죽었다.

화담이 죽은 뒤, 신선들과 인경이 돌아왔다.

그 뒤로 어떻게 됐냐고?

신선들은 죽은 화담을 족보 속에 봉인해 다시는 깨어나지 못하게 땅속에 묻어 버리고, 또다시 봉인했다.

가람은 우치에게 도술을 더 가르쳐 달라고 말했고, 우치는 그 부탁을 승낙했다.

3달 뒤

"야~ 전가람~, 같이 가."

멀리서 설화가 가람에게 뛰어오고 있었다.

"왜 이리 늦어? 몇 신 줄 아냐?"

가람은 웃으며 말했다.

"네가 요즘 일찍 가니깐 그렇지. 아직 시간 많이 남았거든?"

설화는 숨이 찬 듯 말했다."내가 요즘 재밌는 일이 생겨서 잠이 없어졌거든, 그래서 일찍 일어나는 것 같아."

가람은 또 한번 웃으며 말했다.

"너 요즘 좋은 일 있지? 맨날 실실 웃고."

설화는 궁금한 듯 물었다.

"좋은 일? 있지. 아~주 좋은 일."

가람은 실실 웃으며 뛰어갔다.

"야, 전가람 같이 가~. 나 다리 아프단 말이야."

설화는 소리쳤다.

그 순간 가람은 순식간에 설화에게 다가와 설화를 안았다.

"야, 뭐하는 거야?!"

설화는 놀란 듯 소리쳤다.

"왜? 싫어? 다리 아프다면서? 싫음 말고."

가람은 능청스럽게 얘기하였다.

"아니, 싫다는 게 아니라….'

설화는 얼굴이 빨개졌다.

가람은 그런 설화를 보며 귀여워하며 웃었다.

"그럼 좋다는 걸로 알고 간다!"

그렇게 가람은 새로운 인생을 살아가기 위해 준비를 하면서 즐겁게 살았다.

곧 들이닥칠 위기를 느끼지 못한 채…

2학년 성도휘

이번에 그린비에 가입하여 난생 처음으로 평소에는 읽기만 했던 소설이란 것을 직접 써 보니 느낌이 색달랐다.

처음 글을 쓰려 할 때는 생각 해둔 스토리를 글로 표현한다는 것이 참 어려웠다. 하지만 점점 써나가다 보니 재미있었고 어떻게 하면 재밌게 쓸 수 있을까라는 생각도 가지게 되었다. 이번에 쓰게 된 소설의 소재는 영화였다. 자기가 봤던 인상 깊었던 영화 중 하나를 골라 그 뒤 이야기를 쓰는 것이었는데 난 그 말을 듣자마자 '전우치'라는 영화가 생각이 났다. 전우치는 내가 초등학생 때 아주 재밌게 본 영화 중 하나였고 지금까지도 좋아하는 영화 중 하나이다.

그렇기에 한번쯤 그 뒷이야기를 써 보고 싶었고 이번 기회에 써 보게 되어 좋았다. 이번에 내가 쓰게 된 소설 제목은 전가람이다.

이 전가람은 전우치의 아들인 가람이 전우치의 뒤를 이어 요괴들을 상대하고 소꿉친구인 설화와 사랑에 빠지는 이야기이다. 가람의 성격은 우치인 아버지를 닮게 설정했다 정의롭고 장난끼 많으며 밝은 점이다. 한 가지 아쉬운 점은 시간에 쫓겨 내가 생각한 것과 조금 다르게 소설을 마무리하게 되어 아쉽다. 다음에 또 이런 기회가 생긴다면 그때는 제대로 한번 내가 생각한 이야기들을 자세히 또한 재밌게 풀어 나가 보고 싶다.

정재욱

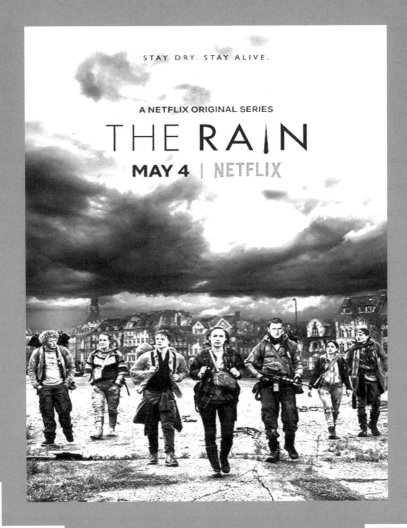

더 레인

〈줄거리〉

비를 맞으면 폭력적으로 변하는 인간들을 피해 도망치는 피난자들. 그들은 가장 안전할 수 있는 피난처를 찾으러 돌아다니는데 과연 희생 없이 안전하게 피난처를 잘 찾을 수 있을 것인가를 그려낸 영화 '더 레인'

평범하던 도시에 비가 오자 사람들이 폭력적으로 변하게 되는데, 뉴스에서는 집 밖으로 나오지 말라고 한다. 하지만 과학자의 가족들이 흩어져 있자 비가 오기 전에 가족들을 데리고 도시를 떠나 숲에 있는 어느 연구소 벙커에 숨어 있게 되고, 과학자는 자기가 꼭 할 일이 있다며 벙커를 떠난다. 하루하루가 지날 때마다 벙커 밖에서 이상한 소리가 나자 문을 열고 마는데 문 밖에는 비에 감염된 사람이 서 있는데 엄마가 몸을 바쳐 아이들을 구하고 비에 감염되고 마는데….

더 레인 시즌2

2학년 정재욱

"얘들아!! 어서 빨리 문을 닫아!!!"

"엄,마~ 정말 괜찮으… 아. 아…."

비에 온몸이 젖고 몸에 경직을 일으키는 엄마를 본 나.

벙커 문이 닫히자 괴성을 지르고 마는 아이들.

"엄마!!!!! 우리 엄마 어떡해. 빨리 문을 열어, 누나!!"

톰이 소리를 지른다.

하지만 나는 엄마가 문을 열지 말라 했던 걸 기억하고 문을 열지 않는데….

아이들은 호기심에 문을 열었던 자신들을 자책하다 잠에 들고 마는데….

다음 날, 11월 9일

벙커 안에 남은 둘은 엄마의 빈자리를 느끼게 되고,

일단 뭐라도 먹자며 통조림과 물을 먹는 아이들

"누나, 이제 뭘 하는 것이 좋을까? 엄마도 없는데…."

흐느끼며 말하는 톰, 나도 흐느끼며 대답하는데

"그러게, 아빠는 언제 돌아오시는 건가?"

우리 식량은 일단 여유가 있으니까 뭘 해야 할지 고민 좀 해 보자.

둘은 창고로 가서 도움이 될 걸 찾아보는데

약간 모서리가 찢어진 지도 1장,

배터리가 남아 있는 듯 보이는 작은 손전등 3개,

통나무를 자를 때 쓸 것 같은 토목용 칼 1자루,

조명탄 3발이 들어 있는 신호탄 총,

엄청 오래되어 보이는 비옷 5벌,

쓰다가 만 응급용 키트 4개 등이 있었다.

우린 이것들을 챙겨 나오며 옷에 묻은 먼지를 털었다.

"누나, 이것들 모두 너무 오래되어 보이는데 쓸 수 있을까?"

톰이 지친 듯 작은 목소리로 말했다.

"지금은 뭐든지 챙겨야 돼. 뭘 따질 때가 아닌 것 같아, 지금은."

그렇게 허겁지겁 가방을 싼 우리들은 심호흡을 하였다.

"누나, 우리 나가자마자 엄청 뛰어야겠지?"

"아마 그렇겠지… 하지만 넌 달리기 빠르잖아"

"아 그래도…."

"자신감을 가져 톰 우린 잘할 거야 "

"알았어. 당연하지 걱정하지 마."

톰이 의기양양한 모습을 보여주었다.

"그럼 이제 출발하자! 비옷 지퍼 딱 잠가."

그리고 문을 딱 열었다.

정말 오랜만에 보는 제대로 된 바깥세상이었다.

비는 그쳤고, 엄마가 쓰러졌던 자리에는 다수의 발자국이 찍혀 있었다.

우린 그 발자국을 따라 길을 걸어갔다.

"누나 이쪽으로 가면 어디가 나와?"

지도를 펼쳐 찾아보니 유맨시티였다.

"이쪽으로 가면 우리가 왔던 방향이랑 반대 방향 아니야?"

톰이 물었다.

"어?! 그렇네. 어서 발자국 따라 가보자."

둘은 발자국을 따라 약 한 시간을 걸으니

유맨시티가 보였다.

길거리 위는

사람들의 시체, 부서진 많은 차들,

많은 쓰레기들로 가득 차 있었다.

"이 정도로 비가 위험하구나…."

"어…. 진짜 이 정도일 줄은 상상도 못했어."

"비에 감염된 사람들은 정말 위험하니까 절대 눈에 띄면 안 되겠다."

"일단 날씨가 그리 좋진 않으니까 가까운 건물로 들어가자."

건물로 가던 우리는 건물 입구에 있는 경찰차를 보았다.

"어 저건?"

경찰차 쪽으로 가보니 운전석의 경찰의 시체는 형체를 알아볼 수 없을

만큼 부패해져 있었고, 경찰의 시체 허리에는 권총 한 자루와 실탄이 가득

들어 있는 탄창 두 개가 있었다.

"우린 미성년자라 권총을 갖고 있으면 안 되지. 누나?"

나는 권총을 집으며 말했다.

"지금 도시가 이렇게 무차별적으로 당했는데, 감염자들로부터 살아남으

려면 도움이 되는 어떠한 물건은 다 챙겨야지."

"아… 어쩔 수 없지. 대신 총은 누나가 들어. 나는 어리잖아."

"아… 네 그러세요?, 내 옆에 딱 붙어 있어."

"믿음이 안 가는데… ㅋㅋㅋ."

톰의 머리에 초강력 딱밤을 때리고 건물로 들어갔다.

건물 안은 생각보다 많이 더러웠다.

"누나, 누군가 여기 있나 봐?"

"왜 그래 생각하는데?"

"여기 좀 봐! 주변은 더러운데 비상계단 쪽으로의 발자국은 선명하게 찍혀 있어."

정말 톰의 말대로 선명한 발자국이 나 있었다. 비상계단으로

하지만 한 사람이라 보기에는 발자국의 숫자가 맞지 않았다.

한 2~3명쯤으로 보인다.

우린 비상계단으로 갔다.

비상계단 곳곳에는 피가 묻어 있었고, 기괴한 소리가 미세하게나마 지하에서 들려오고 있었다.

피 또한 위쪽이 아닌 지하로 향하고 있었다.

슬금슬금 내려가 보니 어떤 사람이 칼을 입에 물고, 사람 팔로 보이는 것을 손에 들고 있었다.

그의 눈은 시뻘건 홍색을 띄었고, 그의 앞에는 2명의 남녀로 보이는 시체 두 구가 있었다.

정말 말이 나오지 않는 상황이었다.

점점 다가가보니 이상한 소리를 내고 있었다.

"크르르르륵…. 크르극"

정말 기괴한 소리였다.

그 다음에는 소리를 멈추고 일어서더니 동생과 날 보고 달려왔다.

순간 우리 둘은 정말 놀라 뒤로 나자빠졌다.

내 위로 그는 뛰었다.

"톰, 어서 무기가 될 만한 걸 꺼내서 이 사람 좀 떼어 내 봐!!"

나는 다급한 목소리로 말했다.

톰은 가방을 뒤적뒤적 거리다가 토목용 칼을 꺼냈다.

"누나 도와 줄게 !"

톰은 순간 사람을 죽여야 한다는 것에 망설였다.

"톰, 이건 사람이 아니야. 정상인이라면 이런 잔혹한 짓은 하지 못 해."

토목용 칼을 든 톰은 고개를 끄덕이고

칼을 그의 머리에 가져다 대고 세게 내리쳤다.

그의 머리에서 나온 다량의 피가 나를 덮었다.

확실한 한 방이었다.

"아아아…! 진짜 냄새가 너무 심해"

"맞아, 피가 찐득찐득해"

우린 일어서 옷을 대충 닦았다.

그리고 아까 이 사람 앞에 있던 시체에 가까이 가보았다.

그 사람들은 모두 눈알이 없었고, 구타로 인해 생긴 멍자국들이 몸 구석구석에 있었다.

매우 무서운 짓을 당한 몸이었다.

우린 이 시체들을 지나서 앞으로 가봤다.

앞에는 길이 매우 어두워 앞이 보이지 않았다.

앞길은 말 그대로 막막했고, 톰의 손을 꽉 잡고 움직였다.

"톰 절대 떨어지면 안 돼."

"손 꽉 잡아."

톰은 겁에 질린 목소리로

"알았어…."

톰이 그런 목소리로 말하니 나도 무서웠다.

한 걸음 한 걸음 앞으로 전진하자 작게 불빛이 보였다.

그 불빛을 따라 열심히 쫓아가니 또 남자분이 쓰러진 채 조명탄 같은 걸 들고 있었다.

그는 아직 죽은 게 아니었다.

"톰, 다행이야. 이 사람 살아 있어!!"

난 그의 몸을 흔들었다.

"괜찮아요? 정신 좀 차려 보세요."

그는 눈을 뜨며 놀랐다.

"너희는 누구야?!?!?!"

그는 갑작스레 한마디를 뱉었다.

"저희는 저쪽에서 걸어오다 아저씨를 발견한 건데요."

"아…(한숨을 내쉬며)그렇구나… 미안하다 애들아…."

"…."

"혹시 머리 긴 금발의 여자와 군인 아저씨가 있는 걸 못 봤니?"

아저씨가 물어보았다.

"아뇨… 저희는 이 건물 들어와서 처음으로 만난 사람이 아저씨 말고
는 없어요…."

"아… 뭐 그럼 잘 도망쳤겠지…."

"아저씨 무슨 일 있었나요?"

"내가 여기 쓰러지기 전에 우리 단체는 이 건물을 돌아다니며 생존에 필
요한 물품들을 챙기고 있었어. 그런데 갑자기 감염체가 나타나는 바람에 싸
우겠다고 달려가던 사람들은 모두 죽고, 우리 셋은 어쩔 수 없이 도망칠 수
밖에 없었어… 그러다 흩어지게 되었던 거야."

"아저씨 동료들은 모두 잘 피하셨을 거예요."

"그러길 바라야지…."

갑자기 톰이 말했다.

"아저씨, 이름이 어떻게 되세요? 저는 톰이라고 해요!"

"내 이름은 브레드라고 한다."

"반가워요, 브레드 아저씨."

"그럼, 이제 이동을 어서 하자. 감염자들이 어디서 나올지 모르니까."

"넵… 저희 팔을 어서 잡으세요."

브레드는 일어섰다.

그리고 우리는 앞으로 계속 나아갔다.

모퉁이를 돌아가니 많은 방들이 나왔고, 저기 끝 방으로 보이는 곳에 감염된 사람이 되게 많았다.

"어서 숨자."

우리는 제일 가까운 방으로 조심스레 문을 열고 들어갔다.

"아저씨 어떡하죠?"

"다시 돌아가기보다는 저곳에 아저씨가 말씀하시던 사람들이 있을 수도 있잖아요."

"그래 맞아… 그러기 위해서 저 감염체들을 떼어 내야 할 텐데."

"제가 저 뒤쪽에서 주의를 끌 테니 어서 구해 드리세요."

톰이 말했다.

"차라리 내가 뒤에서 주의를 끌 테니, 톰 너는 브레드 아저씨 뒤에 딱 붙어서 도와 드리고 있어."

"이브, 그럼 내가 저 문을 열고 있을 테니 그 동안만 주의를 끌고 이 계단으로 다시 와. 우리도 여기에 있을 테니 잘 부탁한다. 그럼 조심해라."

"네, 아저씨 그럼 제가 먼저 나갈게요."

나는 문밖으로 조심스레 나갔다.

아직도 감염자들은 저 문 앞에 서 있었다.

나는 바닥에 있는 유리 조각을 주워 감염자들 쪽으로 던졌다.

감염자들은 내가 있는 쪽을 바라보고 있었다.

그리고 나는 외쳤다.

"일루 와! 이 새끼들아!!!!!!"

감염자들은 내가 소리를 지른 것에 놀랐는지 갑자기 달려오기 시작했다

나는 서둘러 달리기 시작했다.

저 멀리 뒤쪽에서 아저씨가 나오는 게 보였다.

그렇게 한참을 달리다 보니 감염자들이 잘 못 따라오는 거 같았다.

감염자들은 내가 생각한 것보다 느리다는 걸 처음 깨달았다.

나는 코너를 돌아 어느 방으로 들어갔다.

방은 매우 처참했다.

방에는 깨진 창문이 바닥에 널브러져 있었고,

그리고 저쪽 구석에 어린 아이가 죽어 있는 것 같았다.

나는 가까이 가 보았다.

갑자기 그 아이는 일어났고, 눈에 동공이 보이지 않았다.

그리고 나한테 달려들었다.

"으아아아아아아아아악~"

나는 뒤로 넘어졌고 내 위로 아이가 와 나를 물려고 하자 아이의 머리와 목을 잡고 나는 안간힘으로 버텼다.

내 가방에 있는 총이나 토목용 칼을 꺼내야 할 손이 없었다.

나는 살기 위해 안간힘을 버텼고, 감염자들이 더 올 수도 있으니 소리를 지르지는 못했다.

정말 손목이 부러질 것 같았고, '이러다 죽을 수도 있겠구나'고 생각한 순간.

내가 들어왔던 문이 열렸다.

문으로 들어온 건 브레드 아저씨였고, 브레드 아저씨는 아이의 머리에 총을 쐈다.

"타아아아아아아아앙"

아이는 총을 맞고 내 옆으로 쓰러졌다.

"괜찮니? 밖에서 소리가 엄청 크게 들리길래, 달려왔어. 하마터면 늦을 뻔했구나."

나는 너무 무서워서 눈물을 터뜨렸다.

"흐아아아앙"

"누나, 괜찮아?"

눈을 비비며 앞을 보니 톰과 금발 여자와 군인 아저씨가 뛰어 들어오고 있었다.

톰이 달려와 나한테 안겼다.

"고맙다. 네 덕분에 살았어. 이제 방안에 갇혀 죽었다 생각하고 있었거든 페드로와… 그러다 브레드가 방문을 열고 들어오더라고 감염자들은 본능에 따라 움직이기 때문에 방문을 열지는 못하거든."

"아! 그렇구나. 그런 건 어떻게 아세요?"

"아줌마는 그걸 어떻게 아시는 거예요?"

"얘, 나 이래뵈도 나 질병연구학회에서 일하던 연구원이란다."

"그리고 내 이름은 안젤라야, 이 근육질 아저씨는 페드로고."

"아, 안녕하세요? 페드로 아저씨."

"그래 반갑다. 아가씨 이제 걱정하지 마. 아저씨가 다 지켜줄게."

페드로는 총을 어깨에 얹으며 말했다.

이어서 브레드가 말했다.

"자 그럼 이동부터 할까 내가 방금 총을 쏴버려서 소리 때문에 감염자들이 이곳으로 오고 있을 거야."

우리는 다 같이 방을 나와서 코너를 돌아 조용한 비상구 계단으로 이동했다.

그러고는 비상구의 문을 잠갔다.

페드로가 가방에서 지도를 꺼내며 설명했다.

"우리는 이제 여기 있는 피난민 캠프터로 이동할 거야. 거리가 좀 있으니 힘들더라도 잘 따라와 줘."

"네."

페드로는 지도를 가방에 넣고, 초코바 2개를 꺼내 톰과 나의 손에 하나씩 쥐어 줬다.

"감사합니다."

우리 모두는 천천히 계단을 내려갔다.

페드로가 앞장을 섰다.

나는 브레드 아저씨한테 물었다.

"아저씨 몸은 좀 어떠세요?"

"에이, 아저씨. 평소에 운동 많이 해서 이 아저씨는 아무 문제없어요."

톰이 브레드 아저씨의 배를 똘망똘망한 눈으로 쳐다보며 말했다.

"아저씨 배에 엄청 튀어나온 건 근육이에요?"

"하하… 이건 나이를 먹은 대가라고 하자."

어느새 얘기를 하다 보니 1층 로비와 이어진 문 앞까지 왔다.

"모두들 이제 빠르게 저 앞쪽의 카운터로 이동할 테니 숙이고 조용히 따라와요."

톰이 '쉿'이라는 제스처를 취했다.

페드로가 먼저 문을 열고 밖을 내다보더니 문을 열고 먼저 나갔다.

"우리도 이제 나가자. 톰."

우리도 따라 나가서 밖을 보니 어두컴컴했다.

페드로를 따라 카운터 쪽으로 조용히 빠르게 이동했다.

모두가 카운터로 이동한 뒤 잠시 숨을 골랐다.

"하아… 천만다행이야."

"역시 페드로 아저씨 군인답게 멋지네요."

톰이 눈을 초롱초롱 빛내며 말했다.

페드로는 엄지를 세우는 손동작을 취했다.

그리고 모두들 각자 카운터에서 양방향으로 고개들 들고 둘러보았다.

"일단은 이 카운터 뒤에 휴게실이 있으니 그곳에서 좀 쉬자."

이번에는 브레드가 권총을 들고 앞장을 섰다.

페드로는 맨 뒤에 따라오며 뒤를 맡아 주었다.

"끼아아아가가아가가나가가아각"

그러다 누군가의 괴성을 듣고 우리는 발걸음을 멈춘다.

무언가를 발견한 페드로는 갑자기 달려가더니만

"나를 따라와 어서!!!"

무작정 달려가는 페드로를 뒤따라 가다 보니 총성이 들렸다.

"타아아아아아앙"

나는 온몸에 소름이 돋았다.

뭔가 좋지 않은 예감이었다.

그저 무작정 달려 어둠을 뚫고 도달한 곳에는 페드로의 총에 피만 가득 묻어 있었고, 페드로는 이미 사라진 뒤였다.

우리 모두는 혼란에 빠져 미친 듯이 페드로를 불러댔다.

"페드로!!!!!!!!!!!!!!!!!!!!!!!"

하지만 돌아오는 건 감염자들의 소리였다.

우리는 어서 다른 방으로 숨어들었고, 침묵 속에 빠지고 말았다.

2학년 정재욱

　책쓰기 주제가 영화를 보고 그 뒤를 이은 후속작을 작성해 보는 것이었습니다. 작년의 명화와 달리 좀더 신선하고 공포감을 조성할 수 있는 작품으로 만들어 보았습니다.

　작년에 비해 글 쓰는 것이 조금 더 늘었고, 글을 쓰는 동안 긴장보다는 더 많은 양의 여운을 얻을 수 있었고, 글과 친해질 수 있는 계기가 되었다고 생각합니다.

　또한 저의 작품의 끝을 열린 결말로 끝내어 독자분들의 상상력을 추구할 수 있게 설정해 두었습니다.

임동영

1. 어벤져스 시즌2
2. 에필로그

어벤져스 4 새로운 시대

〈줄거리〉

　새로운 조합을 이룬 어벤져스, 역대 최강 빌런 타노스에 맞서 세계의 운명이 걸린 인피니티 스톤을 향한 무한 대결이 펼쳐진다!

어벤져스 4 새로운 시대 시즌2

2학년 임동영

타노스가 스톤을 다 모은 후에 손가락 튕기기를 써서 우주 절반의 생명체들이 죽어 있는 상태이다. 죽은 사람 중에 어벤져스 멤버도 포함되어 있다. 그렇게 어벤져스 멤버는 초창기 때 멤버와 가디언즈 오브 갤럭시 멤버 일부분만이 살아남았다. 이렇게 상황이 진행된 후 한편 타이탄이라는 행성에 있는 아이언맨과 타노스의 딸인 네뷸라 둘만 살아남았다. 아이언맨이 이곳을 탈출하기 위해 처음 본 여자와 대화를 했다.

"너는 누구지? 난 너를 처음 본 것 같은데?"

"이름은 네뷸라고 나는 타노스의 딸이다."

"타노스의 딸?"

"그래 나는 타노스의 딸이지만 너희들과 목적이 같아. 나도 타노스를 죽이기 위해서 이 행성에 왔지만 너희들과 같이 싸우던 그 엿 같은 놈 때문에 타노스의 건틀렛을 빼앗는 것에 실패했지. 그것만 아니었어도 우리는 이미 타노스를 충분히 이겼을 텐데 말이야."

"그럼 너는 저 우주선을 수리하면 조종을 할 수 있다는 말이네. 저 비행기는 우리가 타노스의 부하 중에 대머리 마법사를 죽이고 이 우주선을 얻어냈거든."

"그러면 내가 저 우주선을 조종할 테니 네가 이 우주선을 빨리 고쳐."

네뷸라의 말을 들은 아이언맨 토니 스타크가 우주선을 고치기 위해 근처에 있는 기계 부품을 찾아서 우주선을 수리하기 시작한다. 한편 토니 스타크가 우주선을 수리하고 있을 때 와칸다에서는 토르와 스칼렛 위치, 헐크 (브루스 배너), 블랙 위도우, 워 머신, 가디언즈 오브 갤럭시의 로켓, 캡틴아메리카만이 타노스의 공격을 받지 않고 와칸다에서 살아남았다. 토르는 자신의 무기인 스톰 브레이커를 들고 말한다.

"내가 만약 타노스의 심장을 치지 않고 목을 쳤더라면 나머지 사람들은 죽지 않았을 거야."

거기에 있던 블랙 위도우가

"그런 말 하지 말고 우리도 빨리 토니 스타크를 만나서 대화를 해봐야 될 것 같아."

이 말에 거기에 있던 영웅들은 빨리 토니 스타크의 집으로 가서 토니 스타크를 기다린다.

지금 이 시각에 타이탄에 있던 아이언맨은 우주선 수리를 끝내고 네뷸라를 불렀다.

"네뷸라, 우주선을 다 고쳤으니까는 빨리 운전해서 지구로 가자."

"알겠는데 지구가 어디지?"

네뷸라는 지구를 가본 적이 없어서 아이언맨의 도움으로 가까스로 우주선을 타고 타이탄에서 벗어나게 된다. 타이탄에서 벗어나게 된 아이언맨은 네뷸라에게 길을 알려주면서 워프를 하여 지구로 가게 된다.

지구에 도착한 아이언맨과 네뷸라는 아이언맨 집에 간다. 거기에 있던 캡틴 아메리카가 토니에게 말을 한다.

"토니 오랜만이네."

토니와 캡틴은 영화 캡틴 아메리카 시빌 워에서 크게 싸운 뒤로는 만난 적이 없었다. 그래서 토니와 캡틴은 그 일은 뒤로하고 타노스를 처리하기 위해서 계획을 짠다.

"우리가 지금 인원도 그렇게 많지 않아서 타노스를 힘을 합쳐서 처리하지는 못할 거야."

토니가

"우리가 지금 무엇을 해야 될까."

이 말에 거기에 있던 영웅들은 곰곰이 생각을 하게 된다. 거기에 있던 헐크로 변신하지 않던 브루스 배너가 말을 한다.

"나는 지금 내 안에 있는 헐크와 말을 해봐야 할 것 같아. 지금 타노스와 싸운 이후로부터 헐크가 변신을 하지 않거든."

그 말에 로켓이

"타노스한테 맞아서 쫄았던 거 아니야."

그 말에 발끈 했는지 브루스 배너 몸 안에 있던 헐크가

"헐크는 쫄지 않았다!"

라고 말을 했다. 그 말에 놀라서 브루스 배너가

"너는 왜 너 할 말만 하고 들어 가나!"

라고 짜증내면서 까지 말을 했지만 브루스 배너 몸 안에 있던 헐크는 반응을 보이지 않았다. 아무튼 거기에 있던 영웅들은 브루스 배너에게 헐크와 이야기를 잘해 보라고 한다. 결국 브루스 배너는 그 계획을 짜는 것에 도움을 주지 못하고 헐크를 설득시키기 위해서 밖으로 나온다. 토니 스타크 집에 있던 블랙 위도우가 자기도 헐크를 같이 설득 시키겠다면서 블랙 위도우도 밖으로 나가게 된다. 결국 블랙 위도우와 브루스 배너가 없는 상황에서 계획을 세우게 된다. 토니 스타크가 말을 하게 된다.

"암튼 우리는 지금 이 상황을 해결하려면 타노스가 가지고 있는 타임스톤을 뺏어서 오던지 아니면 우리가 지금 과거로 돌아가는 방법을 찾아서 과거의 우리들한테 알려 줘야 돼."

이 말을 들은 로켓이 말을 한다.

"타노스한테서 타임 스톤을 가지고 오는 것을 무리인 것 같은데 다른 방법 우리가 시간을 역행해서 가는 수밖에 없을 거 같아."

"시간 역행!"

시간 역행이라는 말에 느낌이 온 아이언맨은 앤트맨이 생각이 났다. 한편 양자 영역에서 고스트의 치료제를 찾던 앤트맨은 무전기에다가 말을 해 보았지만 대답을 하지 않는다. 타노스가 핑거 스냅을 치던 시간과 같기 때문에 그 핑거 스냅으로 죽는 사람들 중에 와스프와 와스프의 아빠가 죽은 것이다. 그래서 앤트맨에게 무전을 할 수가 없었던 것이다.

앤트맨은 커지기 위해서 벨트 안에다가 커지는 부메랑을 넣고 버튼을 누른 뒤 현실 세계로 나올 수 있었다. 현실 세계로 나온 앤트맨은 바깥 상황을 보고 당황을 했다.

"어, 밖에 사람들이 전부 다 어디 갔지."

앤트맨은 이 상황이 이해가 가지 않아 개미 부대를 이끌로 아이언맨이 있는 토니 스타크의 집으로 향했다. 그 시각 아이언맨도 앤트맨이 떠올라서 앤트맨에게 전화를 했다

"앤트맨 지금 어디에 있지."

"지금 네가 있는 곳으로 가고 있어."

"그럼 여기서 보자."

이렇게 전화를 끝내고 앤트맨은 토니 스타크의 집에 도착해서 아이언맨과 대화를 하게 된다.

"시간 역행이라는 말이 나와서 자네를 찾게 되었네."

"그래서 시간 역행이랑 양자 영역하고 무슨 관련이 있는 거지."

그래서 앤트맨은

"내가 커졌다가 작아졌다가 하는 것도 시간과 관련이 있어서 양자 영역이랑 시간 역행을 조금만 더 연구를 한다면 과거로 갈 수 있을 거야."

이 말에 아이언맨과 앤트맨은 아이언맨 연구실에 가서 양자영역과 시간 역행에 대해서 연구를 하였다. 연구를 하고 있는 동안 나머지 영웅들은 실험이 완벽하게 될 때까지 기다렸다. 몇 시간 뒤 아이언맨과 앤트맨은 양자영역을 통해서 과거로 갈 수 있는 웜홀을 만들게 되었다.

그리하여 과거로 가게 된 영웅들은 과거 어느 시점으로 갈지에 대해서 말을 하고 있었다. 몇몇의 영웅들은 로키가 쳐들어왔을 때로 가자고 하고 또 다른 영웅들은 토르가 타노스를 죽이기 직전으로 돌아가기를 원했다. 다수결로 인해서 로크가 쳐들어오게 된 시점으로 가게 되었다.

그리하여 과거로 가게 된 어벤져스 멤버들과 앤트맨은 로키가 스페이스 스톤을 이용하여 치타우리 부족을 데리고 와서 지구를 침략하던 그 시기로 오게 되었다. 그래서 아이언맨과 다른 영웅들은 과거에 자신들은 만나기 위해서 토니 스타크의 집이 있는 거리로 오게 되었다. 거기에서는 과거의 아이언맨, 헐크, 블랙 위도우, 호크아이. 토르, 캡틴 아메리카 등이 있었다. 과거의 아이언맨이 말했다.

"너희들은 미래에서 왔지?"

미래에서 온 아이언맨이

"그래, 나는 너희들 말대로 미래에서 왔어. 하지만 미래에서 온 이유가 있겠지. 우리들을 너희 집으로 데리고 가주면 우리가 온 이유에 대해서 설명을 해줄게."

그래서 결국 과거의 아이언맨은 미래에서 온 영웅들을 데리고 집으로 가게 되었다. 집으로 오게 된 미래의 아이언맨은 자기가 입고 있던 슈트에 대해서 말하면서 이유를 설명하게 되었다.

"아마도 너는 아주 강한 빌런을 이기기 위해서 내가 입고 있는 이 마크 50을 만들게 될 거야."

"아마도 너는 이것을 만들기 위해서 준비를 철저하게 해야 될 거야."

"이 기계들을 몸에 넣으려면 시간이 좀 걸리거든."

"아무튼 간에 내가 슈트 이야기를 하게 된 이유는 우리가 과거에 오게 된 이유가 같기 때문이지."

"일단 너희들이 지금 살고 있는 시간으로부터 몇 년 뒤에 타노스 라는 얼굴이 보라색인 괴물이 인피니티 스톤을 가져가기 위해서 너희들을 찾아 올 거야. 그리고 그의 막강한 힘 때문에 너희들도 이길 수 없어. 우리가 싸워 봤기 때문이야. 그러니까 타노스가 인피니티 스톤을 다 모으지 못하게 막아야 돼. 그리고 그의 힘은 원천은 전부 다 인피니티 스톤에서 나와 인피니티 스톤 하나하나가 그의 힘에 적용이 될 거야. 그리고 마지막으로 스톤을 다 모으게 되면 핑거 스냅을 이용해서 우주의 생명 절반이 죽게 될 거야. 우리 말을 믿는 게 좋을 거야."

미래에서 온 아이언맨은 이렇게 말하고 과거의 아이언맨을 찾아서 따로 말을 하였다.

"그리고 한 가지 말 안 한 게 있는데 로키는 타노스의 지령을 받아 침략 하게 된 거야. 그러니까 토르한테 부탁을 해서 로키의 뒤를 조사하라고 말을 해줘."

"어, 알겠어."

이렇게 말을 한 아이언맨은 다시 미래로 돌아오게 되었다. 슈트를 더 강하게 만들어야겠다고 생각한 아이언맨은 자기 집에 가서 슈트를 챙겨서 와칸다로 갔다. 와칸다로 간 아이언맨은 거기에 있던 블랙팬서의 동생의 도움을 받아 비브라늄을 받게 되었다.

"이렇게 많은 비브라늄을 가지고 가서 무엇을 하시게요."

"비브라늄을 들고 가서 저의 슈트를 업그레이드를 시키고 캡틴의 방패를 다시 만들려고요. 좀더 새롭게."

"그러면 저한테 말을 좀 해주시지. 저도 도와 드릴 테니까는 슈트는 여기에 놓고 가세요. 제가 업그레이드를 해 놓을 게요."

그리하여 아이언맨은 슈리에게 슈트 업그레이드를 맡기고 다시 자기의 집으로 돌아가게 된다. 다시 돌아온 아이언맨은 연구실에서 캡틴 몰래 방패를 새롭게 만들기 시작했다. 그렇게 방패를 만들다가 밤이 새고 다음 날 아이언맨은 캡틴의 슈트를 디자인을 도와 주기 위한 사람을 찾고 있었다. 그래서 다시 아이언맨은 방패를 다 만든 후 거기에 있던 블랙 위도우에게 말을 하게 되었다.

"내가 지금 캡틴 몰래 캡틴의 방패를 만들고 있는데 지금 디자인을 도와줄 사람을 찾고 있어."

"그 디자인을 누구한테 맡긴 건데. 나는 예전에 디자인도 좋긴 했지만."

"나도 예전 디자인을 좋아하긴 해. 하지만 난 좀더 새롭게 디자인을 하고 싶어."

"그냥 캡틴 방패에 있던 디자인 그대로가 좋을 것 같아."

"그러면 어쩔 수 없지. 그냥 예전의 디자인을 그대로 해야겠다."

아이언맨은 어쩔 수 없이 방패를 예전과 같이 디자인을 했다. 디자인을 다 한 뒤에 나중에 전투를 할 때 캡틴에게 방패를 주기로 결심했다.

한편 타이탄이라는 행성으로 돌아오게 된 타노스는 근처에 있던 옛날 집들을 파워 스톤으로 정리를 한 뒤 다른 행성에서 사람들을 데리고 와서 타이탄을 개척하게 되었다.

타노스는 소울 스톤을 얻기 위해서 가모라가 희생되었던 것이 너무 슬퍼서 스페이스 스톤을 이용해서 보르미르로 가게 된다. 보르미르로 오게 된 타노스는 가모라가 죽었던 곳에서 타임스톤을 써서 다시 되살리게 되었다.

"왜 저를 다시 살리신 거죠?"

타노스에게 가모라는 이렇게 말했다.

"소울 스톤으로 이미 증명이 됐잖아. 내가 내 딸을 사랑한다는 것을."

결국 가모라는 타노스를 따라서 타이탄으로 가게 되었다. 타이탄으로 와서 가모라는 지구로 가기 위해서 우주선을 하나 훔치게 된다. 그리하여 우주선을 훔치는 데에는 성공을 하게 된 가모라는 GPS를 써서 지구로 오게 된다.

한편 지구에서는 아이언맨이 우주에서 우주선이 오는 것을 알게 되고 남은 영웅들 모두가 우주선이 떨어지는 곳으로 무기를 챙겨서 갔다. 우주선이 떨어진 뒤 우주선에서는 가모라가 나와 모두가 당황하였다.

"가모라. 너는 분명히 타노스가 소울 스톤을 얻는다고 희생되었을 텐데 어떻게 되살아난 거지."

"타노스가 내가 죽었던 곳에서 타임스톤을 사용을 해서 내가 다시 살아날 수 있게 되었어."

"그러면 지금 타노스는 어디에 있지."

"타노스는 지금 타이탄에 있어."

"그럼 지금 우리가 준비를 하고 타노스한테 가야 되겠네."

"하지만 지금 타노스는 스톤의 힘을 사용할 수가 있어서 많은 준비를 해야 될 거야. 지금 이 멤버로는 타노스를 이길 수 없어."

영웅들은 멤버를 보충하기 위해서 닉퓨리가 있는 쉴드로 향했다. 쉴드로 간 영웅들은 닉퓨리를 찾았다.

"여기 닉퓨리 수장 안 계신가요?"

라고 말했더니 거기에 있던 사람들이

"닉퓨리 수장님은 타노스가 핑거 스냅을 했을 때 사라졌어요. 근데 닉퓨리 수장님 옆에 전화기 비슷한 게 하나 있더군요."

"전화기요."

전화기를 봤던 영웅들 중 캡틴아메리카가 말을 했다.

"이 문양을 어디서 봤어. 아마도 이 문양은 캡틴 마블을 뜻하는 문양일 거야. 아무도 닉퓨리는 도움을 요청하기 위해서 이 전화기로 신호를 보내서 캡틴 마블에게 지구가 위험하다는 것을 말했던 거야."

"그러면 지금쯤 지구로 오고 있다는 거네?"

"어, 지금쯤 아마 도착했을 거야."

그리고 다시 토니 스타크의 집으로 돌아오게 된 영웅은 캡틴 마블이 올 때까지 기다렸다.

"삐 삐 삑."

레이더에서 신호가 나오자 아이언맨이 말했다.

"지금 누가 지구로 오고 있는데?"

"아마도 캡틴 마블이 지구에 도착한 거 같아."

그래서 캡틴과 아이언맨이 캡틴 마블 마중을 나갔다. 캡틴아메리카는 캡틴 마블이 누구인지 알고 있었지만 아이언맨은 누구인지 처음 알게 되었다. 그래서 아이언맨이 캡틴 마블에게 인사를 하였다.

"안녕하세요, 토니 스타크라고 합니다."

라고 아이언맨이 인사를 했다. 그러자 캡틴 마블이

"네, 저도 처음 뵙네요. 캡틴 마블입니다."

이렇게 인사를 주고받고 다시 토니 스타크의 집으로 가 캡틴 마블이 거기에 있던 영웅들에게 인사를 했다.

"안녕하세요, 저는 캡틴 마블이라고 합니다.

라고 하자 거기에 있던 영웅들은 캡틴 마블을 환영해 주었다. 인사가 끝나자 캡틴 마블은 타노스에 대하여 물어보았다.

"지금 타노스는 어디에 있나요?"

라고 묻자 캡틴이

"타노스는 지금 타이탄이라는 행성에 있어요."

타이탄이라는 행성에 타노스가 있다는 것을 알게 된 캡틴 마블은 영웅들에게 어서 준비를 해서 가자고 말을 했다. 하지만 아이언맨이 아직 준비가 덜 됐다고 조금만 기다려 달라고 캡틴 마블에게 말을 한다. 몇 분 뒤에 아이언맨이 캡틴 아메리카에게 방패를 주면서 말한다.

"이것을 가지고 있으니 진짜 캡틴 아메리카 같네."

캡틴 아메리카는 그렇게 아이언맨에게 방패를 받게 되었다. 그래서 그런지 아이언맨과 캡틴 아메리카의 사이가 저번보다 좋아진 것 같았다. 이리하여 멤버들은 전부 다 모이게 되었고 아이언맨은 네뷸라와 타고 왔던 우주선을 다시 수리함으로써 타노스에게 갈 수 있게 되었다. 아이언맨은 멤버들에게 말했다.

"여기서 좀 기다려 줘. 나 와칸다에 가서 내 슈트를 좀 가지고 와야겠어."

그래서 아이언맨은 슈트를 가지러 와칸다로 가게 되었고 그 시간 동안 다른 멤버들은 타노스에게 이기기 위해서 준비를 하고 있었다. 몇 분 뒤 아이언맨이 슈트를 가지고 오고 나서 영웅들은 우주선에 타게 되었다. 우주선에 탄 멤버들은 타노스에게 이기기 위해서 무기를 착용하고 있었다. 거기에 있던 캡틴 마블이 말했다.

"타노스는 내가 막을 테니 건틀릿을 타노스의 손에서 빼내 줘."

이 말을 들은 나머지 영웅들은 캡틴 마블의 말에 동의를 하고 이 말을 하는 동안 우주선은 보르미르로 도착하게 되었다. 도착한 뒤 타노스는 영웅들이 온 것을 알아채서 우주선이 떨어진 곳에 건틀릿을 착용하고 가게 되었다. 그렇게 타노스와 영웅들은 대면하게 되었다.

"흠 나한테 그렇게 털리고도 다시 오다니 대단들 하네."

라고 타노스가 말했다. 이 말을 들은 영웅들 중에서 캡틴 마블이 말했다.

"니가 스톤을 다 모았다는 말을 듣고 나도 여기 오게 됐다."

이 말에 타노스도

"우주에서 소문을 들어 알게 되었다. 그래도 나를 이기지는 못할 거다."

그래서 영웅들은 타노스의 컨틀릿을 빼앗기 위해서 캡틴 아메리카가 방패로 공격을 한 뒤 캡틴 마블이 주먹으로 타노스의 얼굴을 쳤다.

"나를 때린 사람 중에서 제일 아프군."

이라면서 타노스가 캡틴 마블을 칭찬했다. 타노스는 그리하여 캡틴 마블에게 파워스톤과 스페이스 스톤을 합친 힘으로 운석을 떨어뜨렸다. 역시나 캡틴 마블은 운석을 피하거나 가까이 오는 것은 주먹을 이용해서 운석을 파괴시켰다.

타노스는 캡틴 마블의 모습에 놀란 나머지 파워스톤의 힘을 이용해서 주먹으로 캡틴 마블을 맞추려고 했지만 캡틴 마블은 피했다. 타노스는 캡틴 마블이 어느 정도의 힘을 가지고 있는지 알게 되었다. 그리하여 타노스는 캡틴 마블을 공격하지 않고 캡틴 마블보다 약한 애들을 상대하기 위해서 아이언맨에게 공격을 했다. 아이언맨은 타노스의 공격을 피하기 위해서 나노 슈트를 이용해서 방패를 만들어 타노스의 공격을 막았다.

하지만 타노스의 공격은 계속 되었고 결국 방패가 부서지고 말았다. 그것을 본 캡틴 마블은 아이언맨이 위험한 것을 눈치채고 달려와서 타노스에게 주먹을 날린다.

"아이언맨 얼른 피해."

아이언맨은 캡틴 마블의 말을 듣고 재빨리 피했다. 그리고 아이언맨은 다른 영웅들을 불러 모아 타노스와 전투를 한다. 영웅들은 재빠르게 타노스를 공격했지만 타노스한테는 소용이 없었고 타노스는 반격으로 파워스톤의 힘을 써서 아이언맨, 토르, 캡틴 아메리카, 캡틴 마블 등 만이 살아남았고, 나머지 영웅들은 죽고 말았다. 다른 영웅들이 죽은 것에 충격을 받은 캡틴 아메리카는 싸우지 못하였다.

"난 못 싸울 것 같아."

라고 캡틴이 말했다.

캡틴의 말을 들은 나머지 영웅들은, 죽은 영웅들을 위해서 최선을 다해서 타노스와의 마지막 혈전을 치렀다. 타노스는 열 받은 캡틴 마블의 주먹을 이겨내지 못하고 쓰러져 버렸다.

"여기까지인 것 같군."

이라면서 타노스가 말했다.

타노스는 그렇게 하여 자신은 건틀릿을 캡틴 마블에게 주었다. 그렇게 타노스는 자신의 패배를 인정하고 사라져 버렸다. 그렇게 하여 건틀릿을 얻은 캡틴 마블은 타임스톤을 이용해서 죽어 버렸던 영웅들을 다 살려 냈다. 살아난 영웅들 중 한 명의 영웅이 이렇게 말했다.

"저번에 스타로드 때문에 작전에 실패해서 이렇게 상황이 길어졌으니 스타로드는 살려두지 말자."

이 말에 동의한 영웅들이 스타로드는 살려주지 말라고 했다. 그래서 결국 스타로드는 살아나지 못했다. 그렇게 전부 다 살아나고 캡틴 마블은 건틀릿에 있는 인피니티 스톤을 꺼내어서 지구에 있는 영웅들에게 스톤을 맡겨두었다. 이렇게 하여 영웅들은 타노스를 무찔렀고, 토르는 아스가르드 백성들을 데리고 떠나 버렸다.

2학년 임동영

어벤져스 인피니티워 이야기의 다음 이야기를 쓰기로 했다. 어벤져스 인피니티워 다음 이야기가 내년에 나오는 것을 알면서도 나는 그냥 쓰기 시작했다. 그리고 마블 영화의 팬으로서 내가 한번 써 보고 싶기도 했다.

쓰면서도 캐릭터가 너무 많이 나오는 내용이 뒤죽박죽 엉기기도 했다. 그리고 소설을 계속 미루면서 하다 보니 동아리 선생님에게 혼난 적이 있었다. 그때는 내가 무슨 영화로 글을 쓸지 정하지도 못했기 때문이다. 그래서 결국 정한 것이 인피니티워 다음 이야기를 한번 써 볼까 해서 쓰게 된 것이다. 이것을 만약 마블팬들이 읽게 되면 나는 굉장한 욕을 먹게 될 것이다. 그만큼 잘 쓰지는 못했다는 것이다.

처음에는 잘 쓰다가 후반으로 가면 쓰기가 귀찮아서 내가 이상하게 쓴 부분들이 있다. 그 부분에 대해서는 내가 이것을 읽는 사람들에게 정말로 죄송하다. 나는 잘 써 보겠다고 했다는 것이 미루다가 미루다 보니 귀찮아서 빨리 끝냈던 것이다.

원래는 이것보다 더 많이 쓸 수 있었는데 다른 친구들이 다 썼다고 하기에 나도 빨리 쓰려고 내용을 단축시킨 것이다. 만약 시간이 많았으면 15페이지까지 쓸 수 있었을 것이다. 아무튼 이 책을 쓰면서 작년보다는 많이 나아졌다고 느꼈고 다음번에 쓰려고 하면 이것보다 더욱 더 잘 쓸 수 있을 것 같다.

이번 소설을 쓰면서도 정말로 내용도 부족한 것 같고 이야기도 이상한 것 같다. 그리고 내 친구들이 내 소설을 안 읽었으면 좋겠다. 작년에도 이상하게 써서 작년 반 친구들한테 놀림을 당했다. 그때는 내가 쓴 소설이 부끄러워서 친구들한테 보여주기 싫었다. 이번에도 마찬가지로 읽지 못하게 할 것이다. 만약에 이 책을 읽게 된다면 제발 놀리지 않았으면 좋겠다는 바람이 있을 정도로 부끄럽다.

최준혁

1. "se7en" 시즌2
2. 에필로그

"se7en"

〈줄거리〉

은퇴를 일주일 앞둔 베테랑 형사인 서머셋은 사건현장을 둘러보던 중 데이비드 밀스 형사를 만나게 된다. 밀스 형사와 서머셋 형사는 같이 7대 죄악을 모방한 기이한 살인을 조사하기 시작했다. 둘은 범인을 오래 추적했지만 잡지 못했고, 불법적인 방법으로 범인의 위치를 알아내는데 성공하여 거주 지역을 습격하지만 놓쳐 버린다. 그리고 범인은 그들에게 "두 형사 때문에 계획을 바꾸겠다."라고 말했다.

그리고 나서 범인은 갑작스레 경찰청에 온 몸에 피를 묻힌 채 자수한다. 범인은 나머지의 시체를 알려주고 범행을 자백하는 대신 밀스와 서머셋 단 둘이 시체가 있는 곳까지 가야 한다고 말한다.

충격적이게도 그 시체는 바로 밀스의 아내인 트레이시였다. 범인은 밀스의 평범하면서도 행복한 삶을 질투했다고 말한다. 밀스는 서머셋이 범인을 때려 입을 막는 행동을 보고 사실임을 알게 되고, 방아쇠를 당겨 그를 죽이게 된다. 그리고 밀스 또한 감옥에 잡혀 들어가게 된다. 이는 모두 범인의 의도대로 7대 대죄를 완성시키게 되었다.

폭식, 탐욕, 나태, 오만, 색욕은 직접 죽였으나 범인은 자신이 시기 역할을 하고, 닐스가 분노로 자신을 죽여 분노까지 완성시켰다.

그리고 서머셋은 자신의 은퇴를 번복하며 영화는 끝난다.

"se7en" 시즌2

2학년 최준혁

한 남자가 현관문을 열고 들어왔다. 방은 한껏 어질러져 있었고, 손수건과 담배는 어디 있는지 찾을 수조차 없을 정도였다. 남자는 쓰레기더미들 사이에서 무언가를 뒤적거리더니, 옛날에는 잘 보관하였을 것 같지만 현재는 먼지가 쌓여 있는 허름한 정장을 꺼내들어 옷에 걸치고 그 길로 밖으로 나갔다. 택시를 타고 그는 경찰서로 가서 한 남자를 접견하였다.

"잘 지냈나. 닐스?"

그 남자가 담담한 어조로 말했다.

"별로요. 서머셋 씨, 나가 주세요. 다신 뵐 일 없었으면 하네요."

"… 그럼 가 보도록 하지. 다음에 또 오겠네."

대화 중 정적이 맴돌았다. 서머셋은 자리에서 일어나 밖으로 나가려고 했다. 그 순간

"서머셋 씨, 왼손에 든 것은 무엇이죠?"

"별거 아닐세. 그냥 성경이야."

서머셋은 고개를 가볍게 가로저으며 밖으로 나갔다.

서머셋은 택시를 다시 잡아타고 비 내리는 회색 도시를 가로질러가기 시작했다.

택시를 타고 가며 창밖을 보았다. 자주 보던 풍경이 보인다. 추적추적 내리는 비와 맞고 있는 사람, 그리고 그를 둘러싼 채 조소를 내보내며 웃고 있는

자들, 예전의 서머셋이었다면 그냥 지나쳤을 것이다. 그러나 지금은 달랐다.

서머셋은 택시를 세웠다. 그리고 차에서 내리며 경찰수첩을 꺼냈다.

"경찰입니다. 지금 뭐 하시죠?"

사람들이 수군수군 거리더니 이내 흩어지기 시작한다. 잠시 후에는 서머셋과 두들겨 맞은 사람만이 남게 되었다.

"괜찮으십니까?"

"…."

그 남자는 대답을 제대로 하지 못했다. 뭐라고 중얼거리는 듯했으나, 부상이 있어 제대로 말을 하지 못한 것 같았다.

"집으로 데려다 드리겠습니다."

그 남자가 고개를 살짝 가로저었음에도 불구하고 서머셋은 그를 일으켜 택시 안에 넣었다. 그리고 택시기사에게 돈을 주며 집으로 보내달라고 했다.

그리고 서머셋 자신은 집으로 걸어서 갔다.

골목으로 들어가 반 바퀴를 돌았는데, 아까 웃고 있던 사람들이 매서운 표정으로 째려보고 있었다. 서머셋은 살짝 뒷걸음질쳤지만, 이내 담담하게 그들 사이로 걸어가기 시작했다. 그러던 중,

'퍽!'

묵직한 소리가 들리며 의식이 옅어졌다. 따뜻한 피가 머리에서 흘러나왔다. 누군가가 서머셋에게 다가가 약을 먹였다. 서머셋의 의식이 흐려졌다.

어두운 시야가 드리우며 서머셋이 눈을 떴다. 서머셋이 다시 눈을 떴을 때는 아무도 주변에 있지 않았다. 그러나 서머셋의 시계와 정장은 온데간데 없고, 나시와 팬티만 입은 채로 누워 있었다. 어두운 밤에 서머셋은 지나가던 사람의 전화를 빌려 겨우 경찰을 불러 치료를 받았다. 외상은 둔기에 맞은 것 하나밖에 없었고 수면제를 쓴 것 뿐이라고 했다. 서머셋은 자신이 닐스가 범인을 죽인 날 이후로 잠을 제대로 자지 못한 것을 생각해 보았는데,

그래서 그런지 자신이 얼마나 기절해 있었는지도 몰랐다.

"지금 며칠인가?"

"6월 23일입니다."

"내가 면회를 간 것이 22일이니, 꼬박 하루를 기절해 있었던 건가."

"네."

서머셋은 한숨을 짧게 내뱉었다.

서머셋은 집으로 돌아왔다. 실컷 뻗어 있다가 집에 와서 그런지 감회가 새로웠고, 뻣뻣하게 풀 먹인 옷은 자신이 옛날로 돌아간 듯한 기분이 들게 했다. 서머셋은 예전에 사건을 위해 조사하였던 책들을 들여다보기 시작했다. 범죄자를 잡기 위해서는 범죄자의 심리에 대해 알아야 한다던가, 그는 실제로 그들의 심리를 아주 잘 알고 있었다. 그는 만족스러운 듯 책을 읽어 내려가기 시작했다. 그리고 그 책을 다 읽은 후, 아주 깊은 생각에 빠지기 시작했다. 이곳에 관하여, 이 지역에 관하여, 이 나라에 관하여 생각을 하기 시작했다. 그리고 다시 눈을 떴을 때, 그의 눈에는 아주 확고한 신념이 깃들어 있었다. 마치 닐스에게 죽었던 그 범죄자처럼.

그것을 깨닫자 그의 눈동자가 흔들렸다. 그는 자신에게 말하는 듯 이런 말을 했다.

"니체가 말했지, 괴물과 싸우는 사람은 스스로 괴물이 되지 않도록 조심해야 한다고."

몇 번을 속삭이듯이 말하자 흔들리던 눈동자가 다시 가라앉았다.

진정한 후 밖에 나갈 채비를 하던 도중, 세 개의 메시지가 온 것을 발견했다.

첫 번째 메시지를 열어보았다.

"감옥 수감 중이던 3051번 수감자 데이비드 밀스 씨가 수감 도중 사망하였습니다. 사인은 감옥 안에서의 난동으로 독방에 갇힌 도중 목을 매어 자살한 것 같습니다."

하늘이 내려앉는 느낌이 들었다. 밀스와 서머셋은 짧은 시간 동안 만났지만 밀스는 서머셋을 아주 크게 변화시킨 한 사람이었다. 소극적이던 그를 적극적으로 바꾸고, 항상 깨끗, 완벽을 추구하던 그에게 변화를 주었다. 그러나 그 장본인은 이제 없다. 분노를 안은 채, 이 세상을 떠난 것이다. 서머셋은 한참 동안 서 있는 상태로 남은 두 통의 메시지를 확인하지도 않은 채 있었다. 그의 손이 예전 잠자기 위한 메트로놈 기계로 가더니, 그것을 내리쩍었다.

"쾅!"

온 집안이 울릴 듯한 소리를 내며 기계는 산산조각이 났다.

"……."

그는 땅바닥에 주저앉았다. 몇 분이 지난 후, 그는 정신을 차리고 두 번째 메시지를 확인하기 시작했다. 전에 자신을 습격하고 소지품을 강탈해간 강도들을 찾아내는 데는 성공했지만, 그들이 사실 유명한 마피아의 그룹이기 때문에 그들에게 제대로 된 피해보상을 요구할 수가 없다는 내용이었다. 서머셋은 허탈하게 웃으며 다음 메시지로 넘어갔다.

마지막 메시지의 내용은 경찰로부터의 보고였다. '일곱 개의 대죄'를 모방한 사건이 또 일어난 것 같다는 이야기였다.

마지막 메시지는 넘어갈 수 없어 바로 경찰서로 간 서머셋은 이전과 다르게 혼자 앉아 사건파일을 받아보게 되었다.

사건의 내용은 이전과 같았다. 고도비만 남자에게 더이상 먹지 못할 만큼 건빵을 먹여 그대로 질식사시킨 후 벽에 Gluttony(식욕)이라고 써 놓은 것.

"그 사건이 일어난 이후, 모방하려는 자들이 생기고 있군?"

"말 그대롭니다. 서머셋 형사님."

아주 말끔하게 차려입은 사내가 들어오며 말했다.

"이번에 같이 수사를 맡게 된 하인리히라고 합니다. 잘 부탁드립니다."

"글쎄, 난 자네랑 같이 수사를 할 생각이 없네. 정 그렇다면 내기를 하는 게 어떤가?"

"네?"

"누가 범인을 먼저 잡는가에 대한 내길세."

"말도 안 되는…."

"하겠나?"

그는 짜증스러운 듯이 밖으로 나갔다. 이렇게 중얼거린 것 같기도 했다.

"뭐야, 저 늙은이는."

서머셋은 그가 돌아간 이후, 예전의 방식을 한 번 더 활용하기로 했다.

도서관의 일곱 개의 대죄에 관한 책을 빌린 사람들에 대한 모든 정보를 뒤졌다. 이미 한 번 해본 일이니, 찾는 길은 간단했다. 서머셋은 용의자를 확정짓는 것에 성공했다. 그는 범죄 현장에서 용의자를 덮치기로 하고, 그가 갈 법한 위치에 잠복하기로 했다.

다음 날, 범인은 한 법조인을 가둬놓고 입씨름을 하고 있었다. 그리고 자신의 신체 부위를 자르지 않으면 죽인다는 말과 함께 가증스러운 얼굴로 서 있었다. '아마도 대죄 중 하나인 탐욕(Greed)을 완성시키기 위해서겠지'라고 생각했다. 손을 부들부들 떨던 판사는 자신의 왼팔을 잘라내려고 했다. 칼이 팔에 닿는 그 순간, 그는 범인에게 총을 쏘았다.

"여기까지."

낮은 중저음으로 서머셋이 말했다.

서머셋은 그후 비명을 지르는 범인을 포박하여 움직일 수도 없게 하고 입을 막은 뒤, 자루에 넣었다. 떨고 있던 피해자는 자신을 그렇게 하도록 만든 범인을 어떻게 처리할 것인지 궁금해 하는 말투였으나, 딱히 그런 것까지 신경쓸 여유는 없어 보였다. 정신적으로 많이 힘들었으리라 생각하고 택시를 태워 집으로 보내주었다.

그후 서머셋은 범인과 함께 브린치 시계탑에 올라갔다. 그 시계탑은 이 일대에서 가장 높아 관광명소로도 유명했지만, 몇 년 전 집단 자살 행위가 일어나 관광객의 발길이 끊기고, 유지 보수도 제대로 되지 않아 방치되어 있었다. 서머셋은 그를 자루 째로 들고 시계탑의 최정상까지 올라왔다. 그리고 서머셋은 자루를 힘껏 내려친 후 자루를 풀어 범인을 꺼냈다. 그 다음 범인의 입만 풀어 주었다.

"안녕 개자식아?"

"….뭐하는 거야!"

그 순간 서머셋이 범인의 발을 향해 총을 쏘았다. 소음기를 달았기 때문에 총 소리는 나지 않았지만 입을 풀어 준 범인의 입에서 하늘을 뒤덮을 정도의 비명이 들렸다.

"으아아아아악!!!!"

"너랑 똑같은 범죄를 저질렀던 애는 얼굴 색 하나 안 바뀌던데, 너는 소리를 지르는구나?"

"미친…."

"하나만 물어보자. 넌 왜 그놈을 따라서 이딴 짓을 하는 거냐?"

범인은 아무 말도 하지 않았다. 아니, 하지 못했다고 말하는 편이 맞으려나.

"넌 별로 별 볼 일 없는 아이구나, 잘 가라."

소음기 특유의 총소리가 들렸다. 그리고 소리를 지르던 범인의 입에서는 더이상 소리가 흘러나오지 않았다.

그리고 서머셋은 한참 동안 그 자리에 앉아 있었다. 그후 서머셋은 자신이 예전과는 다른 사람이 되었다는 것을 스스로 인지하기 시작했다.

그리고 서머셋은 자신이 벌인 일의 심각성을 깨닫기 시작했다. 자기 자신은 그를 쏠 때 기뻐하고 있었다. 범죄자를 죽인다는 생각에 온몸에 전율이 일었다. 자신은 형사 생활 수십 년 동안 총을 꺼낸 적도 없었는데, 벌써 두 번이나 규율을 깼고, 그리고 두 번째에는 사람을 죽였다.

서머셋은 시계탑 끝에 앉아 있었다. 까딱하면 떨어져 죽을 법한 위치에 있었지만 그의 얼굴의 불안함은 높은 곳에서 있는 공포가 아닌 듯 보였다.

그는 시계탑 밑을 천천히 내려다보기 시작했다. 훌륭한 명소로 불리기에 부족함이 없었다. 사람 한 명 한 명 움직이는 것부터, 택시의 움직임, 굴뚝에서 피어오르는 연기와 사람들의 온기가 느껴지는 듯했다.

뒤에서 인기척이 들렸다. 서머셋은 본능적으로 뒤를 돌아보았는데, 그 뒤에는 경비병이 도끼눈을 뜬 채로 있었다. 하지만 그것은 포식자의 눈이 아니라 그저 약한 토끼가 자신을 감추기 위해서 억지로 부릅뜬 눈처럼 보였다. 잠깐 응시하던 그는 시계탑 문을 도로 쾅 닫았다. 그리고 잠기는 소리가 들렸다. 아마도 경찰을 불러오려던 셈이겠지, 하며 나는 다시 아래를 바라보았다. 언제 보아도 좋은 광경이다. 자신이 이 사람들의 평온한 삶을 지켜주었다는 생각과 함께 자신이 점점 무서워지기 시작했다.

자기 자신도 모를 정도로 자신은 급격하게 변하고 있었다. 20년 동안 위험한 일은 하지 않으며 총 한 번 꺼내 본 적 없는 채로 살았었다. 그러나 그 청년이 온 이후로 많은 게 바뀌었다. 도망치려던 나에서 점점 사실을 직시하고 바뀌는 것이었다. 그러나 나는 그 범인의 죽기 직전까지 자신의 신념을 관철하는 모습에서 무언가를 느끼고 있었다. 그것은 약간의 동경 비슷한 것이었다.

미친놈의 신념이라고는 하나, 그 자를 잡기 위해 더욱더 그에 대한 공부를 했으니, 자연스럽게 이상한 생각을 품게 되었던 것이다. 그 결과는 일곱 대죄를 따라 하려 한 풋내기의 싸늘한 시체로 돌아온 것이 아닐까.

서머셋은 그런 자신이 무서워지기 시작했다. 사람을 죽인 자신이 낯설게 느껴지기 시작했다. 생각이 거기까지 미쳤을 때, 총을 들고 시계탑에 앉아 있는 자기 자신이 역겨워서 견딜 수가 없었다. 서머셋은 자신이 살아야 할 이유를 생각했다. 자신은 와이프도 없다. 지켜야 할 가족도, 도움을 주고 받을 친구도 없다. 그나마 자신과 가깝게 공유했던 사내는 감옥에 갇혀 있다가 사망했다. 더이상 자신이 살아야 할 이유를 찾지 못한 서머셋은, 조용히 총을 머리 위로 가져다 대었다. 소음기로 된 총성 한 발이 가볍게 울렸다.

그 뒤, 사이렌 소리가 울리며 경찰이 도착했다, 경찰이 도착했을 때는, 눈 뜨고 죽은 사내와 자신의 상관으로 모셨으나, 얼마 전 깡패에게 맞아 곤욕을 치른 적이 있었던 형사가 머리에 피를 흘린 채로 누워 있었다, 경찰은 이를 범인을 잡기 위해 노력하다가 죽었다는 이유를 공표했고 그는 죽은 채로 훈장을 받게 되었다. 얼마 지나지 않아 그는 화장되었다.

한편, 도시에서 길을 걷고 있던 가죽 옷을 입고 날라리 행세를 하던 한 남성은 땅바닥에 버려진 성경 한 권을 주웠다. 성경은 왜인지 핏자국이 어지러이 날려 있었고, 성경의 뒤에는 종이를 끼워 두어 몇 개의 구절을 적어 놓은 듯 보였다. 남자는 환희에 찬 눈으로 성경을 읽기 시작했다.

2학년 최준혁

내가 먼저 세븐-변화 편을 연재하면서 느꼈던 점이 있다. 명작 영화는 전부 나름대로의 이유가 있단 것. 나는 2000년대 영화인 세븐을 봤지만 이 영화는 전혀 최근에 나온 영화와 비교해도 손색이 없다. 오히려 더 좋으면 좋았지 안 좋은 점은 발견할 수 없었다.

세븐의 이야기는 한 경찰의 새로운 도시 부임으로부터 시작된다. 성격이 전혀 반대이며 나이도 상당히 큰 차이가 나는 두 사람, 서로 안 맞으면서 다른 방향을 바라보고 있는 그들은 서로에 대해 자세히 알아가면서 점차 가까워지고, 내 이야기의 주인공인 서머셋 형사는 자신의 인생관과 행동 방식이 바뀌는 결과를 낳게 된다.

특히 나는 후속작을 쓰면서 세븐의 본편보다 이것을 해석해 놓은 유튜브 영상을 더 많이 보았다. 영화에 간간이 나오는 장면에서 사람들의 해석이 나오는 것을 보며 그 해석을 토대로 주인공의 성격을 구성했다.

서머셋의 행동양식이 바뀌었다는 것에 주목하였다. 사람이 180도 바뀐다는 건 절대 쉬운 일이 아니다. 특히 설정상 나이가 오래되어 은퇴를 앞두고 있는 형사라면 더더욱 쉬운 일이 아닐 것이다. 하지만 행동이 180도 바뀌었다고 해서 그 사람의 모든 것이 바뀌지는 않는다, 하루아침에 노년의 게으른 형사가 열혈 파워 형사로 바뀐다고 해서, 주변의 모든 상황이 그것을 따르는 것도 아니다. 나는 그 면을 보여 주고 싶었다.

이 소설의 내용은 딱히 내가 원하던 것은 아니다.

분명 1학년 때 쓴 소설의 편집후기에는 더 나은 실력을 가지고 다시 소설을 쓰고 싶다고 했지만, 2학년 때 나는 전혀 나아지지 않았다고 생각한다. 그러나 시간은 나를 기다려 주지 않았다. 다시 책을 내야 할 순간이 너무 빠르게 다가왔고 나의 대응은 너무 늦었다.

또다시 허접한 실력으로 책을 내어 구멍도 많고 필력도 별로다. 기승전결도 없고 너무 뜬구름 잡는 이야기인가도 싶고, 이해할 수 없는 부분도 있을 것이다. 그런 점에서 이 소설은 읽는 여러분들보다 나에게 더욱 큰 의미로 다가왔던 소설들인 것 같다.

이 소설과 편집후기를 읽어주셔서 감사하다.

p.s

소설 쓴다고 소설 책 참 많이 읽었는데 별로 도움이 안 되었던 것 같다.

나중에 후배님들 소설 쓸 땐 그냥 마음대로 써라. 그게 제일 재밌더라.

그린비,
명화를 쓰다

박성훈

자유의 여신

2학년 박성훈

외젠 들라크루아 '민중을 이끄는 자유의 여신'
프랑스 대혁명을 상징하는 그림으로 많이 알려져 있지만, 샤를 10세가 물러나는 7월 혁명을 기념하기 위해 그린 그림이다.

"오늘 나를 위해, 그대들을 위해, 프랑스의 미래를 위해 모인 모두에게 고한다. 설령 내 옆의 사람이, 내 자신이 총을 맞더라도, 칼에 베이더라도, 쓰러져 움직이지 못하게 되더라도 우리는 우리를 위해 나아가 샤를을 몰아내고 프랑스에 자유를 되찾을 것이다. 오늘은 영광의 날이 될 것이며 우리는 영웅이 될 것이다. 앞으로 나아가자!"

아히엘의 말에 뒤따라 수많은 사람들의 함성소리와 발소리가 들린다.
그렇게 7월 29일 혁명이 일어났다.

파리 왕의 집무실

샤를 10세가 신하들 앞에서 말한다.
"1830년 7월 25일 오늘부로 출판의 자유를 정지하고 하원 해산 및 선거

자격을 제한한다. 각 지방의 영주에게 전달하여 한시라도 바삐 모든 지역에서 알게 하도록."

파리의 한 식당

청년 둘이 자리에서 이야기를 하고 있다.

"젠장! 겨우 선거에서 이겨 왕정파의 입지가 약해지나 싶더니 해도 해도 너무 하잖아.

이대로면 재선이 실행되고 왕정파가 다시 자리를 잡을 거야."

"언론 쪽에선 어떻게 나오려고 하는지 알고 있어?"

"비록 군이 알제리에 원정을 가 있다고는 하나 국왕의 칙령을 무시할 수는 없는지라 다들 적극적으로 나서 줄 것 같지가 않아."

"그렇다고 군이 원정을 끝내고 돌아오면 그때는 가능성이 더욱 희박해지잖아."

"원정은 앞으로 1주일 정도면 돌아올 수 있을 거야."

"최대한 빨리 언론을 설득하고 사람들을 모으지 않는다면 대항조차 할 수 없게 되겠어."

"이미 연락 해놓은 사람들은 있다만 과연 몇이나 모여 줄지."

"너무 비관적으로 생각하지 말고, 일단 나는 출판사를 설득하러 갈 테니 너는 사람들을 모으고 다른 출판사에게도 부탁해 줘."

"알았어. 어서 서두르도록 하자."

식당에서 나와 출판사로 가던 도중 멀리서 아히엘이 데이비드를 부르며 달려온다.

"데이비드!"

데이비드는 달려오는 아히엘을 보곤 자리에 서서 아히엘이 오기를 기다리다 아히엘이 다가오자 아히엘을 돌아보며 발걸음을 옮긴다.

"데이비드, 너 샤를이 내린 칙령에 대해 들었어?"

"당연하지. 안 그래도 지금 토마스에게 사람을 모으기를 부탁하고 나는 출판사로 가고 있었어."

"너는 이 부근에는 무슨 일이지?"

"당연히 도우려고 온 거지. 내가 뭐 할 수 있는 일 없을까?"

고개를 저으며 대답하는 데이비드.

"사실상 내가 할 수 있는 일도 출판사를 설득하는 정도야. 너도 가서 말 정도는 해볼 수 있겠지만 니 언변으로 과연 가능할지."

"시끄러. 나도 말 잘하거든. 그리고 이런 상황에선 말을 잘하는 것보다 진정성이 중요한 거야."

"진정성만으로 설득이 가능했다면 정말 좋았을 텐데. 아무튼 너는 우리와 뜻을 함께할 만한 사람들을 찾아주지 않을래?"

"그래. 맡겨만 두라고."

"고맙다 아히엘. 적극적으로 참여해 주는 사람을 모으기가 힘들어서 빠듯하던 참이거든."

"그래 나한테 맡기고 빨리 설득하러 가셔."

아히엘은 출판사로 가는 데이비드를 뒤로하고 광장으로 가 사람들 앞에서 말하기 시작했다.

"프랑스의 시민 여러분. 샤를 10세가 내린 칙령에 대해 알고 계십니까?"

주변의 사람들이 고개를 돌리자 이야기를 시작한다.

"샤를 10세가 하려는 일에 대해 알고 계십니까? 그는 우리의 자유를 박탈하고 왕권을 강화하여 자신의 독재정치를 확립하려 하고 있습니다. 그러니 우리는 적극적으로 이에 대항하고 소극적인 언론을 설득하여 샤를의 뜻대로 되지 못하게 해야 합니다!"

열변하는 아히엘과는 다르게 사람들에게 큰 반응을 얻지 못한다.

"정말 나는 말을 잘 못하는 건가. 일단 주위 사람들에게라도 부탁해 봐야겠다."

마을에 돌아가려는 아히엘. 그 시간 데이비드는 출판사의 사장과 만나 이야기하고 있다.

"지금 굽혀 버리면 앞으로 평생을 펴지 못할 수도 있습니다."

"굽히지 않으면 꺾여 버릴 수도 있다네."

"설령 제가 꺾일지라도 제 동료가 저를 대신하여 싸워줄 것입니다."

"그 동료가 샤를을 이길 거라고 누가 장담할 수 있는가."

"비록 지금으로서는 장담할 수 없지만, 언론이, 민중이 모여 준다면 충분히 샤를을 끌어내릴 수 있을 거라 장담합니다."

"그렇다면 자네가 지금까지 모은 사람은 얼마나 되지? 설득한 출판사는? 아무 근거도 보장도 없이 그렇게 말을 하지는 않겠지?"

사장의 말에 잠시 주춤하는 데이비드.

"저의 오랜 친구들이 사람들을 모으고 있습니다. 저와는 달리 사람들을 끌어모으는 재주가 있으니 적지 않은 사람들이 모일 것이라 생각합니다."

"오합지졸이 모인다 한들 무슨 의미가 있겠나. 일단 상황을 지켜보며 때를 기다리는 게 나을 수도 있네."

"하지만 곧 군이 돌아올 것이고 그 때는 더욱 늦어버릴 겁니다."

"자네 말대로 군은 곧 돌아올 걸세. 그런 상황에서 우리가 혁명을 일으킨들 군이 돌아오기 전에 샤를을 끌어내릴 수 있을 거란 보장도 없지 않은가?"

계속되는 데이비드의 설득에 사장은 피곤하다는 표정으로 데이비드에게 말한다.

"자네의 말을 들어줄 만한 사람을 몇 명 소개해 주겠네. 나는 직접적인 도움은 주지 않을 거지만 그들이라면 자네와 뜻을 함께할지도 모르지. 서신을 적어줄 테니 서신을 보여주며 내가 보냈다고 하게. 적어도 만나지도 못하고 돌아올 일은 없을 거야."

사장의 말에 고개를 숙이며 감사를 전하는 데이비드.

"정말 감사합니다. 이 은혜는 제가 꼭 결과로 보여 드리겠습니다. 저는 이만 이분들을 만나러 가 보겠습니다."

문 밖으로 나가려는 데이비드를 불러세우는 사장.

"잠깐"

"뭔가 더 하실 말씀이 있으신가요?"

"별건 아니고. 행운을 비네 젊은 청년이여. 이왕 하는 거 제대로 한 번 해 보게."

"예. 믿고 맡겨 주세요."

문 밖으로 나와 적힌 출판사의 이름을 확인하는 데이비드

"칼 한저 출판사인가. 뜻을 같이 해줄 사람이 기다리고 있다면 좋을 텐데."

출판사로 향하는 데이비드

한 광장에 사람들을 모아 연설하는 토마스.

"모여 주셔서 감사합니다. 모인 이유는 알고 계실 거라 생각하지만 다시 한번 말하겠습니다. 저는 샤를 10세에게 대항하기 위하여 여러분을 모았습니다. 여러분들은 저와 함께 출판사를 설득하고 내일 있을 시위에 참가할 의향이 있다고 생각합니다. 저의 친우가 출판사를 설득하러 다니고는 있지

만 혼자서는 역부족이라 생각합니다. 여러분들 중 출판사와 연이 있는 분들은 출판사 설득에 힘써 주시고 다른 사람들은 시위 물자 마련 및 사람들 모으기에 힘써 주시면 감사하겠습니다. 프랑스의 자유를 위하여 힘써 주십시오. 감사합니다."

토마스의 말이 끝남과 동시에 수많은 사람들이 광장을 빠져나갔다.

"과연 저 중 몇이나 도와줄지…."

"너무 비관적이게 생각하지 마. 토마스."

광장에 있다가 토마스와 만난 아히엘이 토마스에게 말한다.

"그래 좋게 좋게 생각해야지. 부정적으로 생각해 봐야 좋을 것도 없고."

"그래도 토마스 니가 있어서 많은 사람들이 모였잖아."

"그런 건가. 그나저나 데이비드는 잘하고 있으려나 모르겠네."

"여기에 오는 길에 만났었는데 의욕은 넘치더라. 어떻게든 하고 있지 않을까 싶어."

"그래 그 녀석은 잘해 주겠지. 아 참 아히엘."

"왜?"

"내일 시위에서 할 연설 니가 맡아주지 않을래?"

"내가? 니가 하는 게 훨씬 좋지 않을까?"

"너희들 말대로 나는 사람들을 모으는 것 정도는 할 수 있지만 사람들 앞에서 말을 하기엔 조금 부족한 것 같아. 우리의 생각을 가장 진정성 있게 전할 수 있는 건 단연 너라고 생각해."

"하지만 난… 데이비드도 오는 길에 내 언변이 부족하다고 했었는데… 차라리 데이비드한테 부탁하는 게 나을 것 같은데."

"쓸데없는 소리는 무시해도 돼. 내가 보기에는 너만한 사람이 없어. 데이비드가 그런 걸 할 수 있을 리가 없잖아."

"니 안의 데이비드는 그 정도인 거냐… 너 뭔가 속마음이 있는 건 아니지? 평소 같았으면 이런 걸 시킬 리가 없는데."

아히엘의 말에 움찔하며 솔직하게 털어놓는 토마스.
"솔직히 말해서 여자인 니가 앞에서 이끌어준다면 사람들을 고취시킬 수 있는 것도 사실이야. '이렇게 약한 존재까지도 자유를 위해 싸우고 있다'라는 생각을 심어줄 수 있거든. 하지만 니가 진정성이 있다고 했던 것들도 다 사실이야. 나보다는 니가 사람들의 마음을 더 움직일 수 있을 거라고 생각해."
토마스의 말을 듣고는 잠시 생각에 빠진 아히엘.
"조금 기분이 나쁘긴 하지만 넘어가 주지. 말에 진정성이 있는지는 모르겠지만 내가 도움이 될 수 있다면 어떤 일이든 해야겠지."

아히엘의 말을 듣고 표정이 밝아진 토마스.
"고마워, 아히엘. 니가 있어서 정말정말 다행이다."
"그런데 토마스."
"왜?"
"난 약하지 않아."

아히엘의 말을 듣고 미소짓는 토마스 그를 따라 웃는 아히엘.
칼 한저 출판사에 도착한 데이비드.
출판사 건물에 들어가 카운터의 남성에게 서신을 보여준다.
"사장님을 뵙기 위해 왔습니다."
"저를 따라오시죠."
남성에게 안내를 받은 데이비드 사장의 집무실에 들어간다.
"데이비드라 합니다. 출판사에서 소개를 받고 왔습니다."
"앉게, 데이비드 군. 나는 칼 프레데릭, 칼 한저 출판사의 사장이라네."

사장과 인사를 하고 자리에 앉았다.

"책을 내러 온 것 같지는 않고 나를 직접 만나러 온 이유가 있는가?"

"예. 바로 설명하려 했습니다. 사장님 샤를 10세가 내린 칙령에 대해 아십니까?"

"물론이지. 그로 인해 출판의 자유를 박탈당했으니 모를 수가 있겠는가."

"저는 그 칙령 건으로 인해 이곳에 오게 되었습니다."

"칙령 건이라 하면?"

"저와 저의 동료들은 지금 사람들과 출판사를 모아 내일 7월 29일 시위를 벌이려 하고 있습니다."

"내일이라고? 사람들은 어느 정도 모였는가?"

"아직 확신 할 수 없지만 적어도 천 단위는 될 것으로 예상됩니다."

"호오. 많은 수가 모이겠군. 시위에 필요한 물자의 공급은 확실한가?"

"실은 그에 대해 말씀 드리려 했습니다. 아무래도 대부분 서민층이다 보니 물자 공급이 부족하여…."

"그 말은 즉 내가 그대들에게 물자의 보급을 해주었으면 한다는 거군."

"예. 염치없지만 부탁드립니다. 부디 꼭 도와 주십시오."

"염치를 운운할 것까지야 있겠는가. 그 정도는 흔쾌히 들어 줄 수 있네."

"정말인가요? 감사합니다, 사장님. 또 한 사람 프랑스를 위해 저희와 함께 해주시는 분이 늘어 기쁩니다. 정말정말 감사합니다."

"내 다른 지인들에게도 연락해 볼 터이니 프랑스를 위하여 힘써 주게"

"예, 사장님. 다시 한 번 감사드립니다."

"그래 이제 돌아가 보게. 내일을 위해 푹 쉬어야 할 것 아닌가."

"예, 들어가 보겠습니다."

토마스와 아히엘이 있는 가게로 들어온 데이비드.

"이봐, 데이비드. 여기야!"

"그래. 너희들 모두 소득은 있었나?"

아히엘이 말한다.

"자, 자, 일단 먹으면서 얘기하자고, 음식 앞에서 뭐하는 거야?"

"그래, 그래서 토마스 어떻게 됐지?"

"사람을 모아 광장에서 연설을 했어. 출판사를 설득하거나 내일 시위에 참석해달라고. 몇이나 도와 줄지는 모르지만 최소한의 도움은 되겠지. 너는 어떻게 됐지?"

"나는 칼 한저 출판사의 사장님께 시위에 필요한 물자와 사람들을 모으는 지원을 받게 됐어. 사장님이 내일 당장 우리와 함께 해줄 사람들을 보내주겠다더군."

데이비드의 말을 들은 아히엘이 말한다.

"큰일을 했구나, 데이비드. 정말 고생했어."

"고생은 무슨 다 너희들이 있던 덕분에 할 수 있던 거야."

"그리고 데이비드, 내일 시위의 연설 내가 하게 됐어."

"아히엘 니가 연설을 한다고? 농담이지 토마스?"

"아쉽게도 농담은 아니야 데이비드. 내일 연설은 아히엘이 할 거야."

"무슨 바람이 불었는지 몰라도 하던 대로 하는 게 좋지 않을까?"

"아니 연설은 아히엘이 할 거야. 우리들 중에서 제일 잘할 걸."

"그렇게까지 말한다면야… 잘해 봐라 아히엘. 행운을 빌지."

"걱정 말아도 돼. 이미 연습 중이니까. 좀 있다가 연습하는 거 보여줄게."

"딱히 그럴 건 없고 내일 하는 거나 기대할게."

"그러시던가."

"아히엘."

"왜?"

"시위의 가장 앞에 선다는 건 굉장히 위험한 일이야. 그 점을 잊지 말아

췄으면 해"

"나도 그 정도는 알고 있고 각오하고 있어."

"내가 없던 사이에 꽤나 마음을 다잡은 것 같네. 조금은 늠름해졌는걸."

"당연하지. 내가 누군데!"

"그럼 이제 슬슬 쉬자 내일을 위해."

"그래. 나 너무 피곤하다."

"잠깐만 얘들아."

"왜 그래 아히엘?"

"자유를 위하여, 프랑스를 위하여, 나를 위하여 내일 잘 부탁할게."

"별말씀을."

파리의 광장 앞

"사람들이 모이기 시작했어. 슬슬 시작해야 하나?"

"너무 조급해 하지 마."

"하지만 긴장되는 걸."

"너무 겁먹지 마. 평소 하던 대로 하면 잘 될 거야 ."

"그건 나도 알고 있어. 난 사람들이 많이 안 올까 봐 그러는 거야."

"…우리를 못 믿는 거니?"

"농담이지. 봐 긴장 조금 풀렸다."

"보통은 내가 농담을 해줄 건데 알아서 푸는 것도 대단하다."

멀리서 토마스가 아히엘을 부른다.

"아히엘, 슬슬 갈 준비 하자."

"어, 알았어. 으아아아 떨린다."

"긴장 푼 건 의미가 없나 보네. 너무 걱정하지 마. 여차하면 내가 멋지게
나타나서 도와 줄 테니."

"참도 든든하다. 걱정 마셔 그럴 일 없을 거니까. 나 이제 갔다 올게."

"그래, 잘 부탁한다."

아히엘은 굳은 어깨로 사람들 앞으로 간다.

"아히엘."

데이비드가 부르자 아히엘이 돌아선다.

"왜 그래?"

데이비드가 웃으며 대답한다.

"행운을 빌겠습니다. 우리의 자유의 여신이여."

데이비드의 말에 아히엘이 웃으며 사람들 앞으로 걸어간다.

가장 아름다운 폭발

2학년 박성훈

새로운 학교에서 보내는 첫 번째 날이다.

작년, 무서운 아이들 사이에서 치여 다니던 기억을 상기시키며 두 눈을 감는 상우.

'올해는 친구들 잘 사귀어서 조용하게 잘 지내야지'

"안녕하세요! 한상우입니다. 심인고등학교에서 전학 왔습니다. 잘 부탁드려요."

박수 소리를 들으며 선생님이 정해 주신 자리로 가 앉는 상우.

옆자리의 여자 아이가 말을 건넨다.

"안녕. 난 이가은이야. 잘 부탁해."

"고마워. 나는 상우야. 잘 부탁할게."

"2학기 시작할 때 전학 오다니 무슨 일이길래 전학을 온 거야?"

"아빠 일 때문에 이사를 하게 됐거든."

"그렇구나. 전 학교 친구들이랑은 많이 아쉬웠겠다."

전 학교 이야기에 조금 움찔하며 생각하는 상우.

'사실 친구라고 할 만한 친구도 없었지만'

"어쩔 수 없는 거니까. 지금 학교에서 잘 지내면 되지."

"그래. 이 누님이 잘 대해 줄게."

"감사합니다, 누님. 잘 부탁드립니다."

"오냐. 잘 부탁하마."

아침 조례가 시작하자 대화를 멈춘 상우와 가은.

수업이 끝나고 점심시간이 되자 키가 조금 작고 시원시원하게 생긴 학생과 키 크고 안경 쓴 공부 잘할 것 같은 학생이 다가와 상우를 불렀다.

"전학생! 상우라고 했나. 나는 이찬솔이고 옆의 공부벌레처럼 생긴 녀석은 신재원이야. 잘 부탁해."

"그래. 나는 신재원이고 여기 멍청하게 생긴 녀석은 이찬솔이야."

"누가 멍청이래!"

"니가 먼저 시작한 거다."

"저기… 나는 한상우야. 잘 부탁할게."

인사를 나눈 상우에게 말하는 찬솔.

"그런데 하필이면 또 이가은 옆이냐. 운 한번 지지리도 없다."

찬솔의 말을 들은 가은이 찬솔의 멱살을 잡으며 말한다.

"내가 어때서 그런 말을 하는 걸까?"

멱살이 잡힌 채로 고개를 돌리며 말하는 찬솔.

"성격도 사납고 난폭한데 강한 근력까지 가지고 있어서 위험하기 그지없지."

"이 자식이!"

찬솔의 멱살을 잡고 난폭하게 흔드는 가은을 뒤로하고 재원이 상우에게 말을 건다.

"오늘 첫날이니 혹시나 싶어 묻는데 동아리 관련해서 들은 건 있나?"

"동아리?"

"반응을 보아하니 그다지 설명을 못 들었나 보네. 우리 학교에는 개개인마다 동아리에 하나씩 가입해서. 선생님들이 만드신 동아리도 있고 학생들이 모여서 만든 동아리도 있어. 어떤 게 있는지도 잘 모르겠네?"

"잘 모르지⋯."

재원과 대화를 하던 중 찬솔과 가은이 끼어들어 말한다.

"동아리가 궁금하시다면,"

"대답해 드리는 게 인지상정."

"이 학교의 파괴를 막기 위해,"

"이 학교의 평화를 지키기 위해,"

"사랑과 진실, 어둠을 뿌리고 다니는!"

"도담 고등학교의 귀염둥이 악당!"

"가은!"

"찬솔!"

"학교를 누비는 우리들에겐,"

"아름다운 미래! 밝은 내일이 기다리고 있다!"

찬솔이 마지막으로 말하고는 재원을 쳐다보는 찬솔과 가은. 재원이 얼굴을 구기며 말한다.

"아오⋯ 나는 재원이다옹."

"그렇지. 간만에 잘했다!"

"웬일로 눈치 있게 잘해 주냐."

가은과 찬솔의 칭찬 아닌 칭찬을 받으며 부끄러워하는 재원.

"쪽팔려서 진짜. 감사하게 생각해 전학생 있어서 특별히 해준 거니까."

재원의 말에 동시에 말하는 가은과 찬솔.

"옙. 감사합니다."

찬솔과 가은을 보며 상우가 웃으며 말한다.

"학교의 평화를 위협할만한 일이 있는 거야?"

상우의 말에 의미심장한 표정으로 말하는 가은.

"있겠냐?"

당당하기 그지없이 말하는 가은을 뒤로하고 상우에게 말을 거는 재원.

"그나저나 동아리 얘기해야지."

"아. 그렇다. 잊고 있었네."

"제일 중요한 걸 잊으면 어쩌자는 거냐."

재원이 상우에게 여러 동아리를 설명해 주던 중 가은이 말한다.

"잘 못 정하겠으면 우리가 만든 동아리도 있으니까 들어와도 돼."

가은의 말에 찬솔이 가은의 귀에 대고 말한다.

"야. 오늘 처음 보는데 막 말하고 다니지 마."

"걱정 말어. 내가 사람 보는 눈은 확실해."

찬솔이 한숨을 쉬며 가은에게 말한다.

"그래그래, 알아서 해봐."

찬솔을 뒤로하며 가은이 진지한 표정으로 상우에게 말한다.

"우리 동아리의 이야기를 들으려면 일단 우리가 어떤 일을 벌일지 단편적인 정보라도 알게 된 것은 발설하지 않는다는 약속을 받아야 해. 그리고 일말의 정보라도 빠져나간다면 그게 니가 한 일이 아니더라도 우리가 내리는 처벌을 달게 받으리라고 약속을 해야 해. 참고로 우리 셋 외에 우리 동아리에 대해 아는 사람은 작년에 동아리에서 활동하다가 이제 은퇴한 선배 한 분 정도야. 즉 정보가 퍼지면 너는 바로 의심을 사게 될 거라는 말이지. 이래도 듣고 싶어? 그렇지 않다면 이 얘기는 없던 걸로."

갑작스러운 가은의 말에 상우는 잠시 생각에 빠진다.

'동아리에서 무슨 일을 벌이기에 저런 말을 하는 거야. 무슨 일을 하든 들어가면 학교생활 조용하게 하기는 힘들 것 같은데… 그렇다고 이제 와서 다른 친구들 찾아보는 것도 힘들 것 같고… 일단 이야기만 들어볼까…'

상우가 알겠다는 대답을 하자 가은이 교실 밖으로 상우를 데리고 나가서 이야기한다.

"우리 동아리는 공식적으로는 국어 선생님이 담당하고 계신 책 쓰기 동아리야."

가은의 말에 갸우뚱하며 묻는 상우가 묻는다.

"공식적으로는?"

"응. 공식적으로는. 우리 동아리는 우리끼리 독자적인 행동을 하기 위해 모인 거거든. 같은 생각의 사람들이 모였다기보다는 처음부터 우리가 그런 일을 하자고 이야기를 하고 동아리를 만들었어."

상우는 가은의 말을 듣고 이해했다는 표시로 고개를 끄덕였다.

"우리가 하려는 일은 선생님과 다른 학생들에게는 비밀로 진행되고 발각될 경우 상당한 처벌을 받을 수 있는 위험한 일이야. 그런 만큼 아직 확실하게 참가하겠다고 의사를 밝히지 않은 너에게 자세하게 설명해줄 수는 없지만 우리가 하는 일을 설명하자면!"

가은이 큰소리로 말하자 상우는 당황한 표정으로 가은의 말을 들었다.

"우리는 우리 도담 고등학교의 학생들에게 커다란 추억을 안겨 주고 있어. 앞서 말했듯이 비공식적인 활동이고 매우 적은 사람들만이 참가해. 선생님들이나 어른들께 당당할 수는 없지만 나는 우리 동아리가 하는 활동에 큰 자부심을 가지고 있어. 만약 니가 들어온다면 후회는 할지 몰라도 우리와 함께하는 활동이 재미있을 거라는 것 정도는 장담할 수 있어. 우리 동아리에 들어올래?"

가은이 말을 마치자 상우는 고민에 빠진다.

'말만 들으면 재미있을 것 같기는 한데 무슨 일을 하길래 들키면 처벌을 받을 거라는 거야. 이제 와서 안 들어가겠다고 하면 애들이 어떻게 나올지도 무섭고 어느 정도 기대도 되니까 들어간다고 말해 볼까'

"들어갈까?"

상우가 대답하자 재원이 상우에게 말한다.

"앞서 말했듯이 우리가 하려는 일은 당당하다고 할 수 없어. 들키면 어떻게 될지도 장담할 수 없고 너는 그런 일인데 감언에 혹해서 들어오겠다는 거잖아. 그런 사람은 내 쪽에서도 달갑게 받아주긴 힘들 것 같아. 책임을 지겠다는 각오를 가지고 대답해. 그리고 가은이가 재대로 말은 안 했지만 이건 우리끼리 상당히 오래 준비한 일이야. 니가 갑작스럽게 들어온다고 해도 너에게 우리가 하려는 일의 상당부분은 이야기해 줄 수 없어."

재원의 말을 듣자 상우는 다시 망설이다 결국 가은에게 함께하겠다는 의사를 전달한다.

가은과 찬솔이 흥분한 채로 상우의 손을 잡고 흔들며 말했다.

"좋은 선택이야. 앞으로 축제까지 남은 기간 한 달 잘 부탁할게!"

상우는 가은의 손을 잡고 있다가 놀라며 가은에게 묻는다.

"축제까지 한 달이라고?"

재원이 한심하다는 얼굴로 상우에게 말한다.

"축제가 언제인지도 모른 채로 하겠다고 한 거야?"

가은이 재원의 말을 무시하고 상우에게 말한다.

"그래. 앞으로 축제까지 한 달! 어느 정도의 준비는 이미 돼있어. 우리끼리 작업할 지라도 기간에 못 맞출 리는 없으니 걱정 안 해도 돼."

찬솔이 덧붙여 말한다.

"우리끼리도 충분하다는 건 사실이거든."

상우가 재원의 눈치를 보며 말한다.

"그러면 굳이 내가 할 일이 있는 거야?"

"니가 아니라도 할 수 있는 일들이 남아 있지. 우리 동아리에 대해 알아야 한다는 시점에서 너랑 우리 말고는 할 수가 없지만."

"그러면 굳이 내가 아니어도 상관없구나. 그런데 가은이 너는 왜 그런 일들을 오늘 처음 만난 나한테 말해 준 거야? 너희들끼리도 충분했을 거 아냐?"

상우의 말에 가은이 우쭐한 표정으로 대답한다.

"내가 사람 보는 눈은 좋거든. 작년에 어떤 선배가 나한테 동아리에 대한 이야기를 하고 내가 여기 둘에게 동아리 활동을 하자고 제안한 거야. 실제로 좋은 결과라고 생각하고 있고. 다음 해를 담당하게 될 1학년도 내가 이미 점 찍어놨어. 그런데 오늘 전학 와서 처음 만난 너의 외모랑 목소리, 말투가 너와는 함께해도 괜찮을 거라고 생각돼서 그래."

"외모와 목소리, 말투라는 건 결국 처음 봤을 때 이미지가 어디 다른데 퍼트리고 다닐 위인으로는 안 보였다는 거지?"

상우의 말에 가은이 정곡을 찔렸다는 듯이 말한다.

"결국은 그렇다는 게 되지. 그리고 제일 중요한 건 너를 처음 봤을 때 너와 함께 해야겠다는 생각이 들어서야. 나는 사람 보는 눈이 좋아서 처음부터 잘 알아보는 경우가 많거든. 너는 내가 너를 그렇게 봤다는 걸 영광으로 여겨도 좋아."

상우는 어색하게 웃으며 대답한다.

"하하하… 고마워."

"별말씀을."

"그러면 가은이 니가 독단으로 결정한 일인 거잖아. 재원이나 찬솔이는 납득할 수 있는 거야?"

찬솔이 상우에게 대답한다.

"사실 가은이가 지금까지 동아리의 행보를 대부분은 결정해 왔거든. 우리는 가은이를 돕는 정도였지. 큰 결정은 거의 가은이가 정해 왔었어. 나는 이번에도 가은이 의견에 따를 생각이고. 가은이가 내린 결정이 대부분 상황을 잘 풀어 주기도 했었거든. 재원이도 비슷한 생각일 거야. 그렇지?"

재원이 상우를 보며 말한다.

"나도 찬솔이 말대로 결정은 가은이에게 맡길 거야. 하지만 니가 조금이라도 수상한 거동을 보이거나 우리 동아리의 활동을 제대로 이행하지 못할 경우 바로 가은이에게 너의 선택에 대한 처분을 하라고 건의할 거야."

상우가 가은을 보자 가은이 말한다.

"만약 그런 건의가 들어오고 너의 행동거지가 그에 부합하다면 나는 망설이지 않고 너를 어떻게 할지 결정할 거야. 물론 내가 너를 골랐다는 시점에서 그런 일이 생길 일은 없다고 장담할 수 있으니 너무 걱정하지는 마."

상우는 가은이 독려하자 한결 나아진 얼굴을 한다.

"자. 그럼 슬슬 우리 동아리에 대해 말해 줘야겠지. 우리는 곧 있을 축제에서 우리 학교 학생과 다른 외부 손님들께 추억을 남겨 주는 걸 목표하고 있어. 축제까지 남은 기간은 한 달 정도고 우리가 하고 있는 일도 대부분 진행됐어. 앞으로 남은 일들은 설치 정도야."

가은의 말을 듣고 상우가 묻는다.

"설치한다면 어떤 기구 같은 거야?"

"기구라고 할 수는 없으려나. 일단 계속 들어 봐. 이미 일이 대부분 진행돼 있어서 앞으로 중요한 것들은 정보가 새어나가게 하지 않는 정도야."

"정말 내가 해야 할 일이 없긴 하구나."

"그 정도는 아니야. 너 평소 선생님들께 이미지는… 전학 온 지 얼마 안 돼서 그런 게 없겠구나. 그러면 평소에 최대한 얌전하게 지내고 수업을 열심히 들어 줘. 선생님들께 좋은 이미지를 만드는 거야. 밤에 학교에 왔던 걸 들켜도 크게 의심받지 않도록."

"밤이라고? 밤에 학교에 와야 하는 거야?"

가은이 재원과 찬솔의 얼굴을 보더니 고개를 끄덕이고는 상우에게 말한다.

"응. 우리는 학교에 폭탄을 설치해야 하거든."

'쟤들 지금 폭탄이라고 한 건가. 놀리는 건가. 근데 표정이 너무 진지한

데… 나 이상한 애들한테 걸린 걸지도. 돈 뺏고 때리고 그러는 건가'

잠시 쓸데없는 생각을 하다가 정신을 차리고 가은에게 되묻는 상우.

"폭탄을 설치한다고?"

"그래. 폭탄. 인명 살상이나 구조물 파괴를 위하여 금속 용기에 폭약을 채워서 던지거나 쏘거나 떨어뜨려서 터뜨리는 폭발물. 물론 인명 살상이나 구조물 파괴로 사용하지는 않을 거야. 폭탄이라는 것도 사실상 비유에 가깝고."

"왜 하필이면 폭탄에 비유하는 거야?"

"작년에도 비슷한 이벤트를 진행했었거든. 그런데 이런 이야기를 이 시기에 수군거리면서 돌아다니는 패거리가 있다고 선생님들이 알아봐. 의심하실 수도 있잖아? 그래서 우리끼리 그렇게 부르기로 한 거야."

"진짜 폭탄을 설치하는 건 아닌 거지?"

"폭탄은 폭탄이야. 그게 어떤 폭탄일지는 니가 잘 생각해 보도록! 축제 날까지 알아온다면 선물을 증정하지. 혹시나 해서 말하는데 당연히 다른 애들한테는 언급하지 마. 의심이라도 사면 큰일이니까."

"선물이라니… 그래. 일단 어느 정도는 이해했어."

"그래. 그런데 상우야 전학 왔는데 선생님께서 호출하셨다거나 그런 건 없어? 벌써 점심시간 끝나 가는데."

"아, 그러고 보니 선생님께서 점심시간에 서류 처리해야 할 게 있다고 부르셨었는데."

"빨리 가봐야겠네. 신경쓰지 말고 가 봐."

"고마워, 얘들아. 나 먼저 가 볼게."

가은이 달려가는 상우를 붙잡고 말한다.

"상우야."

"왜?"

"축제, 정말 아름다울 거야."

상우가 교무실로 달려간 후 재원이 가은에게 말한다.

"혹시라도 저 녀석으로 인해 문제가 생기면 너한테도 책임이 있다는 거 알고 있지?"

"당연하지. 걱정 마. 아무데나 이야기하고 다닐 녀석은 아니니까. 이 내가 확실하게 믿고 있는 사람이니까. 그리고 아직 제대로 말해 준 것도 없는데 뭘 그리 걱정을 해."

"니가 그렇다면 그런 거겠지. 우리도 슬슬 교실로 돌아가자."

교실로 돌아가는 가은과 찬솔, 재원.

하루 수업과 야자가 끝나고 집에 가려는 상우를 가은이 부른다.

"상우야."

"어. 가은아, 무슨 일이야?" "전화번호 달라고. 앞으로는 계속 연락도 해야 될 거니까."

"아. 그렇겠다. 010-xxxx-xxxx로 전화하면 돼."

"그래. 저장했어. 그리고 아마 다음 주 안으로 설치하게 될 것 같아."

상우는 가은의 말을 듣고 목소리를 낮춰 이야기한다.

"설치한다면 폭탄 말이야?"

"그거 말고는 뭐가 있겠어? 자세한 내용은 카톡 방에 초대해 줄 테니까 거기서 정하기로 하자."

"그래. 잘 들어가."

"너도."

'드디어 같은 반 애들이랑 번호교환도 하고 친해졌어. 조금 이상한 일에 휘말린 것 같기도 하지만 올해는 잘 될지도 모르겠다'

상우가 이런저런 상상을 하느라 교문 앞에서 가만히 서 있을 때 누군가 상우의 어깨를 잡았다.

"야. 왜 이러고 있냐?"

"으아. 깜짝이야. 아, 재원이구나."

"그래 나다. 그래서 여기서 뭐하고 있었냐."

"아. 그게 사실 가은이랑 번호를 교환했거든."

그 말을 듣자 재원이 반쯤 진지한 표정으로 묻는다.

"너 가은이 좋아하냐. 뭐 얼굴이나 성격이나 못난 건 아닌데 같이 지내다 보면 좀…."

재원의 말에 양손을 흔들며 말하는 상우

"아니 그런 게 아니라… 사실 내가 친구들이 별로 없었거든. 그래서 번호 받은 것도 오랜만이라서…."

"아… 그러냐."

잠시 적막이 흐른다.

"괜찮아, 이제. 이 학교 와서 너희랑도 친해졌고."

"그러냐… 어찌 됐든 잘해 봐라."

"그래. 고마워."

"…."

상우가 시간을 확인하며 재원에게 말한다.

"난 이제 가 볼게. 내일 보자."

돌아서는 상우에게 말하는 재원.

"상우야."

"어?"

"전화번호 좀 줄래? 일단은 받아두려고."

"아. 그래 알았어."

번호를 교환하고 휴대전화를 보며 좋아하는 상우를 지켜보는 재원.

"착해 보이기는 한데… 이가은도 참 너무 의심이 없는 거 아닌가. 모르겠다. 지가 정한 건데 문제 생기면 알아서 하겠지."

재원은 한숨 쉬며 학교를 나선다. 집으로 돌아온 상우 바로 수신 와있는 카톡이 없는지 확인한다. 가은이 개인적으로 보내 준 카톡과 그룹에 들어가서 온 카톡이 수신되어 있다.

가은이가 보내 준 카톡부터 확인하는 상우.

"상우야. 나 가은이야. 단체 방에 초대했으니 읽어줘."

"자. 이 방은 현재 우리 동아리의 활동인원인 재원이, 찬솔이, 나 이렇게 3명으로 이루어져 있었고 방금 전에 니가 대략 1년 만에 새롭게 들어왔어. 이미 말했다시피 우리는 여기서 학교에 폭탄을 설치하는 것에 대해 의논하고 있었고 학교에서 말해 주었듯이 폭탄의 설치는 다음 주 안으로 하게 될 거야. 아무래도 밤에 하는 일이다 보니 시간이 조금 걸리더라도 최소 인원으로 가서 해결하고 싶은데 다른 의견 있는 사람?"

가은이 보낸 카톡을 읽고 얼마 안 되서 재원이 이야기한다.

"아무래도 나랑 상우 둘이서 가는 게 좋을 것 같은데."

재원이 보낸 카톡을 읽고 상우가 대답을 한다.

"나도 가야 하는 거야? 방금 전에 들어왔는데 그렇게 중요한 일을 해도 되는 거야?"

"찬솔이랑 가은이는 이미 동아리 활동으로 밤에 학교에 갔다가 들킨 적이 있거든, 그래서 경비 아저씨와 면식이 없는 우리가 가는 게 좋을 것 같아."

"그렇다고는 해도 내가 그런 걸 할 수 있을까."

상우가 걱정스러운 듯이 말하자 가은이 끼어든다.

"그건 너무 걱정하지 마. 설치라고는 해도 폭탄은 이미 신호만 보내면 기폭시킬 수 있는 것들을 옥상에 두고 오기만 하면 되니까. 위치는 재원이가 다 알고 있고."

"사실상 짐꾼인 거구나."

"그렇지! 정확하게 집었어. 통찰력이 꽤 좋은 걸."

가은의 말에 상우는 웃으면서 대답한다.

"하하하… 고마워. 짐꾼으로 부려줘서."

"고맙기는 별말씀을."

"한상우, 신재원! 너희는 폭탄 설치라는 매우 위험하고도 중요한 임무를 수행하게 될 것이다. 특히 상우 대원은 실전이 처음인 만큼 재원 대원이 하는 일들을 보고 확실하게 배우고 감잡아서 오도록 명한다. 재원 대원 역시 상우 대원을 잘 챙겨 임무를 완수할 것을 명한다."

갑자기 권위가 한껏 섞인 가은의 카톡을 받은 상우가 카톡을 읽는 사이 재원이 대답을 했다.

"옙! 걱정 안 하셔도 됩니다. 경비의 행동반경 등도 이미 다 파악되어 있고 힘들 일도 없으니까. 별일 없을 겁니다."

재원의 대답을 보고 적당히 따라 보내보는 상우.

"처음 나가는 실전 임무라 긴장이 많이 되지만 재원 대원을 따라 잘해 보겠습니다!"

어느샌가 찬솔이 상우의 카톡을 보고 대답한다.

"오. 이번 신입은 꽤 군기 잡혀 있군. 잘 부탁하네. 이번 일로 올해의 활동들이 마무리 될 걸세. 마지막인 만큼 중요한 임무인데 상우 니가 선발되었다는 건 가은이에게 상당한 신뢰를 받고 있다는 거겠구나. 아니면 작은 성의를 보였다거나."

찬솔의 말과 함께 가은이 다시 등장하여 말한다.

"또 헛소리 한다 이찬솔. 나 이가은. 하늘에 대고 한치 부끄럼 없다고 선언할 수 있음을 밝힙니다. 물론 뒷돈 정도는 저의 부끄러움이 될 수 없습니다."

"너랑 나랑 뭐가 다르다고 헛소리래."

"어찌됐든 난 모든 걸 설명했다. 그러면 당일 날 잘 부탁한다."

"잠깐만, 이가은."

"왜 그러지?"

"컨셉 적당히 하시고. 언제 행동할지를 안 가르쳐 줬잖아."

"아. 잊고 있었다. 임무 시행일은 앞으로 4일 후 즉 이번 주 금요일이다."

"뭐야. 꽤나 빠르게 진행하네?"

"축제가 예년보다 빨라져서 축제까지 남은 기간이라고 해봐야 겨우 3주 정도밖에 안 되거든."

"그렇구만. 축제가 빨라졌다고 해도 우리가 해야 할 일에는 크게 영향이 없겠지만 빨리 준비해서 나쁠 건 없겠지."

"그렇다는 거야. 자 이제 전부 설명해 줬으니 재원이 너는 경비의 행동패턴 및 경비를 피해 갈 수 있는 길들을 외워두도록. 상우 너는 너무 긴장할 필요 없으니 걱정하지 말고 있고."

"알았어. 잘해 볼게."

상우의 대답 이후로도 쓸데없는 이야기를 조금 더 하다가 각자 잠을 청하는 아이들.

별일 없이 시간이 흘러 금요일이 되었다.

학교를 마치고 나오는 상우를 기다리던 재원, 가은, 찬솔.

"왔냐. 오늘 하는 일은 알고 있겠지. 지금 폭탄은 재원이 집에 있고, 밤이 되면 재원이가 들고 학교에 올 거야. 니가 할 일은?"

"재원이를 도와서 폭탄을 설치하는 것!"

"그래. 잘 알고 있군. 오늘밤 우리 학교에서 또 하나의 사건이 시작되는 거야. 잘 부탁한다. 상우야."

가은이가 비장한 표정으로 말하자 상우는 덩달아 비장한 표정이 되어 가은에게 말한다.

"걱정 마세요. 잘하고 오겠습니다."

"그래. 거듭 잘 부탁한다."

비장한 인사를 나누고 헤어져 집으로 온 상우.

'이제 시작하는 거구나. 내가 정말로 이런 일을 하게 될 줄이야…'

여러 감정이 교차하는 가운데 상우는 다시 학교로 향한다.

학교에 도착하자 정문에서 손에 짐을 가득 든 채 기다리고 있는 재원.

"왔냐. 그럼 바로 들어가자. 이거 좀 들어 줘."

정문의 입구를 막고 있는 울타리를 넘어가 상우에게 말하는 재원.

"방금 내가 쳤던 것들 다시 좀 줄래. 폭탄이니까 조심하고."

상우는 상우의 손에 든 짐을 재원에게 건네고 정문을 지나 교내로 들어 갔다.

낮에 가은이가 가르쳐 준 대로 가자. 별일 없이 옥상 입구에 도착하였다.

"예상은 했지만 잠겨 있네. 이럴 줄 알고 가은이한테서 옥상 열쇠를 받 아 왔지."

"가은이는 대체 없는 게 뭘까?"

상우의 쓸데없는 혼잣말을 들은 재원이 대답한다.

"뇌 빼고 다 있는 게 아닐까 하는 소문이 돌고 있어."

재원의 농담을 듣고 상우가 소리 내어 웃자 재원이 조용하라고 경고하고는 문을 열고 들어간다.

"짜잔, 우리 학교 옥상이야 학교 건물 자체는 높지 않지만 학교 자체는 주변보다 고지대라 야경이 잘 보여. 그래 봐야 이 근처가 전부겠지만 생각보다 예쁘더라고. 나는 슬슬 설치할 테니 너는 아래쪽에서 망 좀 봐 줄래?"

"알았어."

대답하며 내려가는 상우, 잠시 후 재원이 일을 끝마치고 나온다.

"슬슬 들어가자. 수고했어. 가은이한테는 내가 연락할게."

"너도 수고했어. 잘 들어가."

휴대전화를 확인하자 가은의 커톡이 와 있다.

"완료했습니까?"

곧이어 재원이가 대답을 보냈다.

"완벽하게 끝냈습니다."
"수고했습니다. 오늘 두 분의 행동은 우리 동아리에서 길게 길게 기억할 것입니다."

이렇게 폭탄 설치도 끝나고 축제까지 날이 흘렀다.

가은이 동아리 아이들을 불러 모아 말한다.

"오늘은 드디어 결전의 날이다. 혹시라도 들킨다면 어찌될지 모르니 하고 싶은 것들 전부 즐기도록 하자!"

상우는 여러 동아리의 부스를 돌며 축제를 즐기다 8시쯤 축제가 끝나갈 때쯤에 옥상으로 올라가니 아이들이 기다리고 있었다.

"이번에도 늦게 왔네. 너 설치할 때도 재원이보다 늦었다며."

"그런 거로 뭐라고 하지 말고, 올라가자."

옥상 문을 열고 나가자 시원한 바람이 개방감을 안겨 준다.

재원이 이곳저곳을 돌며 폭탄을 살펴본다.

"상태는 전부 괜찮아 보이고, 이대로 진행해도 문제없을 것 같아. 카운트다운 하자, 가은아."

"그 말만을 기다렸지."

"3"

"2"

"1"

큰 소리로 외치는 가은.

"우리 동아리의 성공과 업적을 자축하며 우리의 미래와 꿈, 희망을 위하여!"

"위하여!"

가은이 외침이 끝나자 그와 동시에 옥상에 설치해 뒀던 폭탄들에서 밝은 빛이 하늘로 뿜어져 올라가 하늘에서 아름답게 폭발한다.

"폭탄이라는 게 폭죽을 말하는 거였구나."

"그래. 아직까지 모르고 있었을 줄이야… 너도 참 대단하다. 그래서 함께 하자고 한 거였지만… 어쨌든 아름답지 상우야?"

상우는 하늘에서 터져가는 불빛과 그 아래의 가은을 보며 대답한다.

"그러게. 되게 오랜만에 보는 폭죽인데 정말정말 아름답다."

"이제 와서 말하는데 상우야. 혹시라도 우리 동아리에 들어온 것을 후회하진 않니? 후회한다면 니가 들어오기로 했던 건 무효로 해줄게. 솔직하게 말해 줘."

"솔직해지자면 이상한 동아리라고 생각한 적이 꽤 있기는 해. 하지만 지금까지 와서 이 동아리가 너무 재밌는 곳이라는 걸, 내가 있을 곳이라는 걸 알게 됐어. 앞으로도 잘 부탁할게. 가은아."

"그래. 잘 부탁한다, 상우야. 우리 동아리에 정식으로 들어온 걸 환영해. 이제 내년부터 있을 일들을 함께 의논할 거야. 하지만 그 전에 일단…."

"일단?"

"여기서 도망치는 게 좋겠다. 선생님들이 곧 올라 오실 거야."

라고 하며 계단을 달려 내려가는 가은, 찬솔, 재원. 상우도 가은을 따라 계단을 내려간다.

2학년 박성훈

저는 고등학교에 들어와 '그린비'에서 활동을 하며 처음으로 글 같은 글을 쓰게 되었습니다.

책을 좋아했고 책과 관련된 일을 하고 싶다는 생각도 해 보았기에 소설을 쓴다는 친구의 말에 혹해서 동아리에 들어가게 되었는데 꽤 좋은 경험이 된 것 같습니다.

처음에 무작정 글을 쓰라고 하셨을 때는 주제가 명화라서 듣자마자 떠오른 명화가 있었는데 동아리 친구들이 영화로 쓰자는 이야기가 많아서 영화를 하나 골라서 쓰려고 했습니다.

그런데 영화를 고르고 내용과 설정을 대강 정한 후에도 영 진전이 없어 선생님께 명화를 주제로 해도 되냐고 물어보고 처음부터 다시 시작했습니다. 그렇게 처음에 골랐던 명화를 골라 글을 썼습니다. 처음부터 하려 했던 만큼 큰 어려움 없이 써내려 갈 수 있었습니다. 그렇게 제 인생 첫 번째 소설을 끝마치고 자유주제로 소설을 쓰게 되었습니다.

크게 원하는 주제를 발견하지 못한 채 의미 없는 내용을 적당히 써내려가다가 야간 자율 학습을 하던 중에 친구가

"학교 터트리고 싶다."

라고 작게 중얼거리던 말을 듣고 이 이야기를 떠올리게 되었습니다.

물론 터트린다는 생각을 그대로 사용하진 않았지만 어느 정도의 일탈을 벌이고 싶다는 생각을 중심으로 평소에는 조용하게 학교에 다니는 아이들이 모여서 사람들 몰래 일을 벌인다는 평소 저의 소망이 조금은 담긴 이야기를 쓰게 되었습니다.

제 이야기에는 수많은 학생들이 공감할 수 있다고 생각합니다. 학교를 터트리고 싶다는 생각, 매일 반복되는 하루에서 벗어나고 싶다는 생각, 그럼에도 불구하고 언젠가 떠올릴 수·있는 추억을 만들고 싶다는 생각들로 이루어져 있는 이야기입니다.

제가 평소에 좋아하는 대로 두 소설 모두 대화를 위주로 인물들의 감정을 많이 묘사하며 진행하고 싶었는데 대화를 늘리니 분량은 늘어나는데 생각만큼 이야기의 진전이 없어서 고민도 많이 했습니다. 결국 분량을 조절하느라 진행이 급해져 결국 후반부에는 급하게 넘어간 느낌이 많이 들어 아쉬움이 많이 남습니다.

주인공 상우가 옥상에서 친구들과 함께 불꽃놀이가 오르는 하늘을 바라보는 걸 마지막 장면으로 떠올리고 글을 쓰기 시작해 내용을 구상하고, 인물들의 성격을 만들어내고, 행동을 주고, 감정을 부여함으로써 제가 원하던 마지막 장면을 이끌어 낼 수 있었던 것 같습니다.

소설을 두 편 쓰면서 언젠가 또 다른 소설을 내고 싶다는 생각이 실현될지도 모른다는 생각이 많이 들었습니다.

앞으로 살아가면서 언젠가 제가 내게 될 소설이 있다면 읽어 주시면 감사할 것 같네요. 지금까지 미숙한 글을 읽어 주셔서 감사합니다.

문지훈

첫 스타트는 그림이다

1학년 문지훈

나는 초등학교 때 평범한 학생이었다.
나는 초등학교 때 친구들과 사이좋게 지내오고 있었다.
학교가 끝나자마자 시간을 보니 2시 30분이었다.

"나" : 하아… 1시간 남았네. 집에서 푹 자고 학원을 가야겠다.

나는 3시 10분에 집에 나가서 3시 20분에 학원을 도착했다.
학원 거리는 꽤 가까워서 편했다.

"나" : 아, 드디어 도착했다.

나는 고개를 숙이고 한숨을 푹 쉬면서 학원에 들어갔다.
역시 밖에서 친구들과 술래잡기하고 친구들과 게임도 하고… 제일 재미있는데 지금 학원에 들어와도 그 생각밖에 안 난다.
나는 학원 선생님께 인사를 드리고 자리에 앉아 초등학교 3학년 수준에 맞는 수학책을 펴고 열심히 공부를 하고 있었다.
모르는 계산이나 어려운 문제들은 초등학교에 맞는(?) 질문을 하여 내가 모르는 문제들을 파헤쳐 아는 척을 했다.

그때 문 쪽에서 문을 여는 소리가 들렸다.

나는 내 친구들을 반갑게 맞이하며 나는 계속 문제들을 끊임없이 풀고 있었는데 학원 선생님께서 나에게 말을 걸어왔다.

학원 선생님 : "수학 말고 이제 다른 것도 풀어 보시게."

나는 고개를 끄덕거리며 다른 문제집을 들고 와서 공부하는 동안 시간은 나를 기다려 주지 않고 점점 빠르게 흘러갔다.

나는 어느 순간부터 얕은 수면에 빠져버리는 동안 머리에서 나를 부르는 소리에 나는 잠에서 깨어나 입에 있는 침을 닦고 고개를 들었다.

학원 선생님 : "이제 집에 갈 시간이다."

나는 그 말씀을 듣자마자 바로 가방을 매고 문을 열면서 학원 선생님은 "잘 가시게."라고 나에게 말하며 나는 학원 선생님 말씀에 대답을 하고 조심스레 문을 닫고 집으로 막 뛰어갔다.

집에 와 보니 벌써 5시 20분이었다. 어머니께서 누워서 TV를 시청하고 있었다. 내가 별 관심 없는 거를 어머니께서는 열심히 시청 중이었다.

나는 방에 들어가 이불을 덮고 피곤해서 잠이 들고 말았다.

시간이 지나 잠에서 깨어 보니 7시였다. 어머니께서 밥 먹으라고 나에게 말씀을 하였다.

나는 이불을 옆으로 치우며 일어나 밥을 먹고 얼마 지나지 않고 바로 누워서 잠자려고 했지만 어머니께서 방에 들어와 소화 시키고 잠자라고 말씀 하셨다.

나는 5~7분 후에 바로 누워 잠에 들고 말았다.

20○○년 ○월 ○○일
금요일 아침

어머니께서 나를 흔들어 깨우고 있었다.

7시 30분에 일어나 샤워를 한 뒤 어머니께서 차려 주신 밥을 먹고 나는 8시에 느긋하게 학교를 가니 8시 15분에 도착하였다.

나는 학교 도착하자마자 시간표를 보고 자리에 앉아 친구들과 잡담을 하고 있었다.

친구들과 계속 잡담을 하니 시간이 빨리 지나갔다.

마침 선생님께서 문을 열고 우리 반 학생을 반갑게 맞이해 주었다.

우리도 다 같이 선생님께 반갑게 인사를 했다.

우리는 선생님의 말씀을 듣고 선생님께서 교실에 나간 후 어떤 애들은 복도에서 막 장난치고 뛰어다니고 술래잡기하는 친구들도 있었다.

우리는 학교종이 치자마자 나는 자리에 천천히 앉았고 다른 친구들도 아슬아슬하게 도착해 자리에 앉으려고 했다.

그 뒤를 이어 선생님께서 들어오셨다.

우리는 다 같이 인사를 하여 선생님께 인사를 드렸다.

1교시는 국어였다.

나는 국어 선생님이 말씀하는 것을 듣고 영상을 시청하고 다 끝날 때 타이밍 맞게 수업이 끝나는 종이 울렸다.

쉬는 시간마다 계속 재미있게 놀고 그랬다.

물론 피곤할 때는 교실에서 자기도 했다.

그러면서 2교시… 3교시… 4교시… 밥을 먹고 5교시 수업이 끝난 후 우리는 지쳤다.

내 친구들 중에서 지친 애들도 있었지만 그렇지 않은 애들도 있었다.

나는 피곤한 몸을 이끌고 시간표를 보기 위해 고개를 들어서 확인하니 마지막 6교시는 미술이었다.

마지막인 걸 알고 힘을 내서 미술수업까지 듣겠다는 의지가 있었다. 나는 종치기 4분 전에 친구들과 같이 가서 미술실로 갔다.

친구들과 함께 미술 선생님께 인사를 드리고 나는 자리에 앉아 친구들이 올 때까지 쉬고 있었다.

종이 치자마자 애들이 우르르 몰려와 아이들이 자리에 앉았다.

선생님은 자리에 일어나서 박수를 치며

미술 선생님 : "오늘은 유명한 작가에 대해 알아 볼 거예요."
(선생님이 프레젠테이션을 띄우고 첫 화면에 그림이 있었다.)

미술 선생님 : "이 첫 화면에 나와 있는 사진은 무엇일까요?"

우리 반 친구들은 막 이상한 말을 대답하고 정답은 안 나온 거 같다.

미술 선생님 : "이 그림은 김홍도가 그린 그림이에요."

내 뒤에서 "김홍도가 사람인 거는(?) 알겠는데 누구예요?"라고 말했다.

미술 선생님 : "김홍도는 조선 시대 사람이고 풍속화를 아주 잘 그리는

사람이에요."

우리 반 친구들은 아는 척을 하는 건지… 그리고 감탄하는 애들도 있었고 떠드는 애들도 있었다.

미술 선생님은 박수를 치며
"자자 애들아 조용하고."
라고 말씀을 했다.

우리는 유명한 작가에 대한 그림을 다 보고 나서 미술 선생님이 과제를 내 주셨다.

그건 바로 그림을 그리는 것이다.
그냥 그림 그리는 것이 아니라 풍속화에 대한 그림이었다.
나는 입을 쩍 벌리며 고민을 했다.
"어… 저 유명한 작가의 그림을 어떻게 따라 그리지?"
라고 마음속으로 계속 생각하고 있었다.
마침 미술 선생님께서 이렇게 말씀하셨다.
"완벽하지 않아도 되고 최선을 다해 그려 봐, 애들아."
라고 우리를 북돋아주었다.
나는 너무 깊이 생각을 해서 종이 울린지도 모르고 계속 생각을 하다가 친구들이 나를 생각에서 벗어나게 해주었다.
집에 가서 물 좀 마시고 방에 들어가 검색을 하고 있었다.
나는 검색창에 '유명한 작가들'이라고 검색을 했더니 이런 정보들이 뜬다.

레오나르도 다 빈치, 피터르 파울 루벤스, 하르멘츠 반 레인 렘브란트, 안니발레 카라치

프란시스코 고야, 장 프랑수아 밀레, 외젠 들라크루아, 조제프 말로드 윌리엄 터너, 빈센트 반 고흐, 클로드 모네, 에두아르 마네, 에드가 드가, 폴 세잔, 폴 고갱

구스타프 클림트, 파블로 피카소, 앙리 마티스, 마르크 샤갈, 오귀스트 로댕,

페르낭 레제, 김홍도, 등등…

내가 모르는 사람들 밖에 없었다… 김홍도 빼고 이거 말고 다른 것을 검색했다.

'김홍도에 대해서'를 검색했더니 위에 있는 정보보다 더 복잡한 내용이 나왔다.

김홍도(金弘道)는 1745년(영조 21)에 태어났다.

출신 가문은 원래 무반에서 중인으로 전락한 집안이라는 것만 확인되고, 어디에서 태어났는지에 대해서는 아직까지 명확하게 밝혀진 바가 없다.

다만 그의 나이 7, 8세 때부터 경기도 안산에 있는 강세황(姜世晃)의 집에 드나들며 그림을 배웠다는 기록으로 미루어 어린 시절을 안산에서 보낸 것으로 추정된다.

강세황은 당대의 감식가이며 문인화가로 이 두 사람의 관계는 스승과 제자로 시작하여 다음에는 직장의 상하 관계로, 나중에는 예술적 동지로 강세황이 세상을 떠나는 1791년, 김홍도의 나이 47세까지 이어졌다.김홍도는 강세황의 추천으로 이른 나이에 도화서의 화원이 되었다.

20대 초반에 이미 궁중화원으로 명성을 날렸으며, 1773년에는 29세의 젊

은 나이로 영조의 어진과 왕세자(뒤의 정조)의 초상을 그렸다.

그리고 이듬해 감목관의 직책을 받아 사포서에서 근무했다.

1781년(정조 5)에는 정조의 어진 익선관본을 그릴 때 한종유(韓宗裕), 신한평(申漢平) 등과 함께 동참화사로 활약했으며, 이에 대한 포상으로 경상도 안동의 안기찰방을 제수받았다.

이 무렵부터 명나라 문인화가 이유방(李流芳)의 호를 따서 단원(檀園)이라 스스로 칭했다.

이는 그가 이유방의 문사로서의 고상하고 맑으며 그림이 기묘하고 아취가 있는 것을 사모한 데 따른 것이라 할 수 있다.

조희룡의 『호산외사』에 의하면 '(김홍도는) 풍채가 아름답고 마음 씀이 크고 넓어서 작은 일에 구속됨이 없으니 사람들은 신선 같은 사람'이라고 했다.

강세황 역시 「단원기」에서 '단원의 인품을 보면 얼굴이 청수하고 정신이 깨끗하여 보는 사람들은 모두 고상하고 세속을 초월하여 아무 데서나 볼 수 있는 평범한 사람이 아님을 다 알 수 있을 것'이라고 적었다.

김홍도는 회화에서뿐 아니라 거문고, 당비파, 생황, 퉁소 등을 연주하는 음악가로서도 뛰어난 재능을 보였으며, 일찍부터 평판이 높았던 서예가이고, 빼어난 시인이었다.

그의 작품에 고졸한 아취가 흐르는 것은 바로 이러한 멋과 문기(文氣)가 번져 있기 때문일 것이다.김홍도는 1791년에는 정조의 초상을 그리는 일에 또 한 번 참여하게 되었고, 그해 12월 포상으로 충청도 연풍현감에 발령받았다.

이는 중인 신분으로 그가 오를 수 있는 종6품에 해당하는 최고 직책이었다.

정조의 전폭적인 지원 속에서 그는 당대 최고의 화가로 자리잡을 수 있었다.

그러나 김홍도는 충청위유사 홍대협(洪大協)이 조정에 올린 보고가 발단이 되어 만 3년 만에 연풍현감 자리에서 파직되었다.

1795년 서울로 돌아온 김홍도는 그림에 전념했다.

그의 나이 51세로 원숙기에 접어든 그는 이때부터 단원화풍이라고 불리는 명작들을 그려내기 시작했다.

정조가 사도세자의 능으로 행차하는 광경을 그린《원행을묘정리의궤》는 조선시대 기록화의 기념비적 대작이고,《을묘년화첩》과《병진년화첩》은 우리나라 진경산수의 온화하고 서정적인 아름다움을 유감없이 표현한 명작이다.

김홍도는 이전의 작품에서 보여준 화원다운 치밀함과 섬세함 대신 대가다운 과감한 생략과 스스럼없는 필묵의 구사로 단원 산수화의 진면목을 보여 주었다.

김홍도는 만년에 이르러 농촌이나 전원 등 생활 주변의 풍경을 사생하는 데 관심을 기울였다. 이러한 사경(寫景) 산수 속에 풍속과 인물, 영모 등을 가미하여 한국적 서정과 정취가 짙게 배인 일상의 모습을 화폭에 담았다.

그는 산수뿐만 아니라 도석인물화에서도 자신만의 특이한 경지를 개척했는데, 화원이었던 그가 도석인물화를 많이 그리게 된 것은 당시 서민사회에 널리 퍼져 있던 도석신앙과 관계가 깊다.

굵고 힘차면서 투박하고 거친 느낌의 선이 특징인 그의 도석인물들은 후기에 오면서 화폭의 규모도 작아지고 단아하면서 분방한 필치를 띠게 되었다.

김홍도는 산수, 인물, 도석, 불화, 화조, 초충 등 회화의 모든 장르에 뛰어났지만 특히 풍속화를 잘 그린 화가로 알려져 있다.

그는 조선 후기 농민이나 수공업자 등 서민들의 생활상을 소재로 하여 길쌈, 타작, 대장간, 고기잡이 등 그들이 생업을 꾸려가는 모습과 씨름, 무동, 윷놀이 같은 놀이를 즐기는 모습, 빨래터와 우물가, 점심 등 서민의 삶과 정서에 밀착된 일상의 모습을 간략하면서도 생동감 있게 표현했다.

그의 풍속화에는 박진감 넘치는 구성과 예리한 관찰, 그리고 인간적인 따뜻한 시선이 담겨 있으며, 활달하고 건강한 한국적 해학과 정감이 묻어난다.

그리고 무엇보다 흰 바지와 저고리를 입은 둥글넓적한 우리 서민의 얼굴이 한국적인 정취를 흠씬 느끼게 한다.

김홍도는 왕의 어진에서 촌부의 얼굴까지, 궁중의 권위가 담긴 기록화에서 서민의 삶의 애환이 녹아 있는 속화까지 신분과 장르를 아우르며 그림을 그렸다.

화가 신분으로 종6품에까지 오르는 세속적 출세를 맛보았고, 비록 말년에는 가난과 고독 속에 생을 마감했으나 일생동안 시를 읊고 고졸한 멋을 즐길 줄 아는 진정 위대한 화인이었다.

김홍도의 작품은 조선시대 우리 문화와 역사를 고찰하는 데 절대적인 기여를 했으며, 동시대와 후대에 지대한 영향을 끼쳤다.

그의 아들인 양기(良驥)를 비롯하여 신윤복(申潤福), 김득신(金得臣), 김석신(金碩臣), 이인문(李寅文), 이재관(李在寬), 이수민(李壽民), 유운홍(劉運弘), 이한철(李漢喆), 유숙(劉淑) 등이 그의 영향을 받았다. 작품에는《자화상》(18세기 중반),《군선도》(1776),《서원아집도》(1778),《행려풍속도》(1778),『단원풍속도첩』(18세기 후반),《송월도》(1779),《꽃과 나비》(1782),《단원도》(1784),《사녀도》(1784),『금강사군첩』(1788),《연꽃과 게》(1789),『을묘년화첩』(1795),『병진년화첩』(1796),《마상청앵도》(18세기 후반),《염불서승도》(1804),《추성부도》(1805) 등이 있다.

[네이버 지식백과]김홍도 [金弘道] (두산백과)

검색했던 내용에서 이미지로 들어가니 내가 미술시간에 보던 사진이 있었다.

김홍도 자화상　　　　　　벼타작

　　나는 감탄을 하며 선생님이 보여 준 사진보다 더 다양한 사진들이 있어서 놀랍고 신기했다.

　　또 이미지에 김홍도의 자화상도 있었고 사진으로 보니 수염이(?) 더 멋져 보였다.

　　그러면서 나는 선생님께서 내주신 과제에 대한 그림을 자동으로 정해 버렸다.

　　바로 김홍도 작품에서 「벼타작」이라는 그림을 똑같이 그려서 선생님께 잘 그렸다고 칭찬을 듣고 싶었다.

　　나는 그림을 충분하게 그리려면 시간이 충분해야 하는데 휴일밖에 없어 나는 미리 문구점에 가서 도화지를 사서 집에 갔다 났다.

　　그리고 토요일이 되고 점심을 먹고 난 뒤 난 책상에 앉아 김홍도의 「벼타작」의 사진을 보며 똑같이 그렸다.

　　한 번 만에 그린 건데 너무 잘 그린 거 같아서 가족들에게 보여 줬더니 그림을 잘 그린다고 말했다. (사실은 따라 그린 거뿐이지만…ㅎㅎ)

　　나는 기분이 좋아서 토끼처럼 뛰면서 방에 들어갔다.

　　근데 내가 제일 못하는 게 색칠하는 것이었다.

그래서 나는 어머니께 색칠을 도와달라고 부탁을 하였다.

어머니는 나의 부탁에 유쾌히 들어주며 어머니와 같이 색칠을 같이했다.

같이 해서 그런지 김홍도 같은 그림이 점점 보이기 시작했다.

나는 그걸 보고 색칠 하나 때문에 이렇게 변하는 줄 상상이 안 갔다.

나는 김홍도의 그림을 완성하게 되고 나는 기뻐하면서 방에 들어가 책상에 그림을 올려두고 조금 자다가 저녁밥을 맛있게 먹고 잤다.

20○○년 ○월 ○○일
일요일

오전 7시 30분에 깨어나 물을 마시고 어머니와 형이 자고 있을 때 나는 어머니가 주무시는 거실에서 TV를 시청하였다. 일을 나가기 위해 밥도 안 드시고 후다닥 빨리 가면서도 나에게 인사해 주시 아버지께 인사를 하며 나는 다시 TV에 푹 빠져서 계속 보다 보니 벌써 오전 9시였다.

나는 시간을 보고 다시 눈물을 쬐금 흘린 채 잠들어 버렸다.

얼마나 깊은 수면에 빠졌는지 꿈도 못 꾸고 일어났더니 12시 10분이었다. 나는 어머니와 거의 동시에 일어났고 형은 계속 자고 있었다.

어머니는 점심을 준비하고 나는 책상에 앉아 컴퓨터를 하고 있었다.

친구들과 통화를 하면서 시간 가는 줄도 모르고 게임에 푹 빠져 있다가 어머니께서 밥을 먹으라고 말씀해 주셔서 나는 형을 깨우고 형과 어머니와 같이 밥을 먹었다.

나는 맛있게 밥을 먹고 다시 책상에 앉아 컴퓨터를 하고 있었다.

이제 컴퓨터도 지루해서 친구한테 전화를 걸어 집에 놀러 가도 되냐고 물어보니 친구가 된다고 하여 나는 친구를 만나기 위해 빨리 달려갔다.

친구 집에 또 다른 친구가 있었는데 내가 아는 친구였다.

또 친구들과 보드게임도 하고 잡담도 하고 등등…을 하니 시간이 훅훅 지나가 벌써 오후 8시였고 나는 문 앞에 서서 친구한테 "빠이빠이" 하고 나갔다. (그 일상적인 반복들을 하고 있었다.)

20○○년 ○월 ○○일
월요일

조금 바람이 불고 신선한 공기가 내 코로 들어온다.

나는 그것을 만끽하고 있었지만…

그거는 꿈이었다. 조금 바람이 불고 있는 거는 선풍기 바람이었고 신성한 공기가 아니라 그냥 공기였다.

나는 그렇게 일어나 아침을 시작하였다.

먼저 일어나자마자 얼굴부터 씻고 머리 그 다음 양치질은 밥을 먹고 난 뒤 바로 했다.

그 후덥지근한 날씨에 나는 학교가 가기 싫었다.

나는 땀을 좀 흘리면서 열심히 걸음을 옮기고 있었다.

학교에 도착하여 5교시를 기다리고 있었다.

1교시와 2교시를 신나게 놀고 3교시는 수업을 열심히 들었고 4교시 때에는 밥 다 먹고 자다가 드디어 내가 기다리던 5교시가 왔다.

종이 울리기 전에 내려 가서 미술실로 가서 자리에 앉았다.

유난히 일찍 와서 애들이 없었다.

미술 선생님은 나에게 말을 걸어왔다.

미술 선생님 : "어, 아직 종치기 7분 전인데 왜 이리 일찍 왔니?"

나 : "네, 선생님 제가 최대한 열심히 그렸는데 어때요??
미술 선생님 : (그림을 훑어 보며…)

나 : (긴장을 하고 있었다.)

미술 선생님 : 오!! 정말로 대단하구나… 이렇게 어린 나이에 김홍도의
그림과 비슷하게 그리다니!?

나 :   에헤헤… (배시시한 표정을 지으며 웃었다.)

나는 그러고는 학교 수업할 때, 집에 갈 때, 집에 있을 때, 학원에 있을 때
모든 곳에 있어도 즐거웠다.

나는 이렇게 초등학교 시절을 보냈다. 여러분들은 초등학교 시절이 생
각나시나요?

미래에 예지몽을 꿀 수 있는 소년

1학년 문지훈

2100년 6월 12일

나는 숲속을 걷고 있었다. 저녁이라서 잘 안 보이지만 나무들과 풀들이 많이 자라 있었다.

나무와 풀들을 보며 걷고 있었는데 저 멀리서 파란색 빛이 보였다.

푸른색 빛이 궁금하여 난 푸른색 빛 쪽으로 엄청나게 뛰어갔다.

그곳으로 가까이 가려는 순간 푸른색 빛이 사라졌다.

두리번두리번 거리고 있었지만 그 푸른색 빛이 보이질 않았다.

나는 갔던 길을 되돌아가고 있었는데 어디서 소리가 났다.

뒤에서 소리가 나서 뒤를 돌아봤지만 없었다.

다시 앞을 보고 걸으려고 했는데 갑자기 내 앞에 아파트 3층 높이인 로봇이 있었다.

도망치려고 했지만 도망치려는 순간에 나는 로봇한테 공격을 당했다.

의식이 멀어지기 전에 나무들이 허리케인에 휩쓸린 것처럼 나무들이 뽑히면서 나는 점점 의식이 멀어져 갔다.

내 귀에서 점점 소리가 들리기 시작했다. 난 침대에 떨어질 듯이 일어나 보니 인공지능이 나에게 수면이 위험하다고 수치를 가리키고 있었고 난 그걸 보고 이렇게 대답했다.

"아, 별로 좋은 꿈은 아닌 것 같고 아까 그 로봇은 뭐지?"

라고 대답하고 나는 상태 모니터링과 TV를 음성으로 껐다. 배고파서 밥을 먹고 샤워를 하였다. 할 게 없어서 TV를 켠 다음 바닥에 누워서 뉴스를 보는데 내가 꿈에서 꾼 장소랑 비슷해서 난 심오함을 느꼈다.

만약 내가 꿈을 꾼 것이 실제로 이루어진다면 엄청나게 위험하겠다는 생각이 들었다. 나는 그래서 내가 꾼 꿈을 기록해 두고 그것이 예지몽이라면 오늘 저녁에 한 번 꿈을 다시 꿔야겠다는 문득 생각이 들었다.

저녁이 될 때까지 이 상황을 내가 아는 동료에게 말했지만 동료는 듣긴 들었지만 거짓말로 듣는 것 같았다.

이것을 풀기 위해 증거가 있어야 하는데 "이 증거를 어떻게 만들까?"가 고민이었다.

난 저녁이 될 때까지 많은 생각들을 해 보았다.

몇 시간이 지난 후 나는 좋은 생각이 났다. 그건 바로 내가 그 동료의 예지몽을 꾼 다음 그 동료에게 가르쳐 주면 될까? 라는 생각에 한 번 해 보기로 한다.

근데 이렇게 한다면 너무나도 불확실할 것이다. 내가 말하자마자 내가 못 본 미래들이 바뀔 수 있기 때문이다.

난 먼저 그 꿈을 꿀 수 있는지가 불확실한데… 이렇게 심각한 생각을 하다 보니 벌써 저녁이 되었다.

난 간단하게 물 한잔 먹고 이불을 덮으니 자동으로 불이 꺼지고 미세한 불들이 켜졌다.

눈을 감으며 나는 자기 자신에게 주문을 넣는 듯이 '예지몽 제발 되라고.' 계속 마음속으로 말을 하며 잠이 들고 말았다.

"어, 여기는 어디지?"

나에게는 이 배경들이 너무나도 익숙해 있었다. 왠지 미래를 보는 듯한…

"어, 내가 지금 예지몽을 꾸고 있는 것인가!!"

나는 혹시나 꿈에서 깰까 봐 흥분을 가라앉히고 주변을 둘러보았다.

"확실히 내가 아는 장소인 거 같았다."

주변을 한참을 둘러보니 동료가 보였다.

"어 저기에 나의 동료가 있어."

"한 번 멀리서 관찰을 해 봐야겠어."

라고 혼잣말을 한 다음 동료를 따라 미행을 했다. 동료가 갑자기 길을 건는데 심장마비로 쓰러진 것이다.

나는 그걸 보고

"어, 왜 쓰러졌지? 빨리 가 봐야겠어!!"

라고 말하고 동료에게 가 보니 동료는 다행히 누군가가 전화를 해서 다행히도 되살아날 수 있었다. 난 그러고 나서 나도 쓰러지니 의식이 멀어지면서 나도 잠에서 깨어났다.

"아, 이 장면들을 기록하면서 과연 내가 동료에게 말해도 괜찮을까?"

라고 걱정을 했다.

나는 동료에게 조심히 전화를 걸어 내가 꾼 꿈을 그대로 말하고 나는 그대로 침대에 누워서 답장을 기다리고 있었다.

오늘일까? 아니면 한 달 넘어서일까? 라고 고민을 했다. 나는 슬쩍 또 아침에 잠이 들고 말았다. 그러자 내 눈 앞에 로봇들이 잔뜩 있었다. 그리고 또 잠에서 깨어났다.

나는 이 꿈들을 다 기록한 걸 조합해 보니 내가 이 장소를 보고 놀랐다. 거기는 나의 집과 가깝기 때문이었다. 내가 놀라워하는 순간 전화가 왔다.

"어, 내가 미안하다."

동료가 다짜고짜 미안하다 하니깐 내가 뭐가 미안하냐고 물어 보니….

"니가 거짓말 한 게 아니라 진짜다. 내가 심장마비 걸리고…."

난 그걸 듣고 나서 나의 돈을 탈탈 털어서 무기들과 장비들을 샀다. 그리고 내가 꾼 꿈처럼 밤에 산으로 가기로 했다. 난 나의 친구들을 불러 모아서 그 산으로 갔다.

친구들이 반인간 반기계인 친구를 데리고 와서 우리는 조금 꺼림칙 했지만 우리를 분명히 도와줄 거라는 믿음을 가지면서 난 헬기도 부르고 탱크도 불렀다.

난 산에 이렇게 모여 있으니 너무나도 긴장이 되었다.

과연 내 꿈처럼 이뤄질지가 문제고 쓰러뜨릴 수 있는지가 문제였다.

나는 친구들과 계획을 짜고 있었다. 근데 저 멀리서 폭발음이 들렸다.

그걸 들은 동료들은 자기가 맡은 역할을 하고 나는 숲 안으로 들어갔다.

동료 7명과 반인간 반기계로 이룬 동료들과 함께….

나는 지시를 했다 반인간 반기계로 이룬 동료는 드론을 이용해 하늘로 띄워서 감시를 해주고 나는 내가 꾼 꿈에서 봤던 장소를 찾기 위해 얼마나 찾았던지….

계속 걸어보니 드디어 내가 꿈에서 봤던 장소가 있었다.

어쩐지 눈에 잘 익어서 빨리 동료들과 함께 주변을 살펴보았다.

저기 멀리서 동료가 말했다.

"야, 저기 푸른색 빛이 나는데?"

라고 말하는 순간 나는 동료들과 함께 그곳으로 빠르게 갔다.

역시 푸른색 빛이 사라졌다.

난 동료들과 자리를 배치하여 사격을 준비하려고 했으나 동료들의 비명소리가 울려 퍼졌다.

나는 그 비명소리 쪽으로 가 보니 너무나도 참혹하게 죽어 있었다.

나는 그걸 보고 세상을 잃은 듯한 표정을 지으며 갑자기 뒤에서 위화감이 들었다. 총을 들어 뒤로 쐈으나 뒤에는 아무도 없었다.

나는 방심하지 않고 총을 들어 로봇이 있을 만한 곳을 생각해 보니

과거 회상

(나는 지시를 했다 반인간 반기계로 이룬 동료는 드론을 이용해 하늘로 떠서 감시를 해주고 나는 내가 꾼 꿈에서 봤던 장소를 찾기 위해 얼마나 찾았던지…)

아, 그래 하늘이다!!

나는 하늘에 에임을 두고 쐈더니 로봇이 떨어졌다. 내가 꿈에서 본 로봇과는 생김새가 달랐다. 또 뒤에서 위화감이 들었지만 내가 1초 늦어서 로봇에게 얻어맞았다.

나는 빠르게 로봇을 대처하고 폭탄을 던져 총을 들고 난사를 했다. 하지만 로봇은 또 사라져버렸다.

나는 결국 로봇을 잡기 위해 최후의 수단을 쓸 수밖에 없었다.

바로 반인간 반기계의 동료에게 도움을 요청하는 것이다. 그거면 로봇의 위치를 알며 공격을 할 수 있다고 생각을 하여 빠르게 무전기를 들어서 부탁을 했다.

그리고 나는 로봇의 위치를 계속 들으며 로봇의 위치가 멈출 때 나는 바로 로봇의 얼굴을 보았다. 역시 내가 꾼 꿈에서 나왔던 놈이었다.

나는 분노가 차올라서 바로 달려가 총을 사격을 했지만 로봇과 다르게 너무 빨라서 놓쳐 버렸다.

나는 무전기를 들고 위치를 알려달라고 하니 위치를 너무나도 정확하게 말해서 마지막 무기를 안 쓰려고 했지만 어쩔 수 없이 핵을 날려 나는 재빠르게 헬기에 타고 저 멀리 산산조각 부서지는 로봇을 내 두 눈으로 보았다.

그리고 마을은 컴컴한 구름은 물러가고 하얀 구름이 나타나며 마을은 빛이 넓게 퍼지면서 마을은 점점 평화로워졌다.

1학년 문지훈

 제가 '첫 스타트는 그림이다'와 '미래에 예지몽을 꿀 수 있는 한 소년의 이야기'를 소설로 쓰려고 하니 막상 앞이 막막하더군요.

 처음으로 소설을 쓰는 것이라 '제목부터 정해야 하나 아니면 글부터 적고 제목을 정할까?'라는 생각이 제 머릿속에 뱅뱅 돌기만 했습니다.

 하지만 저는 포기를 하지 않고 글을 쓰는데 엄청나게 노력을 하니 글이 조금씩은 써지더군요. 근데 글만 적으니 제목을 뭐로 해야 될지 몰라 먼저 제목부터 정하고 글을 썼습니다.

 그런데 제목은 나중에 적고 글부터 적는 것도 나쁘지는 않는 것 같아요.

 글을 뭐라도 적어야지 계속 쭉쭉 이어 갈 수 있으니…. 글을 안 적고 생각을 하면 머릿속이 막막해져서 도저히 안 되겠더라고요.

 '첫 스타트는 그림이다'는 저의 초등학교 시절을 다루며 만든 소설인데… 생각보다 초등학교 시절이 생각이 조금 많이 나더군요.

 생각이 안 나는 것도 있고 초등학교 시절을 회상하며 글을 쓰니 조금 그리워지네요.

 이 소설은 김홍도와 연결을 하여 저의 초등학교 시절을 다룬 소설입니다.

그리고 '미래에 예지몽을 꿀 수 있는 소년'은 제가 창작해서 만든 소설입니다. 제 머릿속에서 꺼내 만든 소설이죠.

하지만 처음 쓰는 거라서 조금 미약한 부분이 있는 거 같아요.

배경은 미래에 실현될 수 있는 배경으로 했지만 아직까지는 저런 기술들은 실현되려면 좀 한참 지나야겠죠…. 아마.

이 두 소설을 쓰기 위해서 선생님과 선배님들의 도움도 받으며 쓰니 많은 힘이 되고 든든했습니다.

이명헌

지혜의 보관 도난 사건

1학년 이명헌

보르, 보르는 지혜의 여신이다. 신들에게 문제가 발생할 때마다 지혜를 내어 주어 문제를 해결하였다. 그녀는 신들 사이에서도 신망 받는 존재이다. 털털하고 유머 있고 망설임 없는 성격에 신들에게 위험이 닥칠 때마다 그녀가 적절한 지혜를 내어주어 문제를 해결해 줘서 신들과 사이가 좋다. 특히 토르와 사이가 좋다. 그녀 덕분에 토르가 서리거인들에게 기습을 받을 때 목숨을 건질 수 있었다. 그 일로 토르는 보르와 관련된 일이면 망설임 없이 도움을 준다. 하지만 토르의 친구, 로키하고는 사이가 좋지 않다. 서로 성격이 맞지 않은 것도 있지만 로키가 그녀를 질투하기 때문이다. 로키는 겉모습으론 교활하고 유머 있는 신이지만 마음속으로는 누구도 상상하지 못할 정도의 분노와 시기가 가득 담겨 있다. 그리고 이 감정은 보르가 다른 신들과 잘 지내면 지낼수록 더 커졌다. 이 때문에 보르와 로키는 종종 충돌을 빚지만 아직까지는 큰 문제를 불러오진 않았다.

그녀가 모든 상황에 적절한 지혜를 내릴 수 있었던 비결은 그녀가 지혜의 보관을 가지고 있기 때문이다. 지혜의 보관은 세상 모든 지혜가 담겨 있는 보물이다. 오딘과 여러 신들의 지혜가 담겨 있다. 먼 옛날 오딘이 지상에 지혜를 남기기 위해서 지혜로우면서도 보관을 지킬 수 있는 보르에게 지혜의 보관과 제일 처음 상자를 연 사람만이 다음부터 그 상자를 열 수 있다는 상자를 그녀에게 맡겼다. 그녀는 지금까지 보관을 안전하게 간직했다. 그녀는 보관을 통해 지혜를 얻어 상황에 맞게 쓰거나 매일 밤마다 하루 동안 얻은 지혜를 보관에 저장했다. 물론 그녀는 보관에 지나치게 의존하진 않았다. 아마 보관 없이도 신들 중에서 가장 지혜로울 것이다.

어느 날 아침 햇살이 그녀의 눈앞에 아른거렸다. 그녀는 잠이 덜 깬 채로 눈을 떴다. 그녀는 불길한 기분이 들었다. 소중한 걸 잃어버린 기분이었다. 그녀는 서둘러 집에서 가장 안전한 데에 있는 상자로 향했다. 지혜의 보관이 그곳에 보관되어 있기 때문이다. 불길한 기분이 엄습했다. 상자를 열었다. 없어졌다. 지혜의 보관이 없다. 보르는 생각했다. 분명히 보관을 상자에 넣었다. 그런데 지금 상자 안에는 아무것도 없다. 집 안을 샅샅이 수색했고 집 안에 보관이 없자 그녀는 창가로 향했다. 그녀는 휘파람을 불어서 새들을 불렀다. 그녀는 새들에게 지혜의 보관이 없어졌다 말하고 지혜의 보관을 찾아 달라 부탁했다.

그녀는 토르에게 갔다. 토르는 옛날부터 친하게 지내온 동료이므로 분명 그녀를 도와줄 것이라 생각했다. 하지만 불행히도 보르가 만난 이는 로키였다. 로키는 보르를 보더니 싱긋 웃었다. 로키는 물었다.

"어딜 그렇게 급하게 가십니까?"

보르는 당황스러웠다. 보관을 잃어버린 것만 해도 땀이 뻘뻘 흐르는 데 지금 가장 만나기 싫은 이와 이렇게 조우해야 하다니. 보르는 얼굴에 땀이 송골송골 맺히고 심장이 쾅쾅거려서 말도 제대로 나오지 않았다. 하지만 그래도 보르는 명색이 지혜의 여신이다. 신들 중에서 가장 지혜롭고 현명한 여신이었다.

"프레이야 궁전에 가고 있어. 그녀에게 받아야 할 물건이 있거든."

보르가 태연하게 대답했다.

"지혜의 보관은 놔두고 말입니까?"

로키가 되물었다.

보르는 혼란스러웠다. 예상한 대답이 나오지 않고 지금 가장 꺼내기 싫은 얘기인 지혜의 보관을 바로 꺼내들었기 때문이다. 보르는 로키에게 지혜의 보관이 사라진 것에 대해 알고 있는지 묻고 싶었지만 꾹 참았다.

"지금 집에 있어. 내가 상자에다 보관해 뒀지. 너도 알다시피 그 상자는 나외엔 아무도 풀 수 없잖아. 오늘은 내가 깜빡해서 놔두고 왔어."

다급한 마음에 보르는 횡설수설했다. 눈동자가 자꾸 풀리고 마음은 조마조마해졌다. 보르는 지금 앞도 제대로 보이지 않았다.

"하루도 빠짐없이 보관을 착용하고 다니던 당신 아닌가요?"

"어쩌다 한 번은 그럴 수 있잖아."

"그러면 지금 저에게 보관을 보여 주실 수 있나요."

"그건 곤란한데, 지금 당장 프레이야한테 가야 하거든."

"여기서 조금만 가면 보르님 댁이 나오잖아요. 정 안 되면 프레이야를 여기로 부르죠."

로키가 태연하게 대답했다. 보르는 여기를 한시라도 빨리 뜨고 싶었다. 계속 여기 있다가는 비밀이 탄로날 것이다. 보르는 굉장히 미안한 표정을 지으며 손등은 얼굴 가까이에 대고 로키 옆을 지나치면서 핑계를 댔다.

"그러면 미안하잖아. 가뜩이나 요즘 고생이 이만저만도 아닐 텐데 내가 가서 위로해 줘야지."

"프레이야님은 궁전에서 충분한 휴식을 취하고 있습니다. 휴식이 너무 길어서 괴로울 정도죠."

로키가 목소리를 낮추면서 의미심장한 목소리로 말했다

"보르님, 지금 당신에겐 지혜의 보관이 없지요?"

보르는 지금 글라드쉐헤임에 있다. 신들의 회의 장소이자 연회 장소이다.

결국 로키에게 잡혀서 이곳에 왔다. 보르는 지금 손이 밧줄로 묶인 채 홀의 중앙에 꿇어 앉아 있었다. 보르는 여기서 오딘에게 지혜의 보관을 잃어

버린 일에 대해 심문을 받을 거다. 보르는 로키가 원망스러웠다. 아니 로키가 의심스러웠다. 신들 중에는 로키를 제외하곤 자신의 보관을 훔칠 신이 없다. 거인들은 너무 커서 내가 모를 리 없다. 보르의 감은 로키가 범인이라고 지목하고 있었다. 하지만 증거가 없다. 그리고 어쨌든 보르는 지혜의 보관을 잃어버렸으니 처벌을 피할 순 없었다. 보르는 화가 나면서도 이 심정을 감춰야 하는 상황에 마음이 괴로웠다.

홀은 금세 신들로 가득 채워졌고 저 멀리 로키가 웃으면서 보르를 보고 있었다. 천둥의 신 토르도 홀에 입장했고 모든 신들이 홀에 입장해 보르를 바라보았다. 신들이 전부 입장하자 최고신 오딘이 나타났다.

오딘은 보르 앞에 있는 단상에 서서 보르를 바라보았다. 그리고 보르에게 질문했다.

"지혜의 여신인 보르는 왜 신들의 보물인 지혜의 보관을 잘 간수하지 못했는가?"

보르는 심장에 가시가 박힌 기분이었다. 누가 훔쳐갔건 지혜의 보관을 잘 간직 못한 건 사실이었다. 보르는 언짢은 표정으로 대답했다.

"면목없습니다. 최고신님, 다 제 불찰입니다."

"지혜의 보관이 얼마나 중요한 보물인지 몰랐었는가?"

"죄송합니다."

보르는 고개를 숙이며 사과했다.

"최고신님"

로키가 일어서서 보르에게 다가가며 오딘에게 말했다.

"그녀는 오딘님이 미미르에게 한쪽 눈을 내줘서 얻어낸 지혜와 신들이 지금까지 노력하며 얻어낸 지혜들을 잃어버렸습니다. 전부 다 말이지요. 우리가 지금까지 일궈 낸 지혜들을 전부 잃어버렸습니다. 다 저 여신의 불찰로 발생한 일이죠. 지혜의 보관이 우연히 땅에 떨어지고 저 여신이 눈치 못 챈 것일 수도 있지만 제 생각은 다릅니다. 지금 지혜의 보관은 거인의 손에 있습니다. 이 여신이 거인에게 보관을 판 거지요. 그렇지 않고서야 토르가 폴니르로 내려쳐도 멀쩡했던 상자에 보관된 지혜의 보관이 없어졌을 리 있겠습니까? 또 그 상자를 풀 줄 아는 건 보르, 바로 저 여신뿐이죠"

보르는 화가 치밀어 올랐다. 자신은 보관을 거인에게 넘기지 않았고 또 저 말을 로키에게 듣고 싶진 않았다. 하지만 지금은 어쩔 수 없었다. 잠자코 듣기만 할 수밖에 없었다.

"저 여신은 거인에게 보관을 넘기고 거인들의 땅 요툰해임으로 도망치려 했었으나 제가 수상함을 눈치채고 저 여신을 체포했습니다. 그녀는 신들을 배신한 것도 모자라 거인들에게 지혜의 보관을 넘겼습니다. 이 죄는 절대 용서할 수 없습니다. 그녀에게 사형을 내려 주십시오."

로키가 냉정한 얼굴로 오딘에게 요구했다.

보르는 눈이 휘둥그레졌다. 아무리 보르와 로키가 사이가 안 좋더라도 오랜 세월을 함께 보낸 동료였다. 함께 술을 마시고 연회를 즐겼으며 거인 족에 대한 문제도 함께 의논했다. 그런데 로키는 이렇게 날 죽이려 들다니. 보르는 배신감에 휩싸였다. 머릿속엔 로키한테 배신당했다는 생각과 원망, 분노가 가득했다. 말도 제대로 나오지 않았고 숨도 가빠졌다. 너무 충격을 받아서 눈물이 나올 지경이었다.

그때 토르가 걸상을 치면서 로키한테 외쳤다.

"그딴 소리 할 거면 너부터 죽여 버린다, 로키!"

토르는 걸상을 뛰어넘어 로키에게로 갔다.

"보르는 지혜의 보관을 잃어버렸어. 그게 어떤 물건인지 잘 알고 있잖아."

"그렇다고 그게 그녀가 사형 받아야 될 이유가 될 순 없어."

토르가 화난 표정으로 로키를 노려보면서 대답했다.

"여기는 공적인 자리야, 토르. 동정심으로 죄를 용서할 수는 없어. 그녀는 벌을 받아야 돼."

로키가 냉정한 목소리로 말했다.

"그렇다면 그녀가 지혜의 보관을 되찾아 오면 되겠네. 그러면 아무 문제없잖아?"

"무슨 그런 소리를… 지혜의 보관에 담긴 지혜들을 거인들이 가져갔다면 어떡할 건데?"

"지혜를 가져간 거인을 모두 죽이면 돼. 난 신들 중에서 가장 힘이 세니까 가능해."

토르가 자신감 넘치는 목소리로 말했다.

"흠흠."

오딘이 헛기침을 하면서 신들의 이목을 끌었다.

"토르의 말이 맞다. 토르가 지혜를 가져간 거인을 모두 죽이고 지혜의 보관을 되찾아 온다면 아무 문제없겠지. 보르, 너한테 한 달이라는 시간을 주겠다. 한 달 안에 지혜의 보관을 되찾아 오면 너의 죄를 없었던 걸로 해주지. 한 달 정도면 지혜가 그렇게 퍼지지 않아서 지혜를 빼간 거인 모두를 죽이는 게 가능할 거다. 하지만 만약에 한 달이 넘으면 원래대로 처벌할 것이다. 명심하거라. 단 한 달뿐이다."

"반드시 보관을 되찾아 오겠습니다."

보르가 비장한 목소리로 말했다.

다른 신들도 오딘의 의견에 동의했다. 보르가 사형되기를 원하지 않았기 때문이다.

하지만 로키는 예외였다. 그는 화난 표정으로 홀에서 퇴장했다.

그녀는 시한부 자유의 몸이 되었다. 이제 살 수 있는 기회가 생겼다. 그녀는 기쁨이 마음 깊은 곳에서 차올랐다. 눈물이 터져 나올 것 같았다. 하지만 지금 눈물을 흘렸다가는 시간 낭비가 될 것이다. 아직 보관의 행방도 찾지 못했기 때문이다. 그녀는 머리를 식혔다. 그리고 뒤 돌아서서 토르에게 감사 인사를 했다. 토르 덕분에 그녀는 목숨을 건질 수 있었다. 토르는 당연한 일이라며 손사래를 치며 웃었다. 그녀는 함께 웃은 다음에 정중히 고개를 숙여서 한 번만 더 나를 도와달라고 부탁했다.

토르는 당연하다는 듯이 고개를 끄덕였고 그녀의 손을 잡아서 반드시 보관을 찾을 수 있을 거라고 말했다.

보르가 홀에서 퇴장하자 새들이 달려왔다. 새들은 보관이 우둔헤임에 있다고 말했다. 우둔헤임은 거인들의 땅 요툰헤임의 가장 가장자리이다. 그녀는 보관이 왜 이렇게 멀리 있는지 의문스러웠지만 지금은 따질 때가 아니었다.

보르는 토르말고도 자신을 도와 줄 신이 더 필요하다고 생각했다. 토르와 보르 둘이서 거인들의 땅에 침입했다가는 위험할 수 있기 때문이다. 그렇다고 많이 데려갈 수는 없었다. 시간이 굉장히 촉박해서 많은 신들을 섭외할 시간이 없기 때문이다. 한두 명 이내여야만 했다. 그녀는 뇌리에 한 신이 스쳤다. 프리힛. 그는 하얀 머리에 쌍칼잡이로 전투와 싸움의 신이다. 항상 거인들과 전쟁을 벌일 때마다 선봉에 서서 거인들을 학살했다. 날아다니면서 거인들을 베어댔고 거인들을 다 죽일 때까지 싸움을 멈추지 않았다. 그녀는 프리힛이야말로 자신에게 가장 필요하다고 생각했다.

프리힛은 보르의 제안에 곧바로 동의했다. 그는 거인들을 벨 수 있다면 뭐든지 좋기 때문이다.

그녀는 거인 원정에 모든 준비를 다했다. 두 명의 싸움신이 있고 자신의 오른손에 저주를 날려서 저주를 맞으면 돌로 변해 버리는 지팡이를 쥐고 있었다. 그녀는 토르의 수레를 타고 거인들의 땅으로 출발했다.

토르와 프리힛은 정말 전투의 신이라 불릴 만했다. 그들은 망치로 찍어 버리거나 칼로 베어댔다. 그들이 지나간 길은 거인들의 피로 가득했다. 그들은 생각보다 빨리 우둔헤임으로 도착했다.

우둔에임은 엄청 큰 나무들이 가득한 숲이었다. 나무들의 크기가 대략 50m쯤 되었다. 보르는 숲을 보자마자 안 좋은 예감이 들었다. 숲 안은 어두워서 보이지 않았고 숲은 이곳이 위험하다고 말하고 있는 것 같았다.

보르는 마차를 멈춰 세웠다.

"이곳은 너무 위험해 보여. 정말 지혜의 보관이 여기에 있을까?"

"있어야 돼. 없으면 이제 시간이 없어."

토르가 대답했다. 그들은 거인 원정을 떠난 뒤 15일이 지났다. 약속한 시간까지 이제 대략 2주밖에 남지 않았다.

"맞서보고 생각해 보는 거지. 맞서지도 않고 생각한다면 공포감만 더 불러일으켜."

프리힛이 말을 때려서 앞으로 전진하게 하며 말했다.

그들은 숲에 입성했다. 키가 큰 나무들이 빽빽이 있어 멀리까지 보이지 않았다. 그들은 한참동안 숲에 들어갔다. 거인들은 아직까지 나타나지 않았다. 숲에서 거인들이 보이지 않자 보르는 한시름을 놓아 마차에 주저앉았다.

그때였다. 거인이 갑자기 달려들더니 입을 쩍 벌려 마차를 깨부쉈다. 그리고 거인은 단숨에 보르를 먹었다. 거인은 보르를 먹자 나무 뒤로 숨으려 했다. 하지만 토르가 순간적으로 몸을 틀어 묠니르를 던져서 거인의 얼굴에 명중시켰다. 거인 입 안에 있던 보르는 간신히 기사회생되었다.

상황이 수습되기도 전에 멀리서 근육진 거인이 달려왔다. 엄청난 속도였다. 순식간에 보르와 토르 앞에 왔다. 그때 프리힛이 거인에게 달려들어서 거인을 멈춰 세웠다. 그러자 거인은 자세를 갖추고 팔을 크게 젖혀서 프리힛에게 주먹을 내꽂았다.

프리힛은 미처 자세를 갖추지 못해 거인의 주먹에 맞아서 나무에 꽂혔다. 그때 보르와 토르를 둘러 서 있던 나무에 수많은 거인들이 모습을 드러냈다. 그들은 순식간에 보르와 토르를 덮쳤다. 거인들은 그들을 집어삼키려 했다.

이때 토르는 절대 후회하지 않을 선택을 했다. 묠니르를 땅에 내려쳐서 큰 파동을 일으켜 거인들이 먹지 못하게 했다. 그러더니 천둥을 내려쳐 회피로를 만들어 회피로로 도망쳤다. 토르 덕분에 간신히 살아남은 보르도 회피로로 도망쳤다. 그리고 빠르게 전열을 가다듬은 다음에 거인들과 싸웠다. 프리힛도 나무에서 순식간에 날아와 거인들을 베어댔고 토르도 묠니르를 휘둘렀다. 보르 또한 지팡이로 저주를 내려 거인들을 석화시켰다.

거인들도 반격을 했다. 그들은 정면으로 맞서 싸우지 않고 옆에서 덮치려 했다. 그리고 어떤 거인은 큰 바위를 들어 신들에게 던졌다.

하지만 신들도 거인들의 공격을 요리조리 피하면서 거인들을 베거나 망치로 찍었다.

싸움은 신들의 승리로 돌아갔다. 거인들이 싸우다말고 도망쳤기 때문이다. 프리힛은 거인들을 쫓으려 했지만 보르가 막았다. 왜냐하면 그가 피투성이기 때문이다. 그는 거인들의 공격을 너무 많이 받았다.

보르는 망설였다. 이대로 보관을 찾자니 셋 다 죽을 수 있었고 그렇다고 돌아가자니 자신이 죽는다. 이때 토르가 보르를 바라보면서 한마디했다.

"지혜의 보관을 계속 찾자. 이대로 돌아갈 수는 없어."

"물론 지금 돌아가면 안 되지. 반드시 갚아야 되는 빚이 있으니까."

프리힛이 이마의 피를 닦으며 독기를 품은 눈으로 말했다.

보르는 내심 고마웠다. 내 목숨도 구해 준 것도 모자라 자신이 죽을 수도 있는 상황에 나를 도와 주려 하다니. 보르는 아스가르드로 돌아가면 토르와 프리힛에게 은혜를 꼭 갚겠다고 다짐했다.

그들 오른쪽에서 엄청난 소리가 들렸다. 대략 80m쯤 돼 보이는 거인이 그들에게 다가왔다. 그들은 전투태세를 갖췄다. 엄청 큰 거인이기에 한 대라도 잘못 맞았다간 골로 갔다. 그들은 긴장하며 그 거인을 바라봤다. 하지만 그 거인은 그들을 보지 못했는지 그들을 지나쳤다.

그러자 토르와 프리힛은 순식간에 거인 뒷덜미에 날아가서 거인의 목을 베었다. 80m 거인이 쓰러지자 나무 사이에 거인들의 모습이 나타났다. 그들은 아까 보던 거인이 아니라 온몸이 빨간 거인들이었다. 크기는 40m 정도 돼 보였다. 거인들은 한참동안 신들을 바라보기만 했다. 토르와 프리힛이 거인들에게 달려들려 하자 보르는 말렸다.

"거인 숫자들이 너무 많아. 자칫 잘못하다간 끝장날 수 있어."

"난 토르야. 세상에서 가장 강한 존재. 날 이길 자는 없어."

토르가 그렇게 말하더니 거인들에게 달려들었다. 토르는 묠니르를 엄청 크게 만들더니 그대로 내려찍었다. 그리고 커다란 천둥이 번쩍였다. 프리힛도 거인들에게 달려들었다. 아까보다 빨라진 속도로 거인들이 반응하지도 못하게 죽였다.

프리힛은 거인들의 시체가 남아나지 않을 만큼 베어댔다. 물론 토르가 죽인 거인들은 시체도 남지 않았다. 보르도 이렇게 된 거 토르와 프리힛에게 합류했고 서포터 역할을 했다. 신나게 학살한 끝에 거인들이 모습을 보이지 않자 토르와 프리힛은 학살을 멈췄고 그들은 그들 앞에 있는 큰 나무에서 지혜의 보관을 보았다. 그들은 웬 횡재냐면서 보관을 주웠고 그들은 기쁜 마음에 얼싸안았다.

보르는 보관을 되찾아서 정말 기분이 좋았지만 느낌이 세하였다. 거인들이 지켜보는 것 같았기 때문이다. 하지만 거인들은 모습은 보이지 않았다. 일단 보르는 돌아가기로 했다. 토르와 프리힛이 일방적으로 학살하기는 했지만 더 큰 위험이 남아 있을 거 같기 때문이다. 게다가 프리힛의 부상이 심해서 돌아가야만 했다.

하지만 보르는 세한 느낌을 떨칠 수 없었다. 왜냐하면 이대로 가면 나중에 거인들이 큰 문제가 될 거 같기 때문이다. 하지만 이제 밤도 드리우고 마차도 박살나서 아스가르드로 돌아가야만 했다.

그녀는 아스가르드로 돌아왔다. 그리고 그녀는 당당히 지혜의 보관을 다른 신들에게 보여주고 오딘에게도 보여준다. 그녀는 박수갈채 소리를 들으며 오딘에게 무죄 판결을 받았다. 그리고 토르와 프리힛이 그녀 옆에서 축하한다고 박수를 쳐주었다. 그녀는 눈물이 나올 것 같았다. 그녀는 토르와 프리힛에게 꼭 껴안으며 눈물을 흘리며 고맙다고 말했다.

1학년 이명헌

이 책을 쓰면서 많은 경험을 했습니다. 처음으로 책을 쓰면서 가슴이 두근거리기도 했고 구상이 나오지 않아 머리가 지끈거리기도 했습니다.

책을 쓴다는 것이 쉽지 않다는 걸 뼈저리게 느꼈죠.

매일 밤마다 어떻게 이야기를 끝맺을까, 주인공이 어떻게 위기를 극복할까, 고민하고 또 고민했죠. 고심 끝에 주인공의 운명을 결정했을 때 과연 이것이 최선의 선택이었을까? 독자들을 더 재밌게 할 수 있지 않았을까?

후회하기도 하고 최선이었다고 위로하기도 했죠.

책을 쓰면서 저를 가장 괴롭혔던 건 어색함이었습니다. 등장인물들의 행동이 부자연스러워서 고치고 또 고치고 아예 바꾸기도 했습니다. 최대한 자연스럽게 또 재밌게 구상하려고 고치다 보니 머리가 터질 것 같았죠. 책을 쓰면서 어색함 때문에 정말 힘들었습니다. 하지만 어색함 덕분에 더 재밌는 이야기가 나온 거 같아서 뿌듯하기도 해서 몸은 힘들었지만 마음은 즐거웠습니다.

나중에 저에게 책을 쓰는 기회가 더 생긴다면 그때는 더 완벽하고 재밌는 이야기를 만들고 싶습니다.

책을 쓴다는 게 이렇게 힘들다는 것을 알았으니 그때는 더 노력하고 많은 시간을 투자해서 독자들이 즐거워할 수 있도록 책을 쓰겠습니다. 끝으로 이 책을 읽어주셔서 고맙습니다.